LOS ZAPATOS BLANCOS

DAVID CAMACHO COLÓN

 RARE SEED

Rare Seed
10 Campo Bello
Guaynabo, PR, USA 00969

www.loszapatosblancos.com

ISBN (edición impresa): 978-0-9903121-0-9
ISBN (eBook): 978-0-9903121-1-6

Para Carmen S.

CAPÍTULO I
Portón el sabio

L a vida es vida porque está llena de sorpresas. Al comenzar a vivirla, no sé si lo que me espera es una existencia plena de caviar y café procesado por el aparato digestivo de un Kopi Luwak, o si me estaré revolcando en la mierda como cerdo en fango. No sé si ganaré un Nobel por mis grandes contribuciones a la prosperidad de la humanidad o si me limitaré a sobrevivir en lo banal del día a día, quejándome y poniendo excusas por cuanto no tenga, por lo que no haya hecho y por quien no haya logrado ser.

Daba igual. Eso nunca me preocupó. Yo no soy más que un alma. ¡El cuerpo que me tocara era lo que me interesaba! De nada me servían las vidas vividas, ni cualquier sabiduría que hubiera acumulado en ellas, si no lograba conectar con mi cuerpo actual. Era ahí donde la cosa se complicaba, porque conectar con esta pila de carne y hueso no solo implicaba operar todas sus partes y piezas, sino que también implicaba lograr influenciar a ese ser consciente que también habitaba en él.

Los primeros años de la vida de Ciprián, el ser con quien ahora comparto el cuerpo, fueron de ajuste y asimilación.

1

Era de esperar, porque los recuerdos de mis vidas pasadas obviamente no eran los suyos. Esos recuerdos los guardaba yo conmigo, no dentro de su cerebro; así que no existía conexión física entre ambos. Él no podía extraerlos. Yo no podía compartirlos. A Ciprián y a su cuerpo les tocaba comenzar desde cero, con la mente en blanco, como a todos.

Era poco lo que yo podía hacer durante esos primeros años, al menos hasta que Ciprián fuera generando por su cuenta una buena base de recuerdos útiles. La mayor parte del tiempo estuvo en piloto automático a merced de quien lo rodease, su familia. Ellos fueron quienes se encargaron de darle sus primeros recuerdos, de enseñarle a sobrevivir, de transmitirle su concepto de los principios y de la moral.

Aunque fue difícil, eran pasos necesarios a seguir. En mi última vida, morí como un viejo anticuado para lo que se consideraba anticuado en el otro lado del mundo. ¿Qué bien podría traer yo, si desde el principio pudiese tener tanta influencia en Ciprián? ¡La vida se vive de una forma tan diferente entre culturas y puede transformarse tanto entre generaciones! Esos años fueron para mí de pura observación y reflexión en lo que me acoplaba con mi nueva realidad, para así poner al día lo que, en mi próxima vida, volverían a ser las ideas de un viejo anticuado. La familia de Ciprián no solo fue útil para él, sino que también para mí, al menos hasta que yo me pude encargar de las cosas.

Como alma que soy, mi trabajo siempre consistió en manejar los recuerdos de Ciprián. Estuve constantemente recolectando recuerdos nuevos y combinándolos con los viejos, así fortaleciendo unos y debilitando otros. Los recuerdos fuertes me eran especialmente útiles para enseñárselos en el momento más oportuno de su vida; una idea, un concepto, un momento 'eureka', lo que fuera necesario para sacarle provecho a la situación y lidiar con lo que le pusieran en frente. Era como un juego eterno de charadas, mi meta siendo que Ciprián siempre acertara desde el primer intento, cosa de que tomara el camino más provechoso para él.

Eso sí, los recuerdos son una cosa compleja. Vienen empaquetados como en sacos de arena, cada recuerdo en su saco. En el instante preciso de cada recuerdo, cada uno de los sentidos pone su grano de arena. Fulano de tal podría pensar que los recuerdos que se ven son los que más granos aportan. No es así. Hay que considerar que, en ese momento que se ve, también se huele algo, aunque ese algo sea inodoro; se escucha algo, aunque ese algo sea el silencio; se toca algo, aunque ese algo sea el viento; así con todos los sentidos y sensores que existen en el cuerpo. Inclusive el estado de ánimo, cuán feliz o triste se sienta el ser en ese preciso instante de su vida, aporta sus granos al saco. Cuantos más granos aporta cada sensor, más memorable es el recuerdo. Mientras más memorable es el recuerdo, más chances tengo para lograr que Ciprián acierte al primer intento cualquier idea que tenga para él.

A sus cinco años, cuando ya había logrado dominar el arte de correr sin barrer el piso con sus rodillas, o cuando al menos no lo hacía tan a menudo, Ciprián puso a prueba por primera vez los límites de su cuerpo. No podía evitar ser competitivo. Vivía con esa sed insaciable de imponerse ante los demás en cualquier campo. Se empeñaba en demostrar con una victoria, por más mínima o insignificante que esta fuera para el mundo o para sí mismo, su superioridad en cuerpo y alma ante cualquiera. La victoria era la meta indiscutible. En ese momento, no le pasaba por la cabeza que su contrincante podía o no sentir que la situación meritaba dar todo lo que tuviese que dar, que su contrincante podía no ver una derrota como una amenaza tan grave a su honor.

—Simón, ¡vente! ¡Vamos a hacer una carrera! —gritó Ciprián cuando ya tenía la mitad de la línea de salida trazada en la tierra con el talón del pie. Sospechaba que su primo coetáneo sería un contrincante fácil de dominar.

—¡Dale! ¡El que pierda es nena! —tartamudeó Simón, riendo y acomodándose detrás de la línea. Los pies, cruciales para la más mínima esperanza de éxito en el encuentro, los arrastraba por la tierra como toro a punto de atacar. Más que nada lo que hacía era levantar el polvo.

—En sus marcas. Listos. ¡Fuera! —dijo Ciprián, estratégicamente tomándose su tiempo entre cada palabra, alargando unas silabas y acortando otras. Ambos salieron disparados a la vez, Ciprián con el microsegundo de ventaja que le dio saber el momento exacto en que comenzaría la carrera.

A esa edad, el pequeño patio detrás de la casa era todo un campo para ellos. Corrieron a lo largo del huerto de vegetales y especias que Flora, su madre, mantenía en la casa para hacer los sofritos de sus comidas. La parte más intensa de la carrera se dio por donde estaban las siembras de tomates, cebollas y ajo. Simón, más alto y corpulento que Ciprián, se le tiraba torpemente encima. Se le hacía imposible correr en línea recta. Llegando a las siembras de pimientos, cilantro y achiote, Ciprián logro tomarle algo de ventaja, pero no la suficiente como para dejar de escucharlo comerse los pulmones con sus gruñidos de cerdito. No fue hasta poco antes de pasar las matas de perejil, comino, orégano y azafrán, que miró hacia atrás para ver si tenía asegurada la victoria. Insatisfecho con la ventaja, subió el paso y dirigió su mirada rápidamente hacia la meta. Antes de percatarse, ya estaba ahí. Se lo dejó saber el portón de hierro sólido que nunca vio.

Despertó al cabo de un tiempo indeterminado. Todo estaba nublado. Aún podía saborear en sus labios remanentes de sangre y hierro oxidado. El trauma era tan fuerte, que ni sintió dolor. Pensó que lo único que tenía era un chichón, como muchos otros a los que había sobrevivido a pesar de su corta edad. No fue así. Ese sismo que surgió dado el encuentro entre carne y hierro, repentino y a toda velocidad, le dejó una deformación geológica en su frente. De ahí nació una quebrada profunda que se extendió desde los límites de la piel hasta la profundidad del hueso. Del subsuelo fluyeron corrientes suaves y cálidas que, incontenibles dentro de su cauce, se precipitaron gota a gota hasta tocar suelo.

Su madre Flora, fiel creyente en ungüentos y remedios caseros, le llenó la cabeza de ingredientes de la alacena de su cocina. Ciprián, quien cuanta más conciencia recobró más dolor sintió, gemía incontrolablemente.

—Papito, espérate un ratito más, que ya mismo llega el doctor. ¡Qué hombre más fuerte tengo, que ni llora! Simón, aguántale la cabeza en lo que busco la lata de manteca de ubre —dijo Flora.

—¿Eso para qué es? —dijo Simón.

—Pues, primero le eché sal para parar la sangre. La manteca se la pongo para bajarle el chichón —dijo ella mientras untaba la plegosta de manteca y sal.

Poco después, llegó el doctor. Necesitó ocho puntos para coserle la cabeza y así lograr volver a canalizar la quebrada. Con eso quedó como nuevo.

El recuerdo de su encuentro con el hierro es, hasta el día de hoy, una de las más antiguas que tengo en el almacén pero, más aun, es de las más prístinas. Lo es así porque es única, incorruptible. No está plagada de las impurezas que las experiencias del día a día causan en los recuerdos, esas que hacen que los colores y las formas cambien involuntariamente. No está plagada de sentimientos extremadamente tristes ni exageradamente felices, de todas esas emociones con las que los recuerdos de las que toman parte se aparean incestuosamente para producir crías que destripan de todo sentido útil al recuerdo original. ¿Cuántas veces en la vida arremetería Ciprián, involuntariamente y a toda velocidad, contra un portón? ¿De qué manera pervertir un recuerdo tan único?

Unos años después, Ciprián se vio en una situación sorprendentemente similar a la de ese encuentro contra el portón de hierro. Como antes, fue una carrera por honor y gloria, esta vez con un amigo de la escuela. Iba volando bajito. Su contrincante no fue un reto serio, aun contando con que, a diferencia de su primo Simón, éste podía correr en línea recta. Al igual que la última vez, insistió en mirar atrás, todo para asegurar su victoria y saborearla por siempre en sus recuerdos. Ante el inminente peligro que se acercaba, en ese momento ambas situaciones fueron tan semejantes que se me hizo muy fácil el juego de charadas. Solo el mostrarle a Ciprián ese recuerdo tan vivo le obligó a mirar hacia al frente con la anticipación que necesitaba para evitar la colisión. Por una milésima de segundo, Ciprián pudo sonreír y apreciar el accidente que acababa de prevenir.

No obstante, la lección que ambos aprendimos en ese momento fue la importancia de la fricción mínima que debe haber entre la superficie por donde se corre, que en este caso era cemento pulido, y la suela del zapato, que era lisa por fabricación, para lograr un frenado efectivo a tal velocidad. Gracias a mí, Ciprián logró ver a tiempo el banquito solitario que quedaba a un metro frente a la marca final de la carrera pero, al intentar frenar, resbaló y cayó de culo en el piso.

Como la caída no fue el resultado de un frenazo, sino que el de un resbalón, lo siguió adelante, propulsado por su propia inercia. Su cuerpo se desplazó por debajo del banquito, hecho en granito sólido a 15 cm de grosor. Dos míseros centímetros de cabeza, localizados en el hueso entre la ceja derecha y el ojo derecho, no se salvaron. Lograron impactar la más imprudente esquina inferior del banquito.

—Este es el tercer pañuelo que me llenas de sangre en lo que va del año —dijo Mr. Rodríguez, el maestro de turno ese día durante el periodo de receso, cargándolo en sus brazos de camino a la enfermería.

Ciprián, mareado e incapaz de responder, solo llegó a mirarle a los ojos, hechos desproporcionadamente grandes por el exagerado grosor de sus lentes.

A pesar de sus duros choques contra objetos estáticos, pasó su niñez dentro de los parámetros de la normalidad. Creció en el campo, donde no había por qué estar aburrido. Si no estaban tirándose monte abajo encima de una higuera de palma, se las estaban ingeniando para construir juguetes improvisados. Ya esto se convirtió casi en un arte perdido. Vino de un mundo donde comprar juguetes era mucho más un privilegio que una obligación. Los materiales los sacaban de cualquier cosa. Los camiones todo-terrenos con los que jugaban en la tierra, por ejemplo, los hacían con un pedazo de madera para la carrocería y cuatro clavos que servían de ejes para sus ruedas. Las ruedas no eran más que latas de salchichas sacadas de la cocina de Flora.

Para los juegos en el agua, fabricaban botes a vapor. Ajustaban un sorbeto a una lata de betún llena de agua. Como fuente de energía utilizaban una vela, que hacía hervir el agua dentro de la lata. Ese vapor, a su vez, se liberaba a través del sorbeto. Así lograba propulsarse. Solo necesitaban montar el motor a cualquier objeto liviano que flotase y listo.

Durante los días con más viento, cada uno fabricaba su chiringa de papel reforzada con palos de madera. Las volaban para entretenerse pero, por supuesto, los juegos siempre se ponían más interesantes cuando se competía. Las competencias fueron evolucionando progresivamente, desde simplemente ver quién podía volar la chiringa por más tiempo o con mayor altitud hasta las populares guerras de chiringas. Ahí, la última chiringa en el aire era la ganadora. La única forma de vencer era aniquilando sin piedad todas las chiringas de los contrincantes. Para competir a este nivel, había que equipar las cometas con armamento ligero y efectivo, minimizando los efectos negativos que tendría el peso en su agilidad. ¿Qué mejor arma para eso que la navaja de afeitar?

—No hay problema con que sigan volando las chiringas, pero me les quitan todas las navajitas. ¿Está claro, papi? —dijo Augusto a Ciprián, con la calma que lo caracterizaba.

—¡Eso se zafa y le saca un ojo a cualquiera! —gritó Flora desde la cocina, sus orejas atravesando paredes.

—¡Ay, está bien! —contestó Ciprián. No quería tener que comprometerse a seguir órdenes que sabía que no iba a cumplir, pero antes no se podía cuestionar órdenes.

No lo consideraba justo. Fue su propio padre quien le enseñó el juego, incluyendo las técnicas de combate tan exitosas que le hicieron ganar cierta reputación entre sus amigos. Además, ¿sacar un ojo? ¿En serio? ¿Cuáles eran las probabilidades? Cero. Dejando sus promesas atrás, continuó sus combates de manera clandestina.

Sin embargo una tarde, tras una evidente racha de suerte, Simón logro hacer trizas todas las cometas en el aire. Fue un fuerte golpe a la reputación de campeón de Ciprián. Simón, tras la euforia de haber salido airoso por primera vez en su vida, ni se percató que tenía una de las navajitas caídas sembrada en su brazo. No fue hasta que sintió sus manos humedecidas por el chorreo de sangre que tomó conciencia del dolor que le causó.

CAPÍTULO II
Incentivos con sabor a guayaba

Simón era más como un hermano de Ciprián que un primo. Él muchas veces hasta se quedaba a comer y dormir con él en la casa de su tía, Flora. En esos tiempos, era muy normal criar a los hijos de otros. Era algo que le daba mucha felicidad a Flora, que no pudo tener más que un solo hijo.

Flora tuvo cuatro hermanos y una hermana. Tres de sus hermanos y su única hermana decidieron casarse entre primos, pero Flora y su hermano mayor decidieron resistir a esa tentación familiar de compartir la sangre, encontrando parejas fuera de su árbol genealógico. De los retoños nacidos de esos matrimonios incestuosos, algunos llegaron al mundo con deformaciones y problemas mentales. Tres de ellos murieron poco después de nacer.

Simón fue uno de los que sobrevivió. No podía mover algunos de los músculos del lado derecho de su cara. No podía sonreír como los demás, ni hablar tan fluido como los demás. Su pierna derecha también estaba torcida, haciéndole perder su agilidad al caminar y al correr. Ciprián se percató de esto solo cuando creció algo más, efectivamente desestimando su gloriosa victoria a los cinco años, en la cual tanta de su sangre derramó. No obstante, Simón compensaba su deficiencia con su lado izquierdo, con el cual se paseaba siempre tan risueño y alegre como cualquier otro niño. De solo mirarlo, mucha gente pensaba que Simón era algo tonto o incapaz de hacer algo útil. No lo era.

El día del accidente con la navaja, Augusto llegó mientras Ciprián atendía tranquilamente a los pollos. Ciprián lo vio ir al otro lado del patio, por donde estaba el arbolito de guayaba. Observó que arrancó una rama no muy larga, poco menos de un metro de largo, y que comenzó a sacarle las hojas, dejándolas caer en la tierra una a una. Luego vio que le daba vueltas a la rama, asegurándose de que estuviera bien peladita. Se tomó el tiempo justo para que su delicado ritual fuera estudiado por algún espectador.

—Chepo, ven acá —llamó su padre tranquilamente.

—¡Voy! —dijo Ciprián, curioso por saber de qué se trataba todo ese suspenso.

Con una mano, Augusto lo agarro por la muñeca y, en un ataque sorpresa, le cayó a fuetazos.

—¡Qué te he estado diciendo acerca del maldito juego ese! —le dijo Augusto entre cada golpe.

El suspenso que rodeaba a la varita de guayaba se esclarecería en ese mismo instante. Era como ver a su padre convertirse en un psicópata, cumpliendo no solo con su deber de disciplinarlo cuando cometía faltas graves, sino que además disfrutando del completar religiosamente ese sádico ritual. Sabía lo que estaba por hacer, pero se tomaba su tiempo para prepararse tranquilamente, conscientemente implantando recuerdos aterrantes a su víctima, su hijo.

Ciprián tendría la ocasión de presenciar ese ritual solo unas pocas veces en su vida, ya que era normalmente Flora la encargada de la disciplina. Por suerte, ella iba más al grano en el momento de los hechos. Sin embargo, las veces que Augusto asumió el rol, fueron casi estratégicas. El mero hecho de recordar el fuego de la varita de guayaba mientras acariciaba sus piernas era suficiente como para mantenerlo derechito, ya que nunca se podía predecir cuán grave tenía que ser un acto para merecer dar inicio a tan brutal ritual.

Todo lo que sabía Augusto, se lo enseñó el campo. Él, como el resto de sus hermanos, fue producto del amor de sus padres, que a la vez veían tener hijos como una inversión. ¿Qué mejor fuente de mano de obra barata y confiable que un hijo? Nunca fue a la escuela porque en su época eso no existía, así que le tocó trabajar en la tierra desde que pudo agarrar un machete. Para cortar caña, no era necesario aprender a leer ni a escribir, así que nunca lo hizo. Sí se aprendió bien los números. Así, de adulto, se aseguraba de que nadie lo estafara. Con eso nada más, se ganó la vida trabajando de capataz.

Ciprián, más grande, tuvo que aprender a hacer algo más que revolcarse por la tierra con Simón. Augusto comenzó enseñándolo a trabajar con sus manos. Con madera y tela metálica, comenzarían por construir un gallinero y un corral.

—Si tienes el diseño listo, lo más importante es tomar bien las medidas en la madera. Hay que trazar las rayas derechitas. Mide dos, tres, cuatro veces; todas las que necesites para estar seguro. Toma. Corta ésta —dijo Augusto al terminar de trazar la línea de corte—. La madera, que no se mueva. Al serrucho, tienes que mantenerlo derecho. Empieza a cortar siempre hacia atrás, luego hacia al frente. Es más fácil.

Siempre asegúrate que estas siguiendo la línea. Mantén el serrucho derecho y sigue la línea. Fácil. Si dejas que se te vire el serrucho, se te va a trancar en la madera y el corte no te va a salir limpio —añadió poco a poco a su lección mientras veía a Ciprián batallando por completar el corte.

Una vez el corral estuvo listo, Augusto trajo dos gallinas gordas y las metió adentro. Con la misma paciencia que le enseñó a trabajar con la madera, le enseñó cómo mantener limpio el gallinero y cómo velar porque las gallinas estuviesen bien protegidas de depredadores. También pidió prestado un gallo para enseñarle de dónde sacar más gallinas y, luego de unas semanas, cómo cuidar a los nueve pollitos que salieron de sus huevos. En poco tiempo, bajo la supervisión experta de su padre, Ciprián había logrado dominar los fundamentos de la cría de pollos.

Tras unos meses, Augusto dejó a las dos gallinas más gordas y contentas en el corral y puso el resto de los pollos en una caja. Se los llevó temprano en la mañana para venderlos en el mercado de los jornaleros. Regresó esa noche con algunas monedas y una caja de pastelillos de guayaba para Ciprián. La recompensa por su trabajo fue muy bien recibida considerando que, aunque no era sustancial, iba más allá de lo que acostumbraba a recibir.

—Papi, ¿si crío más pollitos, los podemos vender? —dijo Ciprián. Su boca estaba rodeada de azúcar blanca de confección. Continuó rompiendo con sus dientes las finas capas de hojaldre hasta llegar al dulce relleno de guayaba horneada.

—Vamos a ver —respondió él.

Al día siguiente, su padre llegó con el gallo de uno de los vecinos. Se lo había comprado.

—Con esas gallinas que tienes, se pueden sacar dos docenas de huevos por semana. Con este gallo puedes, en más o menos seis meses, tener seis docenas por semana. En ocho meses puedes llegar a diez docenas. ¿Qué tú crees? ¿Puedes hacerlo tú solo? —preguntó Augusto.

—¡Claro que sí! —contestó inmediatamente Ciprián. No tenía idea si era posible o no pero, como se creía ya un experto, no había manera de hacerle reconsiderar sus probabilidades de éxito.

—Bueno, entonces de la semana que viene en adelante dejas la escuela y te quedas en casa —dijo Augusto.

—Pero, ¿cuánto me gano por trabajar? —dijo Ciprián, tomando conciencia del lío en que se estaba metiendo. Esperaba una suma generosa.

—Te ganas el amor de tu madre y tu padre por ser gran hijo, además de la comida y el techo que tienes encima de ti —contestó Flora, en lugar de Augusto. Su tono hacía evidente el hecho de que estaba en desacuerdo con que dejara la escuela, pero la decisión ya había sido tomada.

Esa frase no la olvidaría nunca, sea por lo altruista que sonó eso de trabajar solo por el bienestar de la familia, sea porque la frase se había convertido ya en la respuesta automática a cualquier pedido de dinero o recompensa, o sea porque en ese momento Flora tenía una guinea inquieta en la mano. La acariciaba mientras sermoneaba a Ciprián. Estaba tranquilita en sus brazos. Luego, frente a Ciprián, la agarró por el pescuezo con ambas manos y, de un jalón fuerte, la quiso desnucar. No pudo evitar que se le resbalaran las manos. Al instante, la guinea traicionada y con su pescuezo tambaleante, chilló de la agonía mientras buscó escapar. Flora, mujer dura de carácter, no titubeó, agarrándole el pescuezo con una mano y dándole cuatro o cinco vueltas al aire, patas arriba, al estilo 'burlesque'.

No se volvió a tocar el tema de la remuneración.

Sus responsabilidades dejaron de ser las de antes, limitadas a recoger huevos, dar de comer a los pollos y limpiar caca. Eso era trabajo honesto, pero puramente manual. Su nuevo rol pedía más cabeza. Le exigía entregar pedidos de huevos y cumplir con las cuotas semanales establecidas por su padre.

En ese momento contaba con cuatro gallinas ponedoras que, a más o menos un huevo al día, le daban un poco más de dos docenas semanales. ¡No eran suficientes! Sabía que necesitaría al gallo si quería producir más. Solo llegaría a las diez docenas de huevos con alrededor de veinte gallinas. Puso al gallo a trabajar toda la semana hasta conseguir al menos cuarenta huevos fecundados para que, con suerte, al menos la mitad salieran gallinas.

El gallinero estaba repleto de huevos. ¿Qué pasaría cuando los pollitos nacieran? ¿Dónde los iba a meter? El gallinero y el corral, hechos para solo cuatro gallinas, no daba para los cuarenta o cincuenta pollos que tendría que criar. Tenía que actuar rápido. Por suerte, Simón, que no tenía más que hacer, estaba dispuesto a servir como aprendiz.

Pasó mucho tiempo antes de poder cumplir con los pedidos. Esto no era aceptable para Augusto. Cuando se trataba de negocios, era exigente y fuerte. Antes dejó a Ciprián fallar porque era parte de la curva de aprendizaje. Ahora estaba hablando de fallar a los clientes, de limitar los ingresos semanales, de perder inversiones en tiempo y recursos. No dejaba pasar ni una, especialmente cuando veía que muchos de los problemas eran prevenibles.

—¿Qué culpa tengo yo si el pollito no nació? ¿O si no quiere comer? ¿O si se me enfermó? ¡Mira! ¡A veces hasta se matan entre ellos! —dijo Ciprián, apuntando a un pollo con el cuello desplumado. Corría como loco por el corral.

—¡Pues, mira a ver cómo te las arreglas! Yo lo que veo es un gallinero cagado con un corral lleno de rotos así de grandes, por donde caben ratas del tamaño de un conejo. Algo están haciendo mal —dijo Augusto, exagerando con sus manos el tamaño de uno de los rotos en el corral.

No había espacio para excusas. Ciprián y Simón se las tuvieron que ingeniar para compensar por los pollos que debieron nacer pero nunca nacieron, por los que nacieron tontos y débiles, por los enfermos que contagiaron a los demás y por los caníbales sedientos de sangre que se picotearon hasta la muerte.

Ciprián se la pasó día y noche pensando en los pollos esos. No era porque se preocupaba por sus míseras vidas, que las pasaban pateando paja, comiendo y cagando; vivían sus vidas solo para convertirse en caldo o en fritura. Cualquier sentimiento que pudiera un pollo tener, tampoco le hacía perder el sueño; los pollos, aparte de mirarle profundamente a los ojos sin pestañear, no eran muy expresivos que digamos. No dormía porque las exigencias de su padre lo hacían comerse su propio cerebro hasta lograr resolver sus problemas. En otras palabras, me ponía a mí a trabajar a tiempo extra.

Él disfrutaba de ese estrés, le daba algo de placer. También disfrutaba que su familia dependiera de él. Estaba contribuyendo con algo a ellos. Quizás tomó muy en serio esa frase manipuladora de Flora y llegó a creer que el amor que sus padres le darían se mediría en huevos por semana.

Hablando del amor, un tema complicado. Ciprián tocó ese tema por primera vez con sus padres probablemente en el lugar óptimo, la cocina, allí donde todos los ingredientes logran coincidir en el mismo lugar, al mismo tiempo y en la cantidad justa para lograr deleitar.

—Esta niña me maltrataba, me despreciaba —dijo Augusto mientras separaba los restos del guineo verde que acababa de rallar con el guayo, luego cogió una yautía y se detuvo unos segundos a pensar—. ¿Tú sabes qué? Yo pensé que nunca me daría la oportunidad. ¡Mira que traté de todo! Le traje flores y me las rechazó. Le traje chocolates y, bueno, esos le gustaban así que no me los devolvió, pero los cogió de mala gana. Eso sí, tampoco fue como que me abrió la puerta a más de una o dos palabras. Al principio pensé que era eso lo que funcionaría, traerle chocolates, pero la muy títere lo que quería eran más chocolates. Hasta le escribí docenas de cartas declarándole mi amor, diciéndole cuán bella era, cuán feliz me hacía sentir, que era mi todo y mi siempre —continuó añadiendo trozos de calabaza y echando un poco de sal y aceite de achiote a la mezcla.

—Bla, bla, bla. No era más que eso —interrumpió Flora con la trompa alzada, esforzándose para no sonreír. Mientras tanto, sentada junto a él, le acarició dulcemente el cuello. Se levantó y sacó del fuego la olla con el guiso de carne de cerdo, la destapó y le dio varias vueltas al guiso con el cucharón, finalizando con una probadita de dos gotitas vertidas en su muñeca. La fragancia arropó toda la cocina—. Bueno, esto está listo. Lo dejamos enfriar un rato y montamos los pasteles —dijo mientras pasaba suavemente por el fuego unas hojas de guineo que Ciprián había traído de la mata del patio.

—Entonces, ¿qué hiciste? —preguntó Ciprián.

—¡Pues no sabía qué hacer! ¡Así mismo como la acabas de escuchar era como lo decía todo el tiempo! ¡Bla, bla, bla! —dijo Augusto, imitando a Flora con muecas—. ¿Te imaginas mi frustración? Yo, un joven enamorado, tratando de tener una conversación seria con ella, tratando de hacerla comprender cómo me hacía sentir pero, ¡ella no me quería escuchar! Eran sentimientos reales, ¿tú sabes? Todas las que le tiraba me las contestaba con el maldito 'bla, bla, bla' ese. Se creía que yo perdía mi tiempo así con todas, que ella era una de muchas a quienes yo le mentía —continuó mientras montaba una línea de producción de pasteles. Él se encargó de poner la masa encima de las hojas de guineo con una aceituna y un pimiento morrón, Flora ponía la carne en la masa y Ciprián los cerraba y ataba con un hilo grueso—. Ahí fue donde se me ocurrió escribirle una canción —dijo levantando la mano derecha con un dedo al aire y luego apuntándolo hacia su cabeza—. Básicamente, le dije lo mismo que en las cartas, pero el mero hecho de hacerlo melódico de alguna manera la hechizó. ¿Cómo lo ves? Ja, ja —finalizó mirando a Flora, con una sonrisa y una fuerte palmada a mano abierta sobre su muslo derecho.

—Pero, entonces, si te estaba diciendo prácticamente lo mismo, ¿qué diferencia hacía si te lo escribía o si te lo cantaba? ¿No daba igual? —dijo Ciprián a Flora, confundido ante la aparente actitud contradictoria de la 'Flora' de años atrás.

—¡Muchacho, la diferencia es gigante! Las flores y los chocolates los puede comprar cualquier bobo por ahí que tenga dos o tres pesos para gastar. En las cartas, pues, decía muchas cosas muy bonitas, pero lo que hacía era descargar en un papel todo lo que tenía en la cabeza. No era muy diferente a simplemente decirme con la boca todas las mentiras que me iba a decir —dijo Flora mientras comenzó a poner a hervir los 'ladrillitos' que Ciprián terminaba de amarrar.

—Ajá. Pero, si con las canciones es igual. Están en papel —dijo Ciprián.

—¡Pues, te equivocas! ¿Sabes por qué son diferentes? Porque, aunque me escriba lo mismo, tiene que pasar más trabajo. Tiene que estar más seguro de lo que escribe. Tiene que pensarlo todo más. Tiene que pensar más en las palabras que va a utilizar. Las palabras ya no son solo un descargue de su cabeza, sino que tienen que también rimar y sonar bonitas. Tampoco me puede engañar. Tiene que asegurarse que yo no pueda pensar que su canción la usaría con cualquier otra de la calle. La tiene que hacer especial para mí —dijo Flora, luego le apretó un cachete a Augusto y se lo comenzó a menear de lado a lado—. Mientras más tiempo dedicó a esa primera canción, más tiempo pensó en mí. Mientras más pensó en mí, más se olvidó de sus mentiras. Yo no tuve que escuchar la canción para hechizarme. El día que vino a cantarla dejó de mirarme con los ojos seductores de Don Juan cualquiera y me miró con esos ojos chulos de Don Augusto. Éste manganzón se había realmente enamorado de mí.

Difícil contradecirla. Augusto tuvo desde el principio la receta y los ingredientes, pero tuvo que invertir tiempo en aprender a cocinar, en poner ojo a los detalles. Quizás otra se hubiera comido alguno de esos primeros platos que cocinó, pero no Flora, ella tenía un gusto más refinado. No se comía cualquier porquería.

Luego de unos minutos, Flora sacó uno de los pasteles y lo puso en un plato. Cortó el hilo y cuidadosamente desenvolvió las hojas de guineo.

—Toma, pruébate esto —dijo Flora.

El aroma criollo se le metió por la boca y las narices; lo tentó hasta que pudo saborear ese primer bocado. La masa, suave al enterrarle el diente, no era más que una capa fina que encubría a una melodía de condimentos. Cada ingrediente tocaba su nota musical. Muchos sobresalían como parte de una gran sinfonía, otros tan poderosos merecían su propio *solo*. ¿Qué habrá tenido dentro de su corazón ese gran maestro que logró inventar un plato así de digno para el paladar?

CAPÍTULO III
Ayuda del más allá
Mi diario: 16 de octubre de 1942

Pasan las semanas y el señor muerto todavía sigue en la casa. No sé quién es ese hombre ni por qué está aquí. Todas las mañanas despierto con él metido en mi cabeza. Sé que, al salir de mi habitación, vaya a donde vaya, me lo voy a tener que encontrar. Me veo obligada a pasar por la sala para poder llegar a cualquier otra parte de la casa. No me queda otra opción, salvo a la de convertirme en lagartijo, trepar las paredes por afuera de la casa y usar las ventanas como puertas. Le grito desde el otro lado de la sala. ¡Vete de aquí! ¡Lárgate! No me responde. Tampoco me regala con la cabeza ni el más sutil gesto para dejarme entender: «Sí, reconozco que estás ahí, pero no me da la gana de irme. ¡Quiero joderte la existencia!». Al menos eso me daría una pista de sus intenciones. En la misma sala es que está, sentado en el sofá que queda pegado a la pared, con nada más y nada menos, que un cuadro con la imagen de Cristo colgado encima de él. Ni loca me atrevo a tocarlo. ¡Me muero!

Él se queda fijo en su sitio, estático, eternamente vestido en su impecable traje de pingüino. Lleva un ramillete encarnado en la solapa de su chaqueta y guantes color blanco marfil, listo para ir a una boda formalísima o, que Dios me libre, escapado décadas atrás de su propio funeral. Los zapatos: como un espejo. El sombrero negro: no le falta. Todo es una farsa, un disfraz, hasta su bigote fino acicalado. Pretende ocultar lo pálido de su piel, lo lúgubre de su rostro, sus malditos ojos siniestros. Su espectro quedó estampado en mi cabeza. Me persigue. Me dan vueltas en la cabeza visiones intermitentes y descoloridas, grandes y pequeñas, de esos ojos escalofriantes. Pulsan dentro de mi cabeza y me quitan el sueño. Les tengo terror.

Aunque ha sido duro, trato de aprender a lidiar con él. Cuando tengo que pasar por la sala, simplemente voy corriendo de un lado a otro, tapándome los ojos con las manos. Claro, me aseguro de que siempre pueda ver algo entre mis dedos, ¡cosa de no chocarme contra las paredes! Esa lección la aprendí a la mala, con dolor. Si no corro, entonces me pego como una lapa con el pecho hacia la pared y me deslizo lentamente hasta llegar a la cocina. Así sobrevivo.

Si por alguna razón me tengo que quedar en la sala, lo que hago es ponerme de espaldas a él. Así no tengo que verlo. No me preocupa tenerlo tan cerca porque sé que de ahí no se va a mover. ¡Lo que quiero es sacarlo de mis ojos y de mi cabeza! Pero soy estúpida. Me torturo a mí misma. Por más que me lo proponga, se me hace imposible resistir el mirar hacia atrás cada minuto. Con piel de gallina, busco impacientemente su imagen borrosa entre mis dedos para confirmar que aún sigue ahí, sabiendo que lo único que hago es darle de comer a mi histeria.

Bueno, en realidad, de ahí el señor no se va a mover, siempre y cuando sea de día. Por la noche es otra historia. Le gusta dar vueltas alrededor de la casa tanto como a Juan por su casa. A veces lo busco y no lo encuentro por ningún lado. Eso significa que en algún lugar se estará escondiendo, en alguna esquina oscura esperando a sorprenderme. La oscuridad ya me asusta lo suficiente como para además tener que estar preocupándome por dónde se ha metido el hombre ese.

Su reposo nocturno favorito es en la cocina, sentado en una de las sillas del comedor, justo al lado del refrigerador. Ahí no alumbra ni la luna. Solo puedo distinguir la silueta de su cuerpo, con su sombrero negro y dos puntos que relumbran de sus ojos al encontrarse con los míos. ¡No me quita los ojos de encima! Permanezco congelada por minutos largos, sin ánimos para dar un paso más adelante. Solo me queda regresarme a mi habitación y llorar.

Papá y mamá dicen que ahí no hay nadie. Ellos aún no lo ven. Yo sé que no estoy loca. Yo lo veo. ¿Cómo ellos no?

Hace unos días, papá cogió una cacerola vieja y le cayó a tajados con un machete. Adentro metió unas cosas, una mezcla de no sé qué, pero sé que los ingredientes que usó se los trajo de la plaza del mercado. Ahí hay una de esas botánicas espiritistas. Antes de tapar la cacerola, prendió la mezcla en fuego, luego esperó a que el humo blancuzco comenzara a escaparse por las perforaciones que le había hecho. Tenía un olor dulce a incienso. Levantó la cacerola con unas cadenitas que le había ajustado en su contorno, que a la vez servían para mantener la tapa en su sitio, y dejó el embeleco guindar de su mano como un columpio. Sin apresurarse, la meció hacia adelanté y hacia atrás, queriendo salpicar la fumarola hacia la dirección en la que la mecía. Así paseó con la cacerola por toda la casa, ahumando los rincones de cada habitación, especialmente todas las entradas, las ventanas y por los alrededores del patio.

Papá me dijo que la fumarola servía para ahuyentar a los malos espíritus. Eso fue lo mismo que me dijo mamá cuando le pregunté acerca de la mezcla que le echó al agua que usaba para pasarle mapo al piso. Quieren que la casa esté completamente a prueba de espíritus malignos, pero el pasar humo por la casa y limpiar pisos con riegos fue solo el comienzo. Hay que sacar de la casa a los espíritus que estén, espantar a otros que quieran venir y acabar con quien sea que me los pueda estar echándolos encima.

Mamá y papá saben de muchas protecciones que se pueden colocar por todo el hogar; así atacan el problema por todos los ángulos. En el frente de la casa colgaron un espejo pequeño. Ellos dicen que los espejos sirven para reflejar y cortar cualquier corriente maligna que pueda venir del exterior. Además, por todas las entradas y en las puertas de cada habitación, incluyendo la sala y la cocina, clavaron crucecitas hechas con ramas de árbol de tártago. El tártago dicen que se usa para negarle la entrada al hogar a cualquier espíritu.

A mi cuarto lo minaron con papelitos engarabatados a lápiz, doblados y escondidos dentro de las gavetas, debajo de mi ropa o debajo del colchón de la cama. De alguna manera, los garabatos hacen que los espíritus se reconozcan como espíritus y dejen de molestar. Sin embargo, mamá dice que la protección de esos garabatos está limitada. Cada uno de los papelitos tiene su duración, ya sean días o semanas. Cuando lleguen a su fecha de expiración, habrá que quemarlos y reemplazarlos si todavía el señor no se ha ido.

Para protegerme del mal ojo, mamá me consiguió una piedra de azabache, que ahora tengo que cargar conmigo en un bolsillo para todos lados. También escribió mi nombre en unos papelitos, que luego terminaron enterrados dentro de un envase de cristal lleno de azúcar y suspendidos dentro de otro envase lleno de miel de abeja. Ella dice que son como unas medicinas espirituales para mejorarme.

Como nunca se podía descartar que alguien con malas intenciones pudiera haberme echado un brujo, también había que preparar remedios para esa posibilidad, por si las dudas. No está de más. Para eso papá peló un coco, le sacó toda el agua y lo dejó secar bajo el sol. Tomó un papelito marrón y escribió mi nombre a lápiz, luego lo dobló y lo metió dentro del coco. Sin yo estar al tanto de lo que pasaba, nos montamos en el carro hasta llegar a una intersección de cuatro calles. Ahí papá sacó el coco y lo restrelló contra la brea. Yo brinqué del susto. El coco quedó hecho cantos del azote. Papá dijo que romper el coco, a la vez rompe cualquier trabajo que alguien haya hecho en mi contra.

Hasta a mí, físicamente, están desde la semana pasada echándome algo encima para que se vaya ese señor; le llaman un mejunje. Yo me baño como siempre, con jabón y agua, pero ahora mamá y papá también me dan baños con eso. No me gusta porque siento que huelo a las hierbas, pociones y velas de santos que venden en la botánica. Ellos me dicen que aguante, que tengo que seguir bañándome durante varios días hasta que desaparezca el hombre. Mientras me bañan, comienzan con las oraciones, rezamos el rosario, le ordenamos al espíritu que se vaya y le rogamos a Dios que lo saque de aquí. Al terminar cada baño, todo ese mejunje que se usa lo recogen y lo tiran por la letrina, por donde nadie más pueda pisar, para garantizar la expurgación permanente de lo que haya salido de mí.

Mamá sospecha que es un espíritu que todavía no se ha querido ir al cielo, que se cree que todavía tiene algo que hacer aquí en el mundo de los vivos, que tiene alguien a quién ayudar. Ella dice que no todos esos espíritus que se quedan son malos ni buscan hacer daño a propósito, sino que a veces tratan de ayudar tanto a los vivos que, como no son seres puros, les pueden hacer daño. Yo no sé de esas cosas, pero lo que sí sé es que, después de tantas protecciones que me han puesto, no siento nada diferente, nada mágico. Solo espero que el hombre nos escuche y se vaya pronto. ¡Que me deje de ayudar!

Yo confío en mamá. No soy la única. Hay mucha gente que le confía sus cosas a ella, inclusive aunque no la conozcan. Hasta vienen de la isla a verla, a preguntarle cosas. Todos quieren saber qué les espera con respecto al dinero, a los negocios que tienen montados o están por montar. Vienen con ataques de celos y quieren saber si sus parejas les son infieles, o quieren encantar y enamorar a alguien. Quieren sacarse un dolor de cabeza, de piernas, de espaldas, en fin, sacarse cualquier otro de esos achaques que vienen con la edad. Claro está, también muchos vienen buscando deshacerse de las malas vibras, de los brujos y los espíritus, como el hombre que veo yo.

Mamá siempre tiene sus puertas abiertas para quien quiera venir a verla. Ella lo hace con gusto y se rehúsa a cobrar. Según ella, el don que Dios le regaló fue para ayudar al prójimo, no para darse lujos en nombre de Dios. Para ella, esos otros medios que piensan primero en cobrar y luego en ayudar no están bendecidos. Buscan dinero que no necesitan. Son unos farsantes. No hacen lo que Dios les encomendó.

Yo no le he preguntado mucho de cómo funciona su don, pero he visto algunas cosas. Sé que la suerte la lee de dos formas. La primera forma es simplemente caminando por la calle. Puede encontrar a cualquier desconocido al azar, hombre o mujer; de repente los detiene y se les queda mirando profundamente a los ojos. Como si los conociera de mucho tiempo atrás, los agarra por el brazo y comienza a hablar con ellos.

Esas intervenciones son de las más superficiales. Se limitan a prepararlos para lo que viene, para que sepan a quién tienen detrás buscando hacerles daño o qué proyecto les va a ir bien o mal, pero sin muchos detalles. Lo más bonito que la vi hacer fue ponerle la mano en la panza a una mujer y revelarle que tendría una niña fuerte y saludable. La madre quedó tan emocionada que comenzó a llorar. Ella le reveló que ya había tenido cuatro varones y estaba loca por tener una nena.

Los que vienen a visitarla reciben una lectura más a fondo. Desde temprano en la mañana se van acumulando en una sala de espera improvisada como las que usan los médicos, sentándose al aire libre en unos banquitos de madera que construyó papá. Mamá puede estar desde diez minutos hasta una hora con cada uno de sus visitantes. Ella decide. Saca un papel y lápiz y se pone a hacer preguntas, haciendo anotaciones al escuchar cada respuesta.

No son anotaciones cualesquiera. Ella no escribe en un lenguaje legible. Ella escribe línea tras línea de garabatos, el lenguaje de los espíritus. Puede llenar un papel completo de esa jerigonza irreconocible. Lo más impresionante es ver cómo ella toma ese mismo papel lleno de jeroglíficos y lee la fortuna de la persona, dándole un discurso de una manera tan casual y fluida. Ella asegura que lo que escribe en ese papel no es más que lo que le dicen dentro de su cabeza, pero eso no explica cómo puede leer lo que escribe.

Una vez me dijo que yo había nacido con las manos para hacer eso, pero no de la misma manera que ella. No iba a poder leer la suerte, ni curar con oraciones o fuetazos de plantas medicinales como lo hacía ella. A mí me tocaría el don de ver cosas a través de sueños y pensamientos. Si lo que me va a tocar ver el resto de mis días son cosas como el hombre espeluznante sentado en el sofá, entonces yo no quiero poseer ningún don de Dios. No necesito más de ese tipo de bendiciones en mi vida.

CAPÍTULO IV
Te dejo ganar

Gala, a penas con 14 años de edad, tenía el cuerpo de toda una deidad. Se desplazaba elegantemente por el pueblo con sus piernas esbeltas y rectas de muslo a tobillo. Sus ligeras curvas, artesanalmente talladas entre rodilla, pantorrilla y tobillo, sutilmente resaltaban no solo la delicadeza de su figura pero, a su vez, su fortaleza. Calles y veredas le hacían reverencia. Sabía cómo caminar. Jugaba inocentemente, pero con insuperable pericia, a desafiar la fina línea que separaba lo decente de lo sugestivo, lo fino de lo vulgar.

—¿Oye Ciprián, me llevas a la plaza? —preguntó Gala.

Era ella, una musa con tono dulce y juvenil de rizos castaños, parada justo frente a él. Sus ojos, oscuros y amplios, penetraban brillantemente en los de Ciprián, contrastando intrigantemente con la seriedad de sus apetecibles labios. Sorprendió a Ciprián sentado en cuclillas en la calle, ocupado en apretarle las tuercas grasosas a los aros de su bicicleta.

—Vente. Vamos. Debes estar sufriendo, ¿no? —dijo Ciprián al verle los pies serruchados por sus sandalias, que se les caían en cantos de tanto caminar.

La había conocido hacía poco tiempo, tan pronto se percató de que había dejado de ser una niña. A sus 25 años, no desperdiciaría la inusual oportunidad de tener a tan semejante ejemplar empotrada entre sus piernas pedaleantes.

Ciprián ya había escuchado algunos rumores de lo cruel que era ella. Era de esas chicas que se empeñaban en alejar a todos sus pretendientes, por capricho o simplemente por estar convencida de que no serían aceptados por su padre. Se rumoreaba que el último pretendiente que tuvo le escribió una carta donde le declaró su amor. En esa carta puso el corazón en la mesa para jugar a un todo o nada. Teniéndola a solas, fue el momento más oportuno para entregársela. Ella tomó la carta muy agradecida, hasta la abrió y la leyó frente a él. Al terminar de leerla lo miró a los ojos y le sonrió, puso el papel lleno de versos románticos justo frente a su cara y lo cortó en mil pedazos. ¡Vaya forma de romper corazones!

Pasaron unas horas caminando alrededor del mercado y por la plaza, cumpliendo con ese ritual compulsorio que consistía en agotar todos los temas de conversación habidos y por haber, lograr cómodamente el contacto entre manos, cortar a tijerazos el vacío que separara a A de B, antes de finalmente aspirar a lanzarse al primer toque de labios.

—No entiendo por qué no me dejas ni siquiera darte un beso —dijo sentado a solas con ella, luego de haber fracasado en su primer intento.

Esa vez, Gala astutamente había logrado esquivar todo tipo de besos posibles. Atrapada y viendo a los labios de Ciprián acercándose hacia los suyos, tuvo que pensar rápido. Si no hacía nada y mantenía su cabeza quieta, Ciprián lograría llegar a sus labios, el gran premio y objetivo principal. Si le daba cualquier cachete, el izquierdo o el derecho, le regalaría un triste premio de consolación. Si le daba el cuello, sería una movida extraña, poco probable e inesperada para ser el primer encuentro, pero interesantemente bienvenida para Ciprián. No, Gala no estuvo satisfecha con ninguna de esas opciones. No quería complacerlo de ninguna manera, así que decidió echar su cabeza hacia abajo, golpeándole el pecho suavemente con su frente. Fue una movida única que lo dejó profundamente confundido y claramente insatisfecho.

—No seas impaciente. Yo no voy a darle un beso a nadie sin antes tener sentimientos fuertes hacia él. Para mí lo más importante es que podamos tener una buena conversación —dijo ella.

—Sí. Yo también pienso que es importante conocerse bien pero, en serio, un beso no es nada —dijo él y la agarró de las manos.

—No tengo tanto interés en lo físico. Las mujeres no necesitamos de eso tanto como los hombres —dijo ella mientras le colocó las dos manos a un lado en el piso.

—Si esperas a tener todos esos sentimientos antes de comenzar con lo físico, ¿qué pasa si no estás contenta con lo que recibes? ¿Qué pasa si no logras satisfacerte? ¿No sería mejor saber que lo físico va a estar bueno antes de meter tanto tiempo y energía en tus sentimientos? —dijo Ciprián. Creía que, con sus preguntas existenciales, lograría que Gala reconsiderara toda su filosofía amorosa.

—Puede ser, pero por ahora lo veo a mi manera—dijo ella al ponerse de pié, luego pausó por un momento—. Bueno, gracias por darme pon hasta acá. Me divertí mucho hablando contigo. Me voy a casa.

—¿Quieres que te lleve? —preguntó Ciprián. Sabía que había perdido la partida pero, ¿qué más daba?

—No. Estoy bien, gracias. Prefiero caminar sola un rato. Adiós —le dijo ella con una sonrisa y se marchó.

Yo no necesitaba de lo carnal, pero evidentemente Ciprián sí. ¿Qué podía hacer yo con su apetito sexual? Nada. Maldecía todo eso bruto y animal que podía más que yo. Se entrometía en todo lo que no se tenía que entrometer y no quedaba otra que consentirlo. De no hacerlo, podía estar días, semanas, o hasta meses sin lograr llegar a nada útil con él. Quedaba atontado, por eso yo no podía ser egoísta con Ciprián. Tenía que haber algún balance, algún armisticio entre ambos, para coexistir pacíficamente en la misma morada.

—¡Con esa es con la que me voy a casar! —dijo a sí mismo mientras admiraba la exquisita figura de Gala desapareciendo en la lejanía ante sus ojos.

Mierda. Supe en ese momento que no se daría por vencido. Me encomendaría forzosamente a otra de sus encrucijadas libidinosas, sabiendo que lo consentiría para ahorrarme el dolor de cabeza de tener que lidiar con la versión atontada y hambrienta de sí mismo. Siempre se salió con la suya.

Volvieron a encontrarse en uno de los bailes del pueblo. No le quitaba los ojos de encima. Ella se percató a lo lejos, le regaló una sonrisa y se fue rápido a sacar a un chico a bailar. Ciprián hervía de celos. La buscaba con sus ojos entre la multitud, queriendo torturarse mientras ella reía a carcajadas de cualquier bobada que dijera el tonto con quien andaba. ¿Qué tenía ese tipo que no tuviese él? No entendía por qué la traición. Había sido ella quien lo había buscado ese día en que se encontraron, quien le pidió pasearla por el pueblo, quien se quedó tantas horas con él hablando meras tonterías.

Finalmente la encontró sola, escondida entre la oscuridad del campo, contemplando tal vez el sube y baja de los montes, o la noche estelar, o el cantar del coquí. No importaba qué. Necesitaba respuestas.

—¿Juegas conmigo? —dijo Ciprián al pararse detrás de ella. Ella permaneció inmóvil. Lo estaba esperando—. Pasan solo unos días y ya estás con otro. Quizás hasta siempre estuviste con él. Te gusta solo coquetear.

—No seas tonto. Él es mi primo. ¿Quieres conocerlo? —contestó Gala volteándose hacia él y riendo.

—No me parece gracioso —dijo él con su trompa en alto, esforzándose por no sonreír—. Entonces, ¿por qué me sigues ignorando? —preguntó él. Tenía que saber sus intenciones.

—Eres tú quien no me ha sacado a bailar. Yo no pienso quedarme sentada, aburriéndome y esperando a que te decidas sacarme —dijo ella mientras se acercó hacia él.

—Yo no bailo —dijo Ciprián.

Se tomó un momento para mirarla profundamente a los ojos en silencio. Gala hizo lo mismo, pero no titubeaba, no dudaba, no pestañeaba. Ciprián, provocado al tenerla parada a dos pulgadas frente a él, la agarró por las caderas para que no se le fuera a escapar. La apretó fuerte y haló hasta sentir su vientre rozándole la hebilla de la correa. A ella no pareció molestarle el atrevimiento. Ciprián, lanzándose una vez más a reclamar los derechos sobre su boca, logró finalmente saborear la ternura jugosa de sus labios. Sus manos se desplazaron velozmente hasta posarse en su trasero, dominio de sus asentaderas carnosas, donde buscaron agarrar hasta estrangular. Ella exhaló, escapándosele a su vez un suave gemido que dejó tonto a Ciprián. Apretó más fuerte. Gala, de puro impulso, le mordió el labio con más carne, acariciándoselo dulcemente con la punta de su lengua. De repente se detuvo, lo empujó hacia atrás y le plantó una bofetada, de esas que pican después de quemar.

—¿Qué pasa? —preguntó Ciprián aturdido, como al ser despertado de un sueño profundo. La intensidad del momento acababa de ser asesinada a batazos.

—No vamos a hacer nada hasta que nos casemos —contestó, se dio una vuelta y se perdió en la oscuridad.

Tanta hambre de carne tenía el pobre Ciprián, que se olvidaba de lo pela'o que estaba. Si la idea era casarse con ella, ¿cómo la mantendría? ¿Dónde vivirían? ¿Qué padre daría la mano de una hija, tan codiciada como Gala, a un pela'o? Había que conseguir respuestas.

Poca cabeza tuvo que darle tema. Esa semana le ocurrió algo increíble, como si alguien estuviera velando por su inconsolable apetito sexual. El Bolipul, la infame lotería subterránea que lo enviciaba semanalmente y le desangraba gota a gota lo poco que se ganaba, repentinamente le devolvió todo lo que en su vida invirtió en ella más veinte mil pesos.

Problema resuelto. No tardó mucho en tener a Gala, de blanco con todo y velo, relinchando en su cama a cuatro patas como una potra salvaje.

Con parte del dinero, compró una casa humilde, pero cómoda, hecha en cemento para que no se la llevaran los huracanes. Con lo que le sobró, se compró un almacén que pronto convirtió en un negocio especializado en ventas al por mayor. Lo llamó Chepo's Cash & Carry. Comenzó vendiendo granos, frutas y vegetales del país, pero pronto fue haciendo negocios con la capital para traer más productos enlatados.

Para esa época, el gobierno le estaba metiendo mucho dinero al desarrollo del país. El momento fue clave para comenzar a sacar a la gente de tan altos niveles de pobreza. Claro está, que el empujón financiero por parte de la reserva federal de los Estados Unidos vino más que bienvenido. Los efectos de todo esto ya se iban notando año tras año. A medida que más gente del campo se salió del mangle económico, más colmados fueron floreciendo barrio adentro.

Chepo's Cash & Carry fue el intermediario que tanto necesitaban esos colmados para seguir multiplicándose. Tanto así lo necesitaban, que en solo dos años duplicó el tamaño del almacén. La expansión no solo aumentó su capacidad de venta al por mayor, sino que también le permitió aprovechar la creciente demanda detallista.

—Oye Chepo, estoy notando que cada vez viene más gente a hacer sus compras de la casa aquí. ¿No crees que deberíamos abrir un colmado también? —dijo Simón un día en la tienda. La idea de vender al detalle no era nueva, pero solo desde ese día fue que se consideró seriamente.

—No sé. Para eso necesito más empleados y comprar más góndolas. Me va a faltar espacio en el almacén para poner la mercancía —dijo Ciprián a brazos cruzados.

—Pues, yo creo que mientras más gente venga, mejor. Mira, yo hablo con los dueños de los negocios un rato y, tú sabes, de pana a pana, me dicen todo —dijo Simón abriendo la palma de la mano izquierda y, con el dedo índice de la derecha, saltando de dedo en dedo al listar sus ejemplos—. Que si los precios de las otras tiendas, que si los productos buenos, que si los productos malos, quién tiene de qué y quién no tiene de qué. Con todo y eso, a veces nos tragamos todo el inventario de algo que no se vende porque no nos enteramos hasta que dejan de comprar —argumentó Simón, eternamente batallando con su dicción.

Simón tenía ese don de caerle bien a quien sea que conociera. Le gustaba bromear y hacer amigos. Su energía le venía de socializar con otros. En fin, era un buen vendedor. Eso, o era que la gente lo veía débil e inofensivo. Podría ser también que la lástima que le tenían le jugaba a su favor. Sea como sea, el punto es que desarrollaba relaciones con sus clientes, no solo porque se llevaba genuinamente bien con ellos como personas, sino porque además podía hacerlos regresar y comprar más.

—Bueno, ¿lo que estás pensando entonces es que, con las amas de casa, puedes sacar información que esté más al día? —preguntó Ciprián.

— ¡Exacto! —contestó Simón con un gruñido híbrido entre risa y exhalación—, y estamos en las de ganar con los precios porque no hay que comprarle a ningún almacén. ¿Qué tú crees? —dijo sin quitarle los ojos de encima a Ciprián.

Le convenía moverse en esa dirección, aunque fuera por precaución. Algunos de esos colmados amenazaban con ponerse muy grandes, lo suficientemente grandes como para que, en poco tiempo, dejaran de comprarle y comenzaran a competir contra su almacén.

—Poniéndolo así, me convenciste. Así podemos estar un paso adelante. Vamos a intentarlo entonces, a ver cómo sale —dijo Ciprián.

La conversación se vio repentinamente interrumpida cuando ambos se quedaron mirando a un viejito arrugado que caminaba a paso de tortuga por el otro lado de la tienda. Llegó hasta los sacos de maíz. Sacó fuerzas de donde no tenía para meter un saco en su carrito de compras, pero la artritis le ganó la batalla cuando el saco se le resbaló de sus manos. Aun así, logró que cayera dentro del carrito, pero la caída tan brusca hizo que el carrito se corriera a un lado, dándole en la espalda por accidente a otro de los clientes, un tipo gordo y grande.

—Carajo, ¿pero no ves que estoy aquí? —dijo el gordo. Miraba al anciano con ojos cómicamente amenazantes, como los que ponen los luchadores en la lucha libre. De momento, empujó un extremo del carrito contra las costillas del pobre anciano, aplastando su cuerpo de lagartijo contra el tablillero repleto de sacos de maíz que tenía detrás.

Si a la más mínima provocación accidental, en este caso con el saco de maíz, ya estaba abusando de un pobre anciano desconocido en un establecimiento público, no me imagino lo que estaría dispuesto a hacer a puertas cerradas.

Ciprián se apresuró hasta el otro lado de la tienda. Con una mano, agarró al hombre por la espalda, casi desgarrándole la camisa. Le hizo un candado por el cuello con el otro brazo, lo haló hacia él y lo restalló contra el tablillero que tenía detrás. Cogió lo primero que le llegó a sus manos, una lata de salsa de tomate, y le cayó a latazos hasta dejarlo tirado en el piso con la cabeza desbaratada. Esa zurra neandertal a latazo limpio lo dejó inofensivo; quedó tonto para siempre.

Unos días después, se apareció el anciano otra vez por la tienda para extenderle una invitación a Ciprián. Resulta que ese viejo con cuerpo de lagartijo era masón.

—Nos hace falta más gente joven y emprendedora, de buenos principios, como tú. Ya van muchos años de politiquería y bajos recursos. Muchos hermanos se han perdido con el tiempo. Yo creo que tú nos puedes ayudar a echar

37

pa'lante. Tú sabes; hay tanto charlatán en la calle —dijo el hombre apuntando con su dedo hacia uno de los moretones que aún le quedaban, dando testimonio de sus palabras.

Mientras lo escuchaba, le corrieron miles de ideas por la cabeza. Se imaginó a sus futuros hermanos haciendo de Chepo's Cash & Carry el lugar de referencia para sus compras familiares y comerciales. Su tienda sería perfecta para abastecer toda reunión o actividad benéfica de la logia. Era además una excelente oportunidad para hacer contactos a través de diferentes sectores, contactos que tal vez estarían interesados en abrir cuentas grandes con él.

—Caramba, le agradezco mucho la invitación. Me daré la vuelta en estos días —contestó Ciprián con una sonrisa y un buen apretón de manos.

CAPÍTULO V

Padre ejemplar

C omenzando temprano en su matrimonio, Gala pasó por dos embarazos, ambos de ellos sustentados nutricionalmente por una obsesión patológica con el caldo de pollo.

A sus dos años Pablo, el menor, gozaba de correr desnudo por la casa. Ciprián se lo tenía prohibido. Gala se pasaba detrás de él, día y noche regañándolo, pero se esforzaba en vano, porque Pablo pelaba pa' abajo tan pronto la veía distraída con cualquier cosa. Paseaba de habitación en habitación, libre, despreocupado, disfrutando de los choques entre el viento y su intimidad. Todas las tardes, al escuchar el carro de Ciprián regresando del trabajo, corría a su habitación en búsqueda de sus pantalones. Ya sabía lo que le venía si su padre lo encontraba sin los pantalones bien puestos.

Un día, Ciprián sorprendió a Pablo con los pantalones solo hasta las rodillas. Una pata del pantalón caía realenga en el suelo mientras la otra estaba a punto de desgarrarse. Trataba de acomodar sus dos piernas en la misma pata. No conseguía subirse los pantalones. Quedó congelado por unos segundos mirando a su padre.

—¡No! ¡No! ¡No! ¡Perdón! ¡Perdón! —gritó Pablo. Se tiró al piso para quitarse los pantalones y se fue corriendo a la habitación gritando y llorando.

—Pero, ¿cuántas veces ya te he dicho que no estés corriendo en pelotas por ahí? —gritó Ciprián, que lo logró alcanzar luego de quitarse la correa. Le cayó a fuetazos.

Irma, la mayor, era la nena de papá. Le encantaba jugar debajo de la casa, que estaba apoyada sobre columnas de unos cuantos pies para evitar que los alacranes se metieran. Allí se encontraba con toda clase de criaturas habidas y por haber, mientras se embarraba con tierra de pies a cabeza. Cuando se cansaba de explorar, a la muy sinvergüenza se le ocurría pasar sus patas enfangadas por toda la casa y, con su toque de Midas, convertía en mugre todo a su alrededor.

Ciprián no tenía el corazón para darle los fuetazos que se merecía. Era su nena. Le tocaba a Gala impartirlos. El arma por excelencia: el cable eléctrico. Grueso, de esos que van de poste en poste, duradero, confiable. Le dejaba una buena marca roja en la pierna que parecía quemarle hasta el próximo día. Buena selección para escarmentar.

Irma vivió varios meses de su niñez luchando contra ese cable que la perseguía. Gala lo escondía, pero ella rebuscaba gaveta tras gaveta hasta encontrarlo. Tan pronto lo tenía en sus manos, se iba corriendo hasta el frente de la casa y lo echaba en el basurero.

Gala lo vio en el fondo del dron de basura por casualidad. Naturalmente, ella también tenía cosas que echar al basurero. Luego de sus escapadas, Irma quedaba incrédula al ser disciplinada otra vez con el mismo cable. No se dio por vencida. Siguió intentando deshacerse de él semana tras semana, pero Gala ya le tenía el ojo puesto para que no lograra salirse con la suya, hasta que un día no lo vio más. Irma contaría muchos años después acerca de ese día donde salió victoriosa. Se le ocurrió pasar por el pozo muro. Allí encontró un rotito por dónde tirar el cable. El intruso cable terminaría el resto de sus días ahogado en excreta.

Estas criaturas nos dieron a Ciprián y a mí buenos dolores de cabeza. ¡Sabe Dios qué sería de ellos hoy si no les hubiéramos quitado esas malas costumbres!

Claro, no era todo amor a mano dura. Llegaba del trabajo temprano todas las tardes y jugaba con sus niños. En el juego de Parcheesi daba cátedra, bloqueando cruelmente y comiendo sin compasión a los peones de sus ingenuos chiquillos. Se reía hasta no aguantar más el dolor por debajo de la costilla con los chistes y ocurrencias que ellos aprendían en la escuela. Quedaba asombrado con el poder de improvisación que demostraban al inventarse cuentos e historias. Además, ¡las preguntas que hacían! Se ponían más y más interesantes con el pasar de los años.

—Oye Papi, ¿Y cómo es que tú haces tus chavos? —preguntó Irma una de esas noches sin nada que hacer.

—Yo tengo un almacén de comida. La gente me compra la comida para cocinar —contestó Ciprián.

—Ah, y, ¿de dónde tú sacas la comida que vendes? ¿Por qué te compran a ti? —continuó ella con su cuestionario.

—Bueno, pues lo que yo hago es comprar un montón a las fincas o a las fábricas para que así no me cueste un montón —dijo agarrándola de las muñecas por ambos brazos y abriéndoselos lo más que pudo—. Entonces la gente viene a la tienda y me compra un poquito de ese montón. Yo le vendo ese poquito un poquito más caro de lo que me costó —dijo con voz aguda, juntándole sus dedos índice y pulgar hasta tenerlos a un pelo de distancia el uno del otro. Irma reía incontrolablemente.

—Ah. Pero, ¿por qué se los vendes un poquito más caro? —preguntó Irma.

—Pues, porque ellos no tienen suficientes chavos ni tampoco necesitan comprar un montón como yo. Si ellos quieren comprar solo un poquito y no le compran a un almacén como el mío, entonces tienen que pagar más. Yo les ayudo a que les salga todo más barato —contestó Ciprián.

—¿Tú eres el que vende más barato? —preguntó Irma.

—Eh, casi siempre. Yo vendo casi todo más barato pero, si no hay mucha gente cerca vendiendo lo mismo que yo, entonces vendo más caro —contestó Ciprián, rascándose la punta de la nariz. Debió haberle dicho que sí, que era el que más barato que vendía.

—Pero, si tú dijiste que ellos no tienen chavos, ¿por qué le tienes que vender las cosas más caro? —continuó Irma.

Muy válida su pregunta. Para muchos era difícil poner el pan en la mesa. Recordó a su mismo padre quien, cuando Ciprián era pequeño, iba al mercado y compraba solo lo justo para darle de comer a la familia. No más. En la posición que él estaba, podía fácilmente dar precios aún más accesibles para que la gente pasara menos necesidad.

—Es que yo compro un montón de todo. Algunas cosas se venden mucho y otras cosas se venden poco. Si algo no se vende, me lo tengo que tragar porque ya lo pagué. Lo que vendo caro, estoy bastante seguro que me lo van a comprar porque la gente lo necesita. No hay más nadie cerca de aquí que lo tenga para vender. Esos chavitos me ayudan a que nunca pierda —dijo Ciprián. No tenía muy claro en su cabeza si lo que acababa de decir hacía sentido.

—Eh... ¡No entiendo! —dijo Irma después de quedarse estancada unos segundos procesando la explicación resbaladiza de su padre.

No era un tema fácil de explicar. Estos temas existenciales que le traían la vida de los negocios siempre me mantuvieron activo, día y noche pensando en tal o cual situación. En este caso, Ciprián manejó su negocio buscando el balance entre sus necesidades, las necesidades de su familia y las necesidades de la sociedad. Él se compraba un riesgo cada vez que ordenaba un camión adicional de mercancía. A sus clientes no les podía importar menos si estaba ganando o perdiendo, porque lo que ellos querían era el mejor precio por lo que iban a comprar y punto. Si se ponía muy fresco subiendo precios, la gente se le iría para otro lado. Si se ponía muy tonto o bondadoso, bajándolos demasiado, y pasaba cualquier imprevisto, se arriesgaría a la quiebra. La quiebra no lo arruinaría solo a él y a su familia, sino que también a sus empleados y sus familias.

No era necesario llenarle la cabeza a su nena de tantas preocupaciones.

—Pues, ¡ya es hora de ir a dormir! Lo más importante que debes saber es que papá está trabajando mucho para que mis niños tengan todo lo que quieran y no pasen hambre —dijo dándole un beso en la frente y llevándosela en sus brazos a la habitación para acostarla a dormir. Afortunadamente, Irma no insistió y cayó dormida como un tronco.

Sí, fue buen padre. Siempre se aseguró de darle a toda su familia un buen techo con comida en la mesa. Nunca les faltó nada, algo envidiable en esos tiempos. Por eso mismo, justo esas palabras que le había dicho a su hija el día anterior, se las tuve yo plantadas en su cabeza cuando, acabando de llegar a la escuela de Irma para un desfile que tenía esa noche, se percató de que el trajecito que ella se iba a poner estaba todo manchado de aceite de motor.

Fue su culpa. Había sido él mismo quien había metido el trajecito en el baúl. No podía fallarle a su nena quien, al ver su traje, se bañó en lágrimas. Ante no encontrar solución al problema, dejó a los niños en la escuela con Gala y se apresuró a toda velocidad hacia la casa en busca de otro traje.

Pasando de curva en curva por una carretera como boca de lobo, repentinamente se topó con alguien, un peatón que cruzaba la carretera, un pobre diablo completamente ajeno a lo que le venía encima. Siendo ésta una de las rarísimas ocasiones en donde he logrado controlar el cuerpo, empujé el pie de Ciprián firmemente en el freno unas milésimas de segundos antes de que éste se percatara de lo que estaba pasando. No obstante, no pude evitar el impacto.

Cuando el carro finalmente se detuvo, Ciprián quedó tieso con ambas manos aún en el volante.

—Mierda. Lo maté —dijo Ciprián.

Mierda. Lo mató. Eso pensé yo.

Vio a través del cristal de su carro la figura de un hombre tirado en la calle. Solo se escuchaban los grillos y los coquíes escondidos entre la noche y el pastizal. Se bajó del carro y se acercó al hombre. No se movía. Le tomó el pulso. Estaba vivo, pero inconsciente. Su cabeza le sangraba. Volando, llegó hasta el baúl de su carro, lo abrió y agarró lo primero que vio para detener la sangre: el trajecito blanco de Irma con la mancha de aceite.

Le echó una mirada al carro. ¡Qué ironía! No tenía ni un rasguño. Esas carrocerías de acero que hacían antes eran casi indestructibles, no como las porquerías de plástico que se venden ahora.

Tan pronto pudo, lo cargó en sus brazos y lo metió en el asiento trasero. Con la misma prisa que venía antes del accidente, así mismo se apresuró hacia el hospital.

—¿Me puede contar qué fue lo que ocurrió? —preguntó el doctor mientras colocaban al hombre en la camilla.

Se quedó mudo, con la mente completamente en blanco. No sabía qué decir. En toda la confusión y el caos, jamás consideré tener que responder a tan sencilla pregunta. Simplemente no tenía una respuesta. Nunca antes pasé por algo así. Tampoco había, dentro de la cabeza de Ciprián, ni siquiera un mísero recuerdo que se asemejara en lo más mínimo a una respuesta adecuada. Nunca había escuchado un relato de alguien a quien le hubiera ocurrido algo similar, ni había tenido una conversación hipotética del tema. Nada.

Le mostré una prisión solitaria, una vida miserable tras las rejas. Le mostré la punta de un revolver en su cabeza. Le hice sentir el disparo en la frente atravesando su cráneo y le hice ver a ese mismo hombre que acababa de atropellar halando el gatillo. Le mostré a su esposa y a sus hijos llorando su muerte. Ese era el precio a pagar por un simple despiste en la carretera.

—Entiendo que es una situación fuerte, pero necesitamos saber qué fue lo que ocurrió para poder tratar al paciente de la mejor manera —dijo el doctor.

Aún no sabía qué hacer. Mostrarle todas las consecuencias de lo ocurrido no sirvió de mucho.

Lo hice repasar el accidente. Al momento de los hechos tenía frente a sí a un hombre inconsciente, tirado en la calle. Todo estaba oscurísimo. El pobre hombre lo más seguro ni pudo verlo venir.

—Por favor, ¿me puede decir lo que ocurrió? —insistió el doctor.

—Doctor, no lo sé. Yo venía de la escuela de mis nenes y me lo encontré tirado, en medio de la calle —contestó finalmente Ciprián, luego pausó por un momento y cruzó sus brazos—. Hay tantos desgraciados sueltos por ahí. Irresponsables —dijo con su cabeza gestando desaprobación.

Se escapó del problema. Eso fue lo más sensato. Nadie lo vio. El daño estaba hecho. Aceptar cualquier culpa no haría más que arruinarle el resto su vida.

Pasaban las horas y aún no salía del hospital. Esperaba noticias del hombre. Merodeó inquieto por todos los pasillos y las salas del hospital.

¿Qué pasaría si despertaba y contradecía toda su historia? Si ese hombre lo vio, lo reconocería por el negocio. Identificado por un cliente regular. ¡Qué ironía! Aunque tal vez no vio nada. Eso seguía siendo lo más probable. Las luces del carro lo habrán cegado antes de pegarle. Ahora, quién sabe qué habrá escuchado. Un gemido de desesperación de Ciprián al montarlo en el asiento trasero de su carro. Un grito mientras golpeaba a puño cerrado el volante de su carro de camino al hospital. Un suspiro. Quizás le habrá tocado impactar justamente a un experto en identificar carros solo por el sonido de su motor, sus frenos, el chillido de las gomas con la brea. No, eso sería el colmo. Lo más probable a quien le dio fue a un jíbaro que ni sabía lo que era un carro.

Basta de tanto análisis. Ciprián tenía los pies cansados de dar vueltas. Los ojos le ardían. Le hice recordar a Gala. Habían pasado horas desde que dejó la escuela y aún no se había comunicado con ella. Estaría preocupadísima por él. Para la época, el teléfono no había llegado al campo, así que envió a alguien para ponerla al tanto de la situación. Por supuesto, ella solo se enteraría de la versión oficial de lo ocurrido.

Se sentó en la sala de espera. Se inclinó hacia adelante, cubriéndose el rostro con las manos y descansando los codos en sus rodillas. De repente, una de las enfermeras salió de la sala de emergencias.

—¿Es usted Ciprián? —la enfermera preguntó.

—Sí. ¿Despertó el muchacho? —respondió Ciprián. El silencio le pareció eterno. La joven enfermera no tenía idea de la importancia que tendría para el resto de su vida lo que estaba por decir—. ¿Despertó?

—La lesión en la cabeza le causó una hemorragia cerebral. Lamento decirle que ha muerto —dijo la enfermera.

Ciprián no logró aguantar sus lágrimas. ¡Qué alivio!

La enfermera, creyéndolo casi desplomarse de la tristeza ante tan terrible noticia, no aguantó la emoción. Se cubrió la boca, como castigándose por tener que ser la mensajera.

—¡No deberías estar triste! ¡Nada estuvo bajo tu control! Eres un gran hombre por hacer lo que hiciste. Fuiste tú quien lo encontró. Lo trajiste aquí. ¡Vivo! Fue papá Dios quien decidió llevárselo —dijo la enfermera.

—Gracias. Es que morir así no se lo merece nadie —dijo Ciprián luego de limpiarse las lágrimas con un pañuelo.

—¿Quieres que vayamos a tomar algo y hablar? Te vas a sentir mejor —dijo la enfermera mientras le acariciaba la palma de la mano con su dedo pulgar—. Me llamo Rita.

CAPÍTULO VI

Oídos sordos
Mi diario: 12 de enero de 1951

Ya me recuperé de la caída, pero siguen pasando los días y todavía no escucho ni pío. La noche del accidente estaba sentada en el comedor con la familia. Recuerdo que me sentía distraída, nerviosa, con la mente en blanco. Tenía la presión de tocar lo que sería mi último recital como estudiante. Si salía todo bien, mi maestro, quien desde pequeña me enseñó todo lo que sé, me había dicho que no podía hacer más por mí. Estaría lista para convertirme en toda una pianista profesional. Él es un gran maestro y le debo todo lo que sé, pero creo que exagera. Lo que dice es solo para hacerme sentir bien.

Yo me esfuerzo mucho, pero no soy tan buena como los demás. No logro tocar ni una pieza a la perfección. Siempre tiene que meterse un dedo por donde no debe o una nota en destiempo, con demasiado pedal, cocinando una sopa de notas que arruinan la melodía. Me da rabia que nada me sale como deseo. Me encantaría poder, un día, sentarme y dejar que los dedos hagan todo el trabajo, que me hagan perderme en mis pensamientos con la música tocando de trasfondo.

El maestro me dice que soy muy buena, pero que pido mucho de mí misma. Para él, de esos errores nadie se da cuenta, ni siquiera él mismo. Mi error, según él, es tratar de tocar cada pieza estrictamente a la perfección. Él dice que el pianista siempre se va a equivocar, que solo son notas escritas en un papel y que nadie nunca las podrá tocar como están escritas, ni el mismo compositor. ¿Por qué? Porque el lenguaje en el que están escritas no puede abarcar el nivel de detalle ni el poder del momento en el que fue compuesta. Siempre quedará una parte abierta a la interpretación. Al pianista le toca ser fiel a la voluntad de lo que el compositor, pasada su tormenta de emociones, logró capturar a último momento en el papel. Sin embargo, el pianista no puede olvidarse de ser humano. No puede olvidarse de errar a nombre del arte, de sumergirse cuerpo y alma en su pieza. De lo contrario, no existe la interpretación. El pianista domina su instrumento cuando deja de tocar y se pone a interpretar.

Yo lo escucho. Verdaderamente lo escucho y comprendo lo que me quiere decir, pero eso no me detiene de querer martillar al piano cada vez que algo sale mal, de decepcionarme a mí misma tanto como para considerar dejarlo todo a otros con más talento que yo.

No soy la única que piensa así, que carezco de talento. El resto de los alumnos no esconden lo mucho que piensan cuán grande un fracaso soy. No me tratan bien. Para nada. Me ven débil, indigna de compartir con ellos. Se la pasan chismeando cosas feas a mis espaldas. Se creen que no me doy cuenta, pero los veo reír sentados en la grama debajo del árbol, burlándose de mi estilo de tocar el piano.

Antes los confrontaba molesta y ellos inmediatamente se callaban y lo negaban todo. Se inventaban historias, diciendo que ni siquiera hablaban de algo relacionado a mí o al piano. ¿Les tendré yo cara de pendeja? Lo lindo es que venían hacia mí, que estaba abiertamente enrabiada, buscando consolarme y subirme los ánimos. Me sobaban la espalda, me abrazaban, me acariciaban, tenían el descaro de atreverse a fingir preocupación por mis sentimientos. Lo que pretendían con tanto sobo era convencerme de que no hacían lo que yo estaba segurísima que sabía que hacían. No soy tonta. La tenían y aún la tienen en contra mía. Ahora ni les hablo. Lo sigo caminando, sin mirarlos. No me gusta que se burlen de mí.

Me rompe el corazón que mi propio maestro también se mofe de mí. No hago más que entrar al estudio y lo encuentro riéndose a carcajadas con esos mismos a quien dejé de dirigirles la palabra. Él ríe con todos, sabiendo que me está hiriendo por juntarse con gente mala que le encanta hacerme daño. Con todos esos se divierte y hace bromas, ya sea en grupo o cuando se topa afuera con uno de ellos. Yo me pregunto, ¿qué tienen ellos que no tenga yo? ¿Por qué esas clases que tiene con otros parecen tan divertidas, llenas de bromas y relajos, y las mías las toma tan serias, yendo al grano siempre? Ahí es que está el pecado. Puede vacilar con todos ellos menos conmigo, porque conmigo no se puede burlar de mí. Yo soy el chiste.

Por otro lado y para colmo, en un momento tan estresante para mí, me comenzaron a perseguir las pesadillas. Me tenían la mente bloqueada, sin dejarme concentrarme en nada.

Me sorprende cómo papá y mi hermano pudieron mantener su compostura durante esa cena. Sabían todo acerca de lo que soñé la noche anterior, porque ellos mismos fueron los protagonistas de mi sueño.

Era tarde en la noche y yo estaba ya dormida. Me despertó una luz intensa que entró a mi habitación por la puerta, que se había quedado abierta. Dos sombras que me eran familiares arroparon mi cama. Por el lado izquierdo de la puerta reconocí la silueta de mi hermano, caminando sin camisa por la casa, como siempre. Al otro lado estaba papá, susurrando algo ininteligible, a pesar de que nunca ha sido capaz de bajar su tono de voz lo suficiente como para caer dentro de la definición de un susurro. Les preguntaba qué pasaba, por qué habían encendido la luz. No me contestaron. Guardaron silencio. Alcé la voz e insistí. Tenía que levantarme temprano al otro día y no estaba en las de perder el sueño por dos desconsiderados.

Cerraron la puerta, gracias a Dios. Cuando comencé a coger el sueño de nuevo me despertó un ruido, como el de alguien tropezando su pié contra la pata de la cama. No había notado que seguían metidos dentro de la habitación. No podía verlos, pero sabía que se acercaban por ambos lados de la cama. Parecía haber estado todo premeditado: encontrarse en la entrada de mi habitación, invadirla por ambos lados para que no pudiese escapar, meterse conmigo entre mis sábanas.

Yo estaba asustada. No sabía qué pasaba. No sabía qué querían. Me quedé trinca. Sentí a alguien agarrarme por las muñecas de mis brazos y juntarlas una con la otra por arriba de mi cabeza. Las apretó con una mano fuertemente contra el colchón, mientras que con la otra me tapó la boca antes de que pudiera gritar. Tenía un ligero olor a sudor viejo. Era papá, señalándome que hiciera silencio. Mi hermano, trabajando en equipo con él, me quitaba la ropa de dormir. Comencé a patear, pero ya me tenía agarrada por los tobillos.

Todo pasó tan rápido que no tuve ni un segundo para reaccionar. Ellos no perdieron tiempo. Habían venido a hacerme el amor. ¡Lo terrible es que lo disfruté! ¡Me gustó! Tardé poco en dejar de intentar escapar. Me quedé quieta en la cama. Dejé que ellos lo hicieran todo.

Después de esa noche, el toque cariñoso de papá no ha vuelto a ser el mismo. Ahora lo siento en otro tono, más provocador y sensual. Quiero que ese sueño sea uno de esos que se repiten. Quiero que me acosen y se aprovechen de mí noche tras noche.

No fue real. Imposible que haya sido real. De todas maneras, ellos saben lo que sucedió. Me consta. Me estarán juzgando con sus ojos por haber conjurado, aunque no a mi propia voluntad, semejantes suciedades dentro de mi cabeza. Peor aún, me estarán juzgando porque todavía disfruto y mantengo vivo el recuerdo falso de estar atascada entre ambos de sus pechos.

No entendía qué me sucedía. Lo que me pasaba por la cabeza no era correcto, no era normal. Jamás vería a mi padre y a mi hermano con esos ojos, pero en ese momento no podía evitarlo. Sabía que era una locura, pero la locura se había convertido en mi forma de ser. Era mi nuevo 'yo'.

Por suerte, parece que mamá no se ha enterado. No creo que le hayan dicho nada. Querrán mantenerlo en secreto. Es que, si llegara a enterarse, terminaría devastada.

Estaba tan distraída, que ni le puse atención a lo que comía. Todavía siento en la boca el mal sabor amargo que me dio ese día. Algo tenía entre los dientes que crujía al masticarlo y no se quedaba quieto. Sentía a la misma vez cosquilleos y raspaduras punzantes entre la lengua y el paladar. Entré en pánico. La comida no se suponía que se moviera. Tuve que escupir el buche de piononos tan pronto pude para deshacerme de lo que sea que tenía adentro. Mientras el resto de la familia se quedó estupefacta ante lo que sucedía, era papá quien estaba sentado justo frente a mí, en primera fila. Su cara valió un millón. A él le tocaron, no solo las salpicaduras de carne molida y cantos masticados de amarillos fritos, sino que también la mitad de un pionono completo encañonado contra sus costillas.

El desorden fue lo menos que me preocupó. Necesitaba saber lo que se había estado escondiendo dentro de mi boca. Entre los restos de pionono masticados y expulsados repentinamente, ahí estaba, graciosamente circulando alrededor de la barriga de papá: era un ciempiés.

De un salto, aterricé encima de la silla. Grité hasta por poco romperme las cuerdas vocales. Todos se me quedaron mirando en silencio mientras apuntaba a la camisa de papá para que vieran al animal. Les decía que tuvieran cuidado, que el ciempiés los podía picar. Todas mis alertas iban a oídos sordos porque, aunque lo tenían ahí bajo sus mismas narices, no lo veían. ¡Tontos! No me creían.

Yo, ingenuamente, pensé que parada en la silla estaría fuera de peligro. Me equivoqué. Sentí unas patitas afiladas corriendo velozmente de un lado al otro de mi cuerpo. Vi a dos ciempiés más: uno que salió por adentro del cuello de la camisa, entre mis senos, y otro que salió por debajo de la falda. Sabía que esos solo habían sido los que se habían aventurado a salir a la luz, que debajo de la ropa seguramente habían más. Los sentía correteándome por todo el cuerpo.

Me desesperé. Perdí la respiración. Tenía que sacármelos de encima. Traté de desabotonarme la camisa y bajarme la falda, pero no pude. Las manos me temblaban y todo se me resbalaba. Estaba sudando hasta por las puntas de los dedos. No quedó otra que romper la ropa, desgarrarla. Quedé en cueros. Desnuda.

Me rebusqué el cuerpo de pies a cabeza. Como lo sospeché, estaba cubierta de esas criaturas. Mamá se había ido corriendo y regresó con una sábana. Quería taparme. Decía que estaba haciendo un escándalo innecesario, que me tenía que bajar de la silla antes de que me diera un golpe. Le pegué una bofetada para hacerla caer en cuenta de que lo que necesitaba era ayuda con los ciempiés, no a que me vistiera. Le arranqué la sábana de sus manos y la tiré con fuerza al piso. Les supliqué para que me ayudaran, ¡al menos que se ayudaran a ellos mismos!, pero solo se quedaban ahí parados mirándome, esperando a que se los comieran.

Los ciempiés estaban por todos lados. Seguían viniendo, sin parar. Se aglomeraron hasta cubrirme los pies y velozmente escalaron los tobillos hasta pasearse libremente por todo mi cuerpo. Cada vez tenía más y más de ellos encima. ¿Qué pasaba con mi familia? ¿Estaban ciegos? ¿Por qué se pusieron a preguntarme tanto qué ocurría en lugar de ayudarme a salir de esa pesadilla?

Daba igual. No había mucho que se podía hacer contra la invasión al comedor de esas criaturas escurridizas. Hasta el suelo parecía respirar, vivo con tantos de ellos correteando asustadizamente, brincando unos encima de otros. Tenían cada rincón de las losetas del comedor pintadas en amarillo sucio y patitas negras. Ya estaban trepando las paredes y se enredaban en mi pelo al ir cayendo del techo. Algo veían en mí que me hicieron el centro de su atención. Venían hacia mí. Me buscaban.

Llegó un momento en el que no pude más. Me eché a llorar, angustiada. Me sentía inútil y nadie me daba auxilio: papá, mamá, mi hermanito, todos se quedaban mirándome como unos anormales, haciendo nada para evitar que a ellos mismos no se los comieran vivos. Yo estaba tan aterrorizada que ni siquiera podía sacarme de ese lío a mí misma, ¿con qué poder de voluntad podría ayudarlos a ellos?

En fin, no tengo idea de cómo rayos pudieron escaparse ilesos de ese lío, sin un rasguño. Ésta que está acá, la única que hizo algo al respecto, terminó en la cama con un dolor de coco insoportable y fracturas dolorosas por doquier. A mí, ante el peligro inminente, lo más sensato que se me ocurrió para salirme de ahí fue saltar por la ventana.

CAPÍTULO VII
Piensa en los pollos

Ante su más reciente adquisición, Ciprián, reconocido como un negociante bien establecido, gran hermano masón y, más recientemente, héroe local, desenrollaba los planos de lo que sería, en solo cuatro semanas, la más nueva estación de servicio del pueblo con gasolinera y gomera.

La idea le vino conversando con Simón y uno de los camioneros que le hacía entregas al almacén.

—Solo tienen una gasolinera en el pueblo y está metida en el mismo centro. Para poder llenar el tanque ahí, tengo que perder el tiempo dando un montón de vueltas y esperando en línea —dijo el camionero.

—¿No puedes parar antes en otro lado? ¿O después? —preguntó Ciprián.

—Pero Sr. Ciprián, ¡si ya quisiera yo! —dijo el camionero subiendo ambos brazos y aclamándole al cielo—. Lo que pasa es que, si no paro acá, le puedo jurar que la gasolina no me da para llegar al otro pueblo. Tenga o no tenga entrega aquí, no me puedo escapar de tener que llenar el tanque aquí. La próxima me queda demasiado lejos.

—Sí, y cada vez se ven más empresas haciendo negocios por aquí. También se ven cada vez más carros y camiones por ahí —dijo Simón.

—¡La cosa solo se va a poner peor! —dijo el camionero haciendo una trompa con la boca y girando su cabeza hacia los lados en desaprobación.

Poco después de esa conversación, Ciprián ya tenía comprado un terreno en las afueras del pueblo, por la carretera principal, para construir su gasolinera. Tendría acceso fácil y cómodo no solo a los camiones con entregas en su pueblo, sino que también a quienes querían seguirlo adelante y no lo hacían porque necesitaban llenar sus tanques, o al creciente número de familias con vehículos propios que se daban viajes alrededor de la isla. Como beneficio adicional, las entregas a su almacén le saldrían más baratas porque parte de sus costos de transportación los cubriría con el margen que ganaba sobre la gasolina y el diesel. ¿Cómo perder?

Ciprián se enfocó en supervisar la obra de construcción, simplemente para experimentar algo nuevo. No estaba solo, ya que algunos de sus hermanos de la logia, que tenían sus buenos contactos en el gobierno, le dieron una mano en todo lo que tenía que ver con los planos y la aprobación de los permisos. Además estaba Celín, otro hermano de la logia, que complementó las operaciones de la gasolinera añadiéndole un restaurante de comida criolla justo al lado de su gasolinera. Los camioneros podrían llenar el tanque y, a su vez, tendrían lugar para almorzar. Por supuesto, los ingredientes para los platos en el restaurante venían del almacén de Chepo. Negocio redondo.

—Chepo, dime una cosa: ¿cómo es que se te hace tan fácil montar dos negocios? —preguntó Simón una tarde entre tragos. Para la época de la construcción, se pasaban las tardes juntos poniéndose al día con las cosas del almacén.

—¿Te acuerdas cuando criábamos pollos en casa? Pues, todo es como criar pollos —dijo Ciprián lleno de orgullo ante la sencillez de su respuesta, inspirado por su cuarto whiskey en las rocas.

—No jodas conmigo, Chepo —dijo Simón, su tartamudeo apaciguado por el ron, pero hablando aún con una bola de pimpón estancada dentro de su boca.

—No estoy jodiendo contigo. Mira. Antes de criar a los pollos, ¿qué fue lo primero que hicimos? —dijo Ciprián.

—Preparamos el gallinero para que cupieran todas las gallinas que quería tu papá —dijo Simón.

—Exacto. Papi nos dio madera, tela metálica, las herramientas y todo lo demás. Primero él me enseñó a mí cómo montarlo y de ahí yo te enseñé a ti para que me ayudaras. Era un montón de trabajo, ¿te recuerdas? —dijo Ciprián.

—Ajá. Pero, ¿qué rayos tiene que ver eso con la gasolinera? —dijo Simón.

—Cógelo suave. Mira el plano —dijo Ciprián. Simón sacó sus lentes del bolsillo de su camisa y se los puso mientras Ciprián comenzó a dibujar en un papel—. Son solo dos bombas de gasolina, una roja y la otra amarilla. Las vamos a montar en una plataforma de concreto. En la tierra, va el tanque de gasolina con toda la tubería.

—Tus bombas de gasolina parecen dos lechoncitos —dijo Simón burlándose.

—Estás celoso porque no sabes dibujar tan bien como yo. Pon atención —dijo Ciprián.

—Esto otro, ¿qué es? —preguntó Simón. No sacaba sus ojos del papel. Se esforzaba sacarle algún sentido a los dibujos feos de su primo pero aún no parecía comprender a dónde iba la explicación.

—Mira acá. Lo que falta es la tienda. Ahí voy a cobrar la gasolina, vender aceite y piezas de repuesto. Pero, si piensas: ¿qué es una tienda? Son cuatro paredes en bloque y cemento —dijo Ciprián mientras dibujó un cuadrado en el papel—. Eso es todo. Le voy a poner cristales grandes para que la gente pueda ver para adentro —continuó, luego dejó el papel en las manos de Simón y dibujó las ventanas en el aire con ambas manos.

—¿Y aquí? —dijo Simón volviendo a referirse al papel.

—Ah. Esa esquina es para la gomera; ahí voy a poner un garaje con espacio para un carro. ¿En verdad eso te parece tanto más complicado que el gallinero? —dijo Ciprián.

—Pues, sí, me parece. ¿Tú sabes montar eso? ¿Sabes bregar con bloques y cemento? —dijo Simón mirando a su primo como a un loco.

—Pues no lo es. Es más, yo diría que, dentro de la cabeza, es más fácil montar una gasolinera que un gallinero. Que la gasolinera sea más grande y esté hecha de materiales diferentes y más caros no hace que sea tanto más complicada —dijo Ciprián a la vez que le quitó el papel a Simón, lo dobló, y se lo puso en el bolsillo—. Además, nadie dijo que la iba a construir yo. Para eso me informé y contraté gente que supiera hacerlo.

—¿Cómo sabes qué diseño vas a usar? ¿Te lo inventas? —preguntó Simón.

—No hay que inventarse nada porque en San Juan hay un chorro de gasolineras por todos lados. Si la puedes montar en tu cabeza, el resto es fácil. Te repito que las cosas son así de simples. Yo no creo que haya muchas cosas realmente más complicadas que el gallinero. Solo hay que informarse —dijo Ciprián.

—Fíjate, es verdad, me lo puedo imaginar. Es tan fácil como el almacén. Son solo cuatro paredes con tablilleros y góndolas, más na'. Entonces, ponle que ya terminaste con la gasolinera. ¿Dónde están los huevos? —dijo Simón un poco más convencido.

—Aquí están. Ja, ja —dijo Ciprián agarrándose el paquete.

—Uhm, je, je. Dije huevos, no huevitos, papá —dijo Simón agarrando pinzas invisibles.

—Ja, ja. Los huevos son la gasolina. La gallina será el camión que viene a llenar el tanque bajo la tierra. Mientras la gallina tiene que poner huevos y no sabes cuántos va a poner, al camión simplemente lo llamas y él viene. ¿Ves por qué la gasolinera es mucho menos complicada que criar las gallinas? —dijo Ciprián.

—Cierto. Entonces, ¿qué sería tan complicado como los pollos? —preguntó Simón.

—¿No te acuerdas de todo lo que teníamos que hacer para criarlos? Era como manejar nuestra propia fábrica de huevos, ¿no? —dijo Ciprián.

—Sí. Creo que ya entiendo lo que quieres decir. Los pollos son como máquinas de huevos, ¿verdad? —dijo Simón.

—Exacto. Había que tener agua, comida y paja para que las máquinas funcionaran. Las máquinas se tardan tiempo en producir y, en nuestro caso con las gallinas, nos tocaba esperar todos los días a que pusieran huevos —dijo Ciprián.

—Sí, también fecundando huevos y esperar para tener más gallinas, luego criarlas hasta que estuvieran lo suficientemente grandes como para poner huevos. ¿Eso sería como comprar máquinas nuevas? —dijo Simón.

—Ajá. Para los pollos y para la fábrica, necesitas materiales, tiempo para producir y entregar—dijo Ciprián en tono de catedrático alcoholizado. Simón pareció haber comprendido—. Para ambos, hay que planificar bien y siempre considerar que puede haber retrasos y riesgos. Ya no estamos criando pollos, así que los riesgos son mucho más altos.

—Pero es como tú dijiste, el riesgo viene más de los materiales y el costo, que de lo difícil que sea criar pollo o producir cualquier cosa —dijo Simón.

Entre la discusión sin sentido de esos dos borrachones, sí había algo de sentido, especialmente en lo que se refería a riesgos. Lo que Ciprián ponía en riesgo con sus aventurillas empresariales era la estabilidad económica suya y de su familia. Sin embargo, él no dejaba que esto le nublara la mente. Fácilmente, podía pensar que montar su propio negocio sería demasiado complicado, pero ese tipo de reacción vendría del miedo al riesgo, no de la carencia de habilidad. Para Ciprián, no existía el miedo, ya que lograba entender lo que quería hacer antes de hacerlo, extrañamente gracias a los pollos. Entender lo que quería hacer le daba confianza. La confianza mitigaba el riesgo.

Ciprián sería siempre un negociante gracias a esos pollos. Fue un recuerdo tan completo que, para casi cualquier situación que se le presentara, podía regresar a ese momento tan básico de su niñez. Quedaba con la ventaja de ver cómo las piezas encajaban en el rompecabezas, en un entorno mayor, y actuar rápido. Fue así que pude lograr mi meta de hacerlo un hombre de dinero que pudiera sustentar a su familia.

Yo sé que no lo logré solo. Tuve mucha suerte de tener a Augusto enseñándole a Ciprián. No es algo que todo padre dedique de su tiempo a hacer. Aun así me sentía tan orgulloso de mi labor porque veía a mi contraparte por el lado de Simón quien, aunque pasó por la misma experiencia, nunca utilizó ese recuerdo para la ventaja de Simón. Ha sido Ciprián quien, quizás muy adentrado en su adultez para hacer alguna diferencia, le ha tenido que dar la primera lección.

Me imagino que, para Simón, ese recuerdo no significó tanto, que solo habrá sido algo de niños dejado atrás por cosas más importantes, de gente grande. Nunca habrá podido ver lo simple que cada tarea en su vida pudo ser y se habrá enfocado en aprender cosas que, pintadas de otro color, catalogó como 'nuevas' pero, en realidad, ya las sabía. ¡Se habrá sentido tan importante por saber tanto de lo mismo pero en diversos colores!

Me pregunté, en ese momento, qué pasaría si lo pusiera a trabajar en la gasolinera. ¿Se haría un ocho por tener que aprender algo nuevo? ¿O se pensaría ya muy viejo para esas cosas? Si mi contraparte nunca hizo la conexión con ese recuerdo tan útil de niño, ¿cómo pensar que lo haría de adulto con algún otro recuerdo similar?

—Pues ahí lo tienes. No hay por qué complicarse la vida. Piensa en los pollos y todo se pone más fácil —dijo mientras buscaba cambio en sus bolsillos y batallaba con sí mismo por contar su dinero, luego pagó los tragos y se marchó. Próxima parada: la morada de Rita.

Empapando sus cachetes entre los muslos de Rita, Ciprián luchaba por quedarse anclado en su lugar mientras ella comenzaba a levitarse desde el suelo. Pintaba eses gigantes en el aire, buscando al cielo con sus anchas caderas. Arqueaba su cuerpo inquietamente, apoyándose fuertemente con sus brazos, tensados contra la pared.

—¿Puedes meter el dedo mientras haces eso? —le había dicho Rita unos segundos antes. ¿Por qué no se me había ocurrido antes?

A Ciprián le encantaba verla descontrolada. Le hacía ponerle aún más empeño al momento, dejando al olvido ese aroma a caldo de pescado que antes lo distraía.

— Nunca he sentido esto tan... fuerte. Todo es nuevo. No me imagino qué... viene después —dijo Rita, chocando su cabeza contra la pared.

Ella sabía bien lo que hacía. Lo manipulaba para su placer. Sabía que, hacerle creer responsable por darle el más apasionado encuentro de su vida, lo haría convertirse en un animal. Ciprián levantó su cabeza y la miró. Ella cerraba los ojos entre cada quejido, cada gemido que se le escapaba desde dentro de su ser.

Rita le cubrió los ojos tan pronto se percató de que la estaba mirando, abochornada de verse tan expuesta, indefensa, rendida ante él. Parecía olvidarse que fue ella quien lo buscó la noche del hospital; fue ella quien, entre tragos y seducida por las hazañas heroicas de un impostor, se trajo a un hombre felizmente casado a su cama. Ciprián le trancó sus manos contra el suelo. No le dio permiso para estar avergonzada de nada. Quería salvaguardar ese momento de vulnerabilidad para la posteridad, para revivirlo durante todos esos encuentros monótonos y predecibles que tenía con su esposa.

Ella lo empujó hasta acostar a Ciprián en suelo y quedar entre sus piernas.

—Me toca —dijo ella. ¡Qué atrevida!

Oscilaba cuidadosamente su cabeza, su lengua arremolinándolo mientras ella le acariciaba el pecho con la palma de su mano.

Al cerrar sus ojos se acordó de Gala, ella siempre tan dependiente en la cama, esperando a que le hicieran todo. Nunca tuvo imaginación, nunca añadió ese pique que le ponía Rita de forma natural, ¡esas ganas de dar! Cierto, Rita nunca fue tan joven ni bella como lo fue Gala, pero sabía lo que quería y hacía lo que tenía que hacer para obtenerlo; y no era solo en cosas de la cama; era una mujer adulta que vivía sola en su propia casa, que podía valerse por sí misma sin esperar ni desear el mantengo de un hombre, todo lo contrario a su esposa.

Pero él también sabía cómo manipular a Rita, por eso escogió hacerle el amor en el suelo. Así, aunque fuera por un ratito, lograría que ella hiciera toda la labor. En el suelo ella prefería no sentarse. No quería lastimarse las rodillas. Además, la distraían del momento los sonidos flatulentos que se producían con los choques al subir y bajar entre el sudor, el suelo y la espalda de Ciprián. Por eso, al reabrir sus ojos, la vio sentándose en cuclillas: Gratificación cien por ciento libre de esfuerzo.

—Ay, me duelen las piernas ya. Ven, que te toca —dijo ella acostándose al lado de su amante.

Ciprián le levantó las piernas hasta tener su cabeza entre sus rodillas.

Rita giraba su cabeza bruscamente de un lado al otro, arrancándole las greñas a Ciprián. Le tapaba la boca para que no hiciera ningún ruido. Será porque quería escucharse sin distracciones. De momento respiró aún más intensamente y colocó sus brazos bajo los suyos, encadenándose a su cuerpo. Lo haló hacia sí y le enterró las pesuñas en su espalda. Soltó un vibrante suspiro, con raíz en lo más profundo de su garganta, antes dejar caer súbitamente sus brazos al suelo.

Rita siempre se quedaba mirándolo fijamente a sus ojos después de hacer el amor. No titubeaba. Sus ojos lo penetraban, buscaban embrujarlo, hacerlo suyos. Siempre se interesó tanto en él: en su vida, sus preocupaciones, sus ambiciones. Era algo tan genuino. Hacía que Ciprián se sintiera amado de verdad, no como Gala lo amaba. ¡Si tan solo no se hubiera casado con ella!

Sin embargo, un divorcio implicaba muchas cosas feas que saldrían a la luz pública ante un tribunal. Su sentido de ética y moral serían cuestionados. Definitivamente no sería bueno para sus negocios ni para la logia. La única opción que le restaba era seguir jugándoselas a escondidas.

—Me tengo que ir —dijo Ciprián. Rita se despidió con un beso y le enderezó el pantalón. Al hacerlo se debió haber dado cuenta que iba descalzo, pero decidió callar.

CAPÍTULO VIII
Maldito celos

Desde su encuentro con Rita en el hospital, Ciprián comenzó a llegar tarde a la casa. Gala, que no era tonta, cogió la costumbre de quedarse toda la noche en el balcón, sentada en su sillón, esperando ansiosamente a su marido para ver con qué cara se dignaba a aparecerse. A veces Pablo le hacía compañía, jugando en el piso hasta quedarse dormido en una esquina.

Estaba segurísimo que Gala se pasaba sus horas de guardia nocturna preguntándose: ¿Cómo llegará mi marido hoy? ¿Llegará ebrio? ¿Llegará perfumado a puta? ¿Llegará ebrio y perfumado a puta? Claro que nunca sobrio. No habría hecho sentido quedarse afuera hasta tarde si no estuviera pasando un buen rato. Para aburrirse, mejor estar temprano en casa.

Daba igual porque, sin importar cómo se presentara Ciprián, a Gala le tocaba mantenerse callada. Las veces que le daba con quejarse, él se aseguraba de enderezarla rapidito.

Esa noche, Gala decidió no esperarlo en el balcón. Tenía que plancharle la ropa de la semana y ya se le estaba haciendo tarde. Ciprián llegó a eso de las dos de la mañana. Caminaba recto, con pasos firmes y equilibrados. No se tambaleaba. Intentaba mantener su postura y disimulaba estar sobrio, aún atiborrado en whiskey en las rocas.

—¿Y tus zapatos? —dijo Gala, siempre haciendo de detective. Esa sería una de las noches donde se pondría imprudente. Honestamente, yo no estaba en las de responderle y Ciprián mucho menos. Por eso, habrá decidido ignorar su presencia y pasarle por un lado sin dirigirle la palabra.

Gala suspiró inquietamente, dejó el pantalón montado en la tabla de planchar, se le acercó y comenzó a desvestirlo. Primero le quitó la camisa. Ciprián, con su vista anubarrada ni se dio cuenta, pero yo noté, en el rostro de repugnancia y disgusto que puso Gala, lo que sintió al percibir el tan ligero y agradable olor a rosas de Rita que arropaba la camisa desde el cuello hasta las mangas y opacaba el hedor a alcohol de su marido. El tercer botón del cuello hacia abajo: desaparecido. Le tocaría mañana escarbar en su cajita de botones por otro que le sirviera y cosérselo. Le quitó la camisa, la hizo una bola y la tiró con furia hacia una esquina del cuarto, paradero de toda la ropa sucia.

Luego le bajó los pantalones. Dudo que haya detectado irregularidades adicionales ahí. Era lo primero que se quitaba, la pieza de ropa con menos contacto corporal femenino, pongámoslo así. Quedó en camisilla y calzoncillos blancos, con sus medias negras aún puestas, sentado en una banqueta.

Así logró deshacerse del olor a rosas, dejando al alcohol que emanaba de su boca apoderarse del momento, porque ciertamente se habrá dado cuenta de que Ciprián no olía a nada más, ni siquiera a su propia colonia. Se había dado un baño antes de llegar. Él mismo sabía que ese olorcito a rosas lo delataría al instante. La detective no era tonta.

Gala fue a la cocina y regresó con un balde lleno de agua, jabón de barra y unas toallas. Se arrodilló frente a él y le quitó las medias.

—Una media al revés, cabroncito —dijo Gala furiosa, sin percatarse de que pensaba en voz alta. Ciprián, con oídos enlentecidos, ni se enteró. Eternamente atenta a los detalles, ¡la detective no fallaba!

Comenzó a lavarle los pies. Cuando llegó al meñique de su pie izquierdo, Ciprián soltó un grito intenso de agonía y, en un santiamén, retiró su pie del peligro e impulsó bruscamente la planta del pie contra la frente de Gala.

—¡Pendeja! ¿Qué haces? —dijo Ciprián, barriendo las palabras dentro de su boca hacia afuera. Gala lo miró con ganas de arrancarle la cabeza pero, mantuvo su compostura y no dijo ni pío. Era una mujer paciente. Se levantó y continuó con la ropa que le quedaba por planchar.

—¿Cuándo vas a dejar de verte con la puta esa? —gritó Gala luego de unos largos minutos de silencio, mientras doblaba el pantalón que acababa de terminar de planchar. Su paciencia le duró poco.

Ciprián se levantó y, con una mano, le agarró el cuello. Apretó con fuerza. Le sacudió la cabeza de un lado a otro. Gala, asustada y su rostro cambiándole de colores, pero con la plancha caliente aún en mano, le pegó varios planchazos en su costado. Ciprián, adolorido, tuvo que soltarle el pescuezo y huir, en el proceso ganándose otro hábil planchazo por parte de su querida esposa. Terminó con un tatuaje rosado en forma de triángulo adornándole la espalda.

Herido en el dedo meñique de su pie izquierdo, con múltiples quemaduras de segundo grado y su equilibrio traicionado por una exquisita mezcla de granos fermentados, tropezó torpemente con la banqueta donde antes le bañaban los pies como a un burgués.

Ahí quedo el resto de la noche. Su memoria había cesado prácticamente toda actividad. No tuve dónde guardar el momento. Se levantaría al día siguiente adolorido y confundido, sin recolección de lo ocurrido.

Gala, al acabar de planchar las cuatro camisas y dos pantalones que le quedaban, le puso una almohada bajo la cabeza, lo abrigó con una sábana, apago la luz de la habitación y se acostó a dormir.

Nunca la amé. Simplemente no fue mi 'alma gemela', digámoslo así. No tenía nada en común con Ciprián. No tenía educación, ni parecía interesarle educarse a sí misma; no tenía ningún pasatiempo que la apasionase; se le hacía imposible seguir la más básica conversación acerca de los negocios de Ciprián, lo que más le apasionaba y que además traía comida a la mesa, mirándolo como una tonta a cada instancia. La única aspiración que le dominó su vida fue quedarse en su pueblo, conocer a un buen esposo y criar a sus bebés. ¿Qué podía enseñarle ella a él o a sus hijos? ¿A limpiar y cocinar?

Fue como un castigo. Después de tanto idolatrar a su musa, vio que, del tercer embarazo en adelante, de musa poco le quedó. Sus artesanales curvas, aclamadas en sus mejores tiempos, quedaron blindadas de espesas capas de grasa y manteca que caían como tejas, una encima de la otra. La dura realidad que le cayó a gaznatadas fue que, luego de que la belleza se desvaneció, nada la remplazó. Se ausentó ese amor cimentado y fortalecido a plena madurez; todo eso a lo que se aspira y motiva a amar más; todo eso que no sintió y jamás sentiría por ella.

Era de esperarse. El matrimonio con Ciprián fue producto de una sociedad donde el sexo, simplemente para satisfacer un deseo primitivo carnal, estaba prohibido. Claro, Ciprián obtuvo lo que pudo antes de casarse, pero lo hizo pagando por cantos de carne que habían cogido más cantazos que una piñata y estaban más usados y sucios que trapos de limpiar.

Desafortunadamente, tales métodos nunca lo dejaban satisfecho. Pagarle a una mujer por sexo era para él como darle de comer presas muertas a un león. El león necesita cazar su presa y matarla para ser león. Sin la emoción de la caza, le calmaba el hambre, pero no se gozaba el manjar. Para satisfacerse, tenía que dejarse de putas.

Sin embargo, una muchachita buena y decente como Gala no te aceptaba una relación sin matrimonio. De hacerlo podía costarle muchísimo que, por algún triste desliz, terminase con un niño sin padre. Entonces quedaría sola, pobre, sin marido y sin esperanzas de encontrar a otro hombre dispuesto a amarla a ella y a su bastardo. Sería rechazada por todos a su alrededor. Para poder darle de comer a su criatura, solo le quedarían dos opciones: abortar o convertirse en puta. No, a las niñas buenas y decentes no las criaban para arriesgarse a terminar así.

Los dos embarazos siguientes que tuvo Gala desde que Ciprián se veía con Rita fueron intensos. Aprovechaba cada período de nueve meses para hostigarlo con sus celos, sabiendo que Ciprián no le tocaría ni un pelo mientras tuviese a uno de sus hijos en su barriga. Intensificaba su rabia noche tras noche, desvelándose para hostigarlo y cuestionarlo. Buscaba pistas que comprobaran su infidelidad; buscaba bajo las alfombras y dentro del baúl de su carro; buscaba manchas en su ropa y metía sus garras en los bolsillos de su pantalón. Lo rebuscaba todo mientras denostaba y maldecía a todas esas 'putas' que no conocía.

A esto se limitó el embarazo de Willie, a simples actos de persecución y pánico, afortunadamente. Aunque el embarazo de Pey comenzó igual, por desgracia terminó por tomar control sobre su cuerpo.

—Todos los días me sentí como si me metieran un cuchillo en la cabeza. Después pasó de cuchillos a marronazos. ¡No me dejaban dormir! —dijo Gala mientras cerró momentáneamente los ojos y reclinó la frente entre sus manos.

—¿Y cómo fue que dejaste de ver? —preguntó Irma.

—Ay, ¿qué se yo? Solo sé que al principio veía todo como fogoso. Me estaba mareando, como borracha. No sé —contestó Gala sin parecer estar contenta con la claridad de su propia respuesta.

—¡Eso te lo creo mamita! ¡Estabas chocándote con las paredes como una borrachita! —dijo cómicamente Ciprián, ganándose las risas de todos, inclusive las de Gala.

—¡Ay, Dios mío! ¡Qué miedo! —dijo Gala cubriéndose la boca, queriendo volver a la seriedad del tema—. ¡Después no vi nada de nada! ¡Negro! Y después me decía: ¿me quedaré así para siempre? ¿Qué iba a ser de mis nenes preciosos? —dijo ella y abrazó con cariño a Irma y Pablo, besándolos en la cabeza. Se veía perdida, seguramente reviviendo en su mente sus momentos de ceguedad.

Cuando la vi diciendo eso, se me ocurrió que encontrarse con la posibilidad de estar ciega podría haberle hecho olvidar su paranoia por un momento. Por el lado de Ciprián, tener a su esposa ciega también pareció calmarle sus ánimos antagonistas hacia ella. Eso explicaría las conversaciones que lograron tener esa semana, como volviendo a sus tiempos de novios, pero también explicaría la manera tan abrupta en que terminó la última que tuvieron.

—Ese día que te monté en mi bicicleta por primera vez, tenía una goma vacía. ¿No te diste cuenta? —dijo Ciprián, acariciándole la frente a Gala.

—¡No! Ni me di cuenta —dijo Gala sorprendida.

—Acababa de sacarla para ver cómo la arreglaba. Te vi tan preciosa, que no podía darme el lujo de pedirte a que esperaras en lo que terminaba con ella. ¡Hubiera sido tontísimo! —dijo Ciprián.

—¿De veras? La carretera habrá estado tan mala, que ni me di cuenta —dijo Gala, luego pausó unos segundos antes de continuar—. Sabes, nunca te lo dije, pero lo primero que me atrajo de ti fueron... ¡tus dientes! —dijo riéndose como una niña.

Si bien nunca la amé, el matrimonio estuvo al menos basado en algo que a ambos, por un momento en sus vidas, los hizo feliz. Pero todo esto duró poco. Tan pronto recobró la vista, se negó a creerle a Ciprián cuando éste le insistía que estuvo ahí con ella, cuidándola, toda la semana. ¡No mentía!

—Habré estado ciega, pero no pendeja. Desde acá huelo el perfume de la puta esa con quien andas —dijo Gala, sacando la lengua con disgusto.

CAPÍTULO IX

Fuera de este mundo
Mi diario: 5 de julio de 1957

M e trajeron aquí porque mis papás dicen que no estoy bien, que necesito a los médicos para que pueda ir mejorando. Yo no veo cómo aquí me voy a poner mejor. Estoy rodeada de locos que se la pasan el día brincando, chocándose con las paredes y gritando incoherencias por los pasillos. ¿Qué quieren, que me comporte como ellos? ¿Se creen que venir aquí es la única forma de ayudarme? ¿Se creen que yo no he estado tratando de mejorar por mí misma?

Eso es lo que nadie todavía parece entender. Para eso es que me fui de la casa, para ayudarme a mí misma. Estuve muchas semanas pensando en qué debía hacer, para dónde debería ir, quién me podía ayudar. No fue una decisión que tomé a la ligera. Es que no la aguantaba más. De alguna manera tenía que huir de las garras de mamá.

Ella no me entendía. Se la pasaba gritándome cada vez que dejaba algún libro olvidado en algún banquito después de haber estado sentada un rato leyendo y echándole migajas de pan a las palomas, cada vez que dejaba caer mis pulseras porque me pesaban demasiado en las manos, o cuando le regalé el reloj que había heredado de mi abuela a un señor muy amigable con quien me puse a hablar en la calle un día, porque estaba perdido y no sabía qué hora era. Ella no entendía que esas cosas materiales para mí no eran importantes. No las necesitaba para ser feliz. Hasta me estorbaban. Si algo no es importante, no lo necesito para nada y me estorba, ¿para qué voy a andar con él?

Ahora es que veo que mis acciones no fueron las más sensatas. En ocasiones veo la necesidad de las cosas que dejé atrás. Me molesto conmigo misma cada vez que quiero saber qué hora es y, por mi propia culpa, tengo que estar preguntándole a la gente. Me molesto conmigo misma por no tener tantas prendas como antes para ponerme regia cuando quiero. Me molesto conmigo misma porque no sabré cómo termina ese libro tan bueno de ese hindú y su viaje espiritual.

De todas maneras, ella debió haber sabido que algo andaba mal conmigo. Ella es mi madre, debió haberme entendido. Ella debió haber sabido que no estaba en pleno control de mis acciones, que no comprendía realmente lo que hacía. En vez de perder la paciencia y gritarme, como lo hizo tantas veces, debió protegerme; debió tratar de ayudarme.

Ella no entiende lo que está pasando dentro de mi cabeza. Nunca podrá hacerlo. No me gusta tenerla cerca, a alguien así de despreocupada conmigo. Odio como me mira, como si fuera una enferma sin remedio. Odio como sigue con su espiritismo y brujería. Me ve poseída, con el demonio por dentro. Odio como convence a papá para que me mire y me trate igual. La odio con todo mi ser por haberme traído aquí, donde lo único que puedo hacer es sufrir más.

Quiero que se muera. ¡La quiero ver muerta! Así mismo se lo dije a mamá. La muy tonta se puso a llorar, creyéndose que yo no me daba cuenta de que fingía, de que buscaba manipularme. Buena actriz que es. Siempre lo ha sido, pero yo sé la verdad. A ella no le importa verdaderamente lo que pase conmigo. Me trajo aquí para evitarse futuros bochornos ante los familiares y sus amigos. No quiere ayudarme, solo quiere absolverse de toda culpa, diciéndole a todo el mundo que estoy enferma, que he dejado de ser yo misma.

Por eso pasaba horas y horas fuera de mi casa, caminando por las calles hasta tarde en la noche, cuando el alboroto del día se apaciguaba y se podía ver a través de las ventanas de las casas el resplandor parpadeante de los televisores. Buscaba respuestas, un escape, una salida de todo. A veces pensaba que era mejor no volver a mi casa, encontrar algún lugar donde pudiera pasar la noche.

Iba de casa en casa en busca de actividad, de signos de vida. Una luz prendida, una voz, un ronquido en la oscuridad. Quería encontrar alguna casa vacía para usarla de guarida durante la noche. Noche tras noche fracasaba y me tocaba regresar a lo de siempre. Solo pocas veces estuve cerca de llegar a mi meta. Encontraba una casa vacía y abierta, con comida o galletitas ricas para calmar el hambre. Caminaba por toda la casa a oscuras para asegurarme que estuviera sola. Me recostaba en la cama para coger sueño, pero poco duraba. Me tocaba salir corriendo por la puerta de atrás mientras los dueños verdaderos del hogar se bajaban de su carro frente a la casa y quizás descubrían que estuve ahí. No podía con mi propia frustración, con la desilusión que tenía conmigo misma porque nunca encontré a dónde ir. Ni para eso servía.

Siempre tuve que regresar a lo mismo, a ella, a confirmarle que estaba totalmente a su merced.

Todo cambió cuando finalmente decidí independizarme. Era el momento perfecto. Mi mente estaba clara, sin los habituales alborotos a mi entorno que me trancaban la cabeza. No escuchaba las ráfagas de viento abofeteando las ramas de los árboles, ni los tacones de las damas adineradas martillando las calles adoquinadas del Viejo San Juan. Se tomó un descanso la bulla que me enclaustraba dentro de mi propio hogar, que se infiltraba de entre las cuatro paredes, del suelo y del techo. Desistieron de su acoso las propias voces intrusas dentro de mi cabeza, que insistían en venderme ideas de vicio, odio y muerte con tanta persistencia como un cualquiera en la calle con su kiosco de frituras y dulces.

Me encontré ese glorioso día, al fin, sola en la casa, sin nadie para detenerme con sandeces que jamás me convencerían. Junté todo lo que necesitaría para sobrevivir, lo básico: faldas con blusas para vestir y suficiente ropa interior para dos semanas, una almohada y una sábana calientita para arroparme durante las noches, tres o cuatro buenas novelas para leer antes de acostarme, algunas piezas de piano y el libro de escalas Hanon para ejercitar los dedos, un peluche para hacerme compañía y un racimo de plátanos para matar el hambre en el camino.

Todo lo que era ropa de vestir, lo metí a presión dentro de la maleta vieja de papá. No la podía cerrar de lo llena que estaba, así que tuve que sacar la sábana y amarrar la maleta fuertemente con una soguita. Casi no podía con tanta cosa a la vez. El racimo de plátanos lo tenía cogido de una mano. Con esa mano también tenía agarrada la sábana, un extremo sobre el hombro y el otro arrastrándose por la tierra. Con la otra mano, cargaba el monstruo de maleta envuelto en soguilla. Eran pequeños contratiempos, pero no iba a dejar que me distrajeran.

Lista para afrontar mi nueva vida sola, dejé atrás mi antiguo hogar y me fui caminando por el pueblo. Sabía que, si quería hacerme valer por mí misma, tenía que cortar toda dependencia de mi familia. Quería tener mi propio hogar, pagar mis propios vestidos, joyas y lujos. Tenía que pagarme mis cenas en buenos restaurantes o poder ir al mercado por ingredientes y aprender a cocinarme mis propias comidas. Claro estaba que, para lograr eso, necesitaba algo vital que no tenía y nunca tuve: un buen trabajo que me trajera ingresos. Esa era la prioridad.

No me quedó otra que ir cargando con todos mis motetes de local en local. Fue duro e incómodo porque mis cosas eran pesadas, pero lo vi como una buena estrategia para conseguir empleo. Verían en mí una chica determinada, dispuesta a trabajar duro y hacer lo que fuera necesario para echar para adelante sola, sin pala de su familia. Me exhibí por las panaderías, carnicerías, colmados, hoteles y restaurantes. Preguntaba con entusiasmo si necesitaban a una chica joven y energética como yo que trabajara para ellos. Al comienzo, esperaba sentirme abrumada por las ofertas atractivas que tendría, que se pelearían por mí al verme tan dedicada. No fue así. Nada dio frutos. Me negaron en un dos por tres. Nadie tenía trabajos disponibles. Si algo me enseño esta aventurita, es que las cosas en el país parece que van de mal en peor. Esto de buscar trabajo no es cosa fácil.

El último lugar que intenté fue un restaurante de lo más mono, con sus losetas de colores adornando todo el frente. Parecía bastante concurrido, con servidores elegantemente apresurándose por servirle a la clientela. Yo llegué toda sudada. Tenía los brazos hinchados y me dolía la espalda de tanto andar con todo mi embalaje. El señor a cargo del restaurante se acercó a mí enseguida y me trató muy amablemente. De la vitrina con toda la repostería, me regaló una de sus mallorcas, famosas por todo el pueblo, según él.

Lo primero que pensé cuando insistió en su reputación fue "cada loco con su tema". Para mí, las mallorcas esas parecían solo pan con azúcar en polvo blanco. Nunca había probado una de ellas pero, con el hambre que tenía, no la iba a rechazar. Después de ir arrancando el pan tan suavecito y almohadillado, saboreándolo pedacito por pedacito hasta encontrarme con las manos vacías en un parpadear de ojos y quedándome con las ganas de más, supe que me había equivocado en mi juicio. Mi consolación quedó en chuparme la mantequilla y el azúcar de mis dedos sin dejar traza de lo que antes era solo un pedazo de pan con azúcar.

El señor que me regaló la mallorca se sentó a mi lado mientras comía y me regaló una taza de café con leche, que coló de una máquina grande con muchos tanques envueltos en plumas y tubos. Al percatarse de que me quedé mirándola, me dijo que esa máquina la habían traído de una fábrica que unos italianos habían montado en Cuba. Yo, normalmente, no bebo café, así que no sé decir si era bueno o no, pero la gente sentada a lo largo del tope extenso del restaurante parecía disfrutar de él mientras charlaban entre amigos.

Cuando terminé, me dijo, sinceramente y con mucha pena, que todas las plazas de trabajo en su restaurante estaban ocupadas. De todas maneras, me pidió que me quedara esperando un rato más en lo que llamaba al dueño y le preguntaba si él sabía de otras oportunidades en algún otro local. Yo acepté, claramente, contenta por tener a una persona tan servicial ayudándome y llenándome de esperanzas. Además, después del viacrucis que acababa de dar, aproveché esa oportunidad para reposar un rato más.

Tuve mala suerte. La policía se apareció antes que el dueño del restaurante pudiera darle respuesta al muchacho tan amable que me atendió. Me llevaron al cuartel, pero no les hice la tarea fácil. Todo el camino estuve gritando y pataleteando con la esperanza de que se espantaran, que me dejaran en paz para evitarse un escándalo en la calle.

Mis acciones lo único que hicieron fue ponerlos más agresivos, agarrándome con más y más fuerzas para inmovilizarme. Dentro de mi propio descontrol y forcejeo, pude zafar un puño que terminó atravesando el vidrio de la ventana de una casa. Lo único que logró calmar la ira contra los agresores que me tenían entre sus brazos fue el dolor intenso que se apoderó de mi propia mano ensangrentada; mis nudillos decorados con incrustaciones de vitral multicolor.

Yo ya sabía por qué me estaban buscando. No tenía nada que ver con sus falsas alegaciones de que había varios dueños de locales que reportaron a una chica, extraña y confundida, caminando con maletas por las calles del pueblo en busca de trabajo. ¿Piensan que nací ayer? ¿De cuándo acá es ilegal buscar trabajo? ¿Seré extraña por ser una mujer buscando trabajo sin el mantengo de un hombre? Yo sé lo que querían. Sabían lo que había hecho mucho antes de haberme arrestado y lo que buscaban era una confesión.

Sí. Les confesé que me había robado la bicicleta, esperando que los oficiales se apiadaran de mí y me dejaran ir sin problemas. ¿Por qué lo hice? La mía me la habían robado la semana antes y ellos, los mismos que me tenían secuestrada en su cuartel, todavía no habían hecho nada para encontrarla. ¿Qué otra opción me quedaba? Me era crucial tener la bicicleta. Quedaron en silencio, serios, seguramente secretamente satisfechos por su fácil victoria en el cuestionamiento. Por supuesto, no les revelé el porqué de mi necesidad. Eso no les incumbía. Estaría fuera de sus capacidades de comprensión y raciocinio creer que tener una bicicleta en mi poder sería la única manera de volver a ver al marciano blanco.

El marciano blanco, cuando únicamente se dejaba ver, era al montarme en la bicicleta. Flotaba estático sobre el mango derecho del manubrio, persiguiéndome por donde quiera, pero nunca entablando comunicación conmigo. Permanecía ahí día y noche. Lo sé porque varias veces miré por la ranura de la puerta hacia donde se encontraba la bicicleta, intentando sorprenderlo fuera de lugar, haciendo algo más que solo elevar su cuerpo enclenque y arrugado al aire. Tal vez así me daría alguna pista acerca de sus intenciones. Pero no se movía de su sitio.

El negro de sus pupilas había desvanecido todo rastro de lo que debió haber sido antes el blanco de sus ojos. Me asustaba mucho porque me daba la impresión de que, con ellos, estaba pendiente a todas mis movidas, custodiándome, buscando mis debilidades. Llegué a pensar que, en cualquier momento, sus ojos me llevarían a una hipnosis fuera de este mundo con el propósito de consumirme el alma hasta extirparla, esfumando quien soy.

Con el tiempo, vi que esas no eran sus intenciones. Tuvo miles de oportunidades para hacerme daño y no lo hizo. Siempre se mantuvo en su lugar. Entonces me puse a pensar que lo que buscaba el marcianito tal vez era mi ayuda, no mi destrucción. Quizás yo era la única en este mundo que lo podía ayudar, pero no tenía cómo decirme lo que le hacía falta. Quizás estaba contando conmigo para ayudarle a encontrar respuestas.

No podía ser coincidencia que yo estuviese leyendo un libro a cerca del Budismo mientras este marcianito blanco me pedía ayuda. Era obvio que mi meta debía ser trascender, llegar a la perfección del Buda. Así podría darle buen karma al marciano, la única manera en que él podría lograr vivir su próxima vida como un humano.

El destino trabaja de manera incomprensible. Poco después de haber llegado a ésta revelación tan importante, a ésta encomienda divina, fue que me robaron la bicicleta. De ese día en adelante, con todo y que me robé otra bicicleta solo para que regresara, no he vuelto a verlo. La encomienda se transformó en una encrucijada donde no obtuve el resultado que esperaba y que me llevó a ser detenida por la policía. Sin embargo, nunca me arrepentiré de haberme robado la bicicleta porque mi intención fue noble. Lo único que quería era brindarle mi ayuda al pequeño marciano blanco.

CAPÍTULO X
La voz del pueblo

Yo sé lo que es tener hambre. Yo sé lo que es estar en el hoyo,… fondo abajo,… sin escape y sin salida —dijo Ciprián, pausó por un momento y miró seriamente a la multitud que le aplaudía, luego subió el brazo, buscando calmarla para retomar la palabra—. Pero a mí me criaron para aprender,… para trabajar,… para esforzarme y trepar,… sin mirar hacia atrás,… con oídos sordos a quienes desde abajo me decían: ¡baja de ahí!,… que no puedes llegar… ¡Tú no puedes ser quien tú quieres ser! —dijo, luego pausó nuevamente y se tapó los oídos con ambas manos, elevando los codos como niño de primaria que no quiere escuchar—. Me criaron para trepar con oídos sordos… hasta salir del hoyo… y no solo salir del hoyo, ¡sino que a trepar la montaña! Yo estoy aquí para decirles a todos ustedes que están tratando de salir del hoyo, ¡denme su voto! ¡Vamos a salir del hoyo! ¡Vengan conmigo a trepar!

Así se dirigió al pueblo durante su actividad de cierre de campaña para la alcaldía municipal de Arecibo, un pueblo que lo apoyaba con un centenar de bulla, silbidos y aplausos frenéticos. Nunca estuvo en sus planes convertirse en un político pero, a un mes para las elecciones, el alcalde de turno corría sin opositor.

—Oye Chepo, ¿porque tú no corres para alcalde? —preguntó Félix, amigo masón que lo ayudó con los permisos cuando comenzó a construir la gasolinera. Fue él quien le puso la idea en la cabeza durante una reunión de la logia.

—¿De qué hablas? ¿Tú estás loco? —dijo Ciprián abobado por la sugerencia.

—Adiós, ¿y por qué no? Tú estás joven, los negocios te han ido bien, todo el mundo te conoce, ¿no crees que podrías hacer una diferencia en el pueblo? —dijo Félix apretándole un hombro.

—Tú no eres el único que piensa que es una buena idea, ¿verdad? —dijo Ciprián. Se refería a varios pares de ojos cómicamente disimulados que le caían encima desde el otro lado de la sala. Félix le siguió la mirada a Ciprián hasta toparse con ellos y los saludó en la distancia.

—Sí. No te miento. Algunos ya lo hemos hablado. Pensamos que sería buena idea. Nos tienes a nosotros para ayudarte. ¡Ah! Y otra cosa que tienes a tu favor es que la gente todavía no se ha olvidado de lo que hiciste por el muchacho ese que fue atropellado en la calle —dijo Félix. Llegar hasta la alcaldía por haber atropellado a un jíbaro. ¡Qué ironía!— Yo creo que tienes un chance. No lo deberías dejar perder.

—Ja, ja. Bueno, ¿por qué no? ¡Hay mucho que hacer! —dijo Ciprián, alzando la palma de la mano y barriendo las preocupaciones al aire para que se las llevara el viento.

—¡Oigan todos! ¡Aquí tienen a nuestro próximo alcalde! —gritó Félix. Entre felicitaciones y aplausos, Félix le subió el brazo triunfalmente a un Ciprián que aún no caía en cuenta de lo que se había echado encima.

En su propio trepar del día a día, nunca se había tomado el tiempo para mirar atrás y reflexionar sobre el progreso del pueblo. La escasez que vivió durante toda su niñez era realidad latente para muchos cuarenta años después. Faltando pocas semanas para las elecciones, sabía que, ante un pueblo de setenta mil personas, tenía que moverse rápido si quería hacerse sentir políticamente. Su campaña política lo llevó de barrio en barrio a conocer la gente.

Se apareció por los arrabales donde, en cada comunidad, habían docenas de casas techadas en zinc con paredes construidas de escombros de puertas viejas, paneles de madera o muebles usados. No tenían acceso al agua potable ni a la electricidad. Vivían ahí sin permiso, apropiándose de tierras cubiertas de mangle, inhabitables. Secaron esas tierras hasta lograr hacerlas suyas, no por derecho, sino por ocupación.

Ninguna de esas chozas podía aguantar un huracán. Los vientos volaban sus techos, convirtiéndolos en proyectiles que alcanzaban millas de distancia, para luego ser recolectados y reusados por algún otro arrabal. Las lluvias torrenciales sacaban de su cauce ríos y quebradas, derrumbaban montes y extirpaban árboles grandes y frondosos de la profundidad de sus raíces. Las aguas sacudían las chozas desde sus cimientos y se invitaban a invadir el hogar, revolcando ferozmente y sin piedad todo en fango y morrilla. No obstante a esos contratiempos, la gente persistía en quedarse en su tierra. Comenzaban a construir los cimientos de casas en bloque y cemento para resistir los elementos pero, esperando ahorrar hasta poder comprar el próximo bloque, se veían forzados a dejarlas abandonadas entre la maleza que amenazaba con reclamar todo para sí.

Fue recibido cálidamente en los arrabales. Hicieron todo un festival para su llegada. Las gente le dio de probar de todo lo que salía de sus cocinas y vendían diariamente en las calles, destacándose en la confitería: dulces de coco y ajonjolí, cremas de coco, pilones, merengues, cucas duras, besitos de coco y polvorones; como también en las frituras: empanadillas de chapín, bacalaítos, torrejas de ceti, piononos, chicharrones de cerdo y alcapurrias de carne.

Era este pueblo el que se encargaba de mantener las tradiciones del país porque, para ellos, la cocina típica no era un simple pasatiempo de familia reservado a ocasiones especiales, como ya lo era para los más afortunados que ellos, sino que de eso hacían su vida y sin eso la perderían. Todos ellos buscaban salirse del estanque en que se encontraban, de salir de la labor dura e incierta a la mejor vida que los nuevos complejos de manufactura prometían. Todos ellos buscaban inadvertidamente convertir su cocina típica en pasatiempo. Para bien o para mal, ese mismo progreso contribuiría a la erosión de la tradición, pasando de la necesidad al pasatiempo, del pasatiempo al turismo y del turismo al olvido.

—Nos falta la infraestructura para mejorar la comunicación y el comercio en el pueblo: más carreteras, más puentes, más líneas de luz y agua; para así poder traer la empresa privada, que es la que nos va a sacar del estanque. Necesitamos que nuestros niños se eduquen, pero nos faltan las escuelitas, especialmente aquí en el campo. Mi gente, el dinero lo tienen los federales y lo controla San Juan, pero no es infinito. Nos va a venir, pero solo si sabemos pedirlo. Tenemos que estar claros en qué queremos y cómo queremos las cosas. ¡La competencia contra el resto de los municipios por ese dinerito es dura! Y, ¿por qué no? ¡Si ellos también quieren echar pa' a'lante! —dijo Ciprián al cerrar su discurso. Listo. Próxima barriada. Había que moverse rápido.

Correr una campaña electoral estaba por encima de mi capacidad. Yo ayudaba a Ciprián en lo que mejor podía, manteniendo vivo su crecimiento empresarial. Para esa meta, la línea político-partidista no la veía muy importante. Pensaba que los candidatos normalmente querían lo mejor para el pueblo y creían profundamente tener la mejor solución para los problemas. Ambos harían lo posible por mejorar las cosas, aunque cada uno de forma distinta. Siguiendo esta línea de pensamiento, ¿por qué no abastecer, con los productos a precios imbatibles de Chepo's Cash & Carry, todas las actividades de campaña política de ambos candidatos?

Así fue que comenzó todo, inofensivamente pero, con tanta visita a barrios, escuelas, oficinas de gobierno, policías, bomberos y hasta a la misma iglesia, no se perdió el dar de la mano a cuanto administrador y trabajador público había. Ciprián tenía tanta energía y carisma, que era inevitable la lluvia de contratos que le cayó, inclusive antes de saberse los resultados de las elecciones.

Sin embargo, en el día de las elecciones no hubo nada que celebrar.

—Chepo, les diste un buen susto. ¡Treinta y ocho por ciento es grandísimo para el partido! Para las próximas elecciones, llegaremos aún más lejos —dijo Félix, jamaqueando a Ciprián de sus hombros.

—Vamos a ver. De todas maneras, no me convence como trabaja la política aquí —dijo Ciprián.

—¿A qué te refieres? —preguntó Félix.

—A que el país lo dividen entre Estadolibristas, Estadis-

tas e Independentistas. A eso le llamamos nosotros 'ideologías' —dijo Ciprián.

—¡Claro Chepo! Es que, si no nos definimos como país,
no vamos a progresar. Llevamos más de sesenta años bajo
los Estados Unidos, pero viviendo como ciudadanos de segunda clase, sin verdadera representación en el congreso y
sin voto presidencial. ¡Por eso es que tenemos que pedir la
estadidad! —dijo Félix. Era la misma cantaleta política que
todos decían. Ciprián ya estaba cansado de escucharla.

—Mientras tanto, ¿qué? Los gringos están en un país que
no depende de nadie. Mira, ellos tienen mayormente dos
ideologías: los Republicanos y los Demócratas. ¿Correcto?
—dijo Ciprián.

—Eso es correcto —dijo Félix.

—Si Puerto Rico no tuviera que pensar en esto del estatus, ponle que fuéramos independientes, ¿cómo tú crees que
nos organizaríamos políticamente? —preguntó Ciprián.

—Ni idea. Quizás con algo parecido a Republicano o
Demócrata, o Socialistas, o Comunistas. Ja, ja. ¡A saber! Pero
Chepo, tú sabes que eso de la independencia no va para nin-
gún lado —dijo Félix.

—Escúchame, escúchame. Ahora ponle que seamos un
estado. ¿Cómo tú crees que nos organizaríamos políticamente? —dijo Ciprián.

—Ahí sí, de seguro seríamos Republicanos y Demócratas. Se acabaron las opciones —contestó Félix.

—Sí, ¿verdad? Ahora piensa en la gente que estaría en
esos partidos. ¿Tú te crees que los políticos Estadistas serían
Republicanos o que los Populares serían Demócratas, o los
Independentistas… o sea, que cada partido se afiliaría en su
totalidad a solo una de las dos opciones? —dijo Ciprián.

—Claro que no. Me imagino que cada persona se afiliaría al partido donde mejor encaje —contestó Félix.

—¡Exacto! Podría haber Estadolibristas y Estadistas en un mismo partido. Eso es lo que no me convence de la organización política que tenemos ahora. Mientras estamos esperando tener un estatus no territorial, estamos dividiendo a la gente buena que hay en todos los partidos. Esa gente, en otra vida, estaría junta por su ideología, por los ideales que perduran sin importar el estatus que tenga el país; no estarían juntos por el estatus —dijo Ciprián.

—Me parece que sí. Siempre están pisoteándose las ideas, no porque una idea sea mala, sino por cuál partido debe llevarse el crédito —dijo Félix.

—Eso mismo. No hace sentido organizarnos como estamos porque definir el estatus no te dice la mejor forma para bregar contra la pobreza, o para mejorar la educación o para mejorar la seguridad. El estatus es importante, pero estamos dividiendo a toda esa gente buena en vez de aprovecharlos para sacarle mejores soluciones a esos problemas grandes que afectan a la gente día a día —dijo Ciprián.

—Ya veo. De igual manera que, no importa quién gane las elecciones, todos los partidos van a pelear por los mismos fondos federales. Al que gane le toca pensar en cómo invertirlos, ignorando lo más que pueda a los demás partidos. ¡Votamos por ver quién administra mejor los fondos! —dijo Félix y pausó—. Pero entonces, ¿tú qué harías?

—¡Virar todo patas arriba! Que la gente corte con todos los partidos políticos de estatus y los eche a un segundo plano, como lo están ahora mismo las ideologías verdaderas que impactan al país, y que pongan esas ideologías verdaderas en un primer plano. ¡Más na'! —dijo Ciprián, limpiándose las manos del asunto.

—Ese es un tostón que no me quisiera comer —reaccionó Félix.

—Es triste pero yo tampoco. Sabe Dios si, por tan solo estar hablando del tema, terminamos los dos muertos, tirados en una quebrada. Ja, ja, ja —dijo Ciprián.

Al otro día se volvieron a encontrar en la logia. Nunca había visto a Félix con un rostro tan lúgubre.

—Chepo, me despido amigo —anunció Félix agarrándolo de la mano y apretándosela con fuerza.

—Oye, ¿por qué tan serio? ¿A dónde te vas? —preguntó Ciprián.

—Viste, la doña y yo llevamos un tiempo pensando en irnos pa' Nueva York. Hoy nos decidimos. Tú sabes que acá las cosas no están bien y los nenes se están poniendo grandes. ¡Hay que buscar mejor vida! —dijo Félix, animándose a sí mismo.

—Jamás lo hubiera adivinado. ¡Nunca me contaste! ¿Ya sabes qué vas a hacer por allá? —preguntó Ciprián.

—Pues, ya unos cuantos familiares se han mudado y dicen que hay mucho trabajo por allá. También hay mucho boricua. Tú sabes que yo me las arreglo siempre. Ja, ja —dijo Félix, esperando que Ciprián no se percatara de la máscara que llevaba puesta. Sus ojos y su sonrisa quedaron estancados, luciéndose por más tiempo de lo considerado normal y genuino, falsamente encubriendo la inseguridad de que todo iba a estar bien. Otro trabajo, otra ciudad, otro país, ¡sería tan buena aventura!, pero un infierno sin trabajo seguro y una esposa e hijos que mantener.

—Oye, ¿por qué no te consigues por allá unas cuantas Corvettes y me las envías para yo venderlas acá? —dijo Ciprián. Quería darle algo de confianza ante su futura aventura. Por lo menos, comenzaría con el pie derecho. Además, ya yo le tenía montado en la cabeza a Ciprián la nueva sección de su estación de servicio que usaría como 'dealer' de autos.

—Pero, ¿otro negocio más? ¿Qué vas a hacer tú con tantos negocios, Chepo? —dijo Félix, quedándose boquiabierto.

—Mira. Yo lo veo así: Si la gente compra un carro, ¿qué necesita echarle pa' que corra? —dijo Ciprián.

—Gasolina —dijo Félix.

—¡Aquí lo espero! —dijo Ciprián como actor de un comercial barato de televisión pública.

—Entonces, el fulano de tal que lo compró tiene que comer, ¿no? Tendrá familia, ¿no? —preguntó Ciprián con el mismo tono.

—¡Ahí lo esperas! —dijo Félix imitándolo.

—¡Gano por todos lados! —dijo Ciprián contento.

—Ja, ja. No sé. Si yo fuera tú, me pondría a crecer esos negocios que tienes —advirtió Félix.

—¿Crecerlos cómo? —preguntó Ciprián. Gracias a las elecciones, acababa de cerrar un contrato para abastecer por un año a todos los comedores escolares públicos del municipio y otro para ser el proveedor preferente de gasolina para la flota de las viejas motocicletas 'Harley Davidson' y patrullas 'Volkswagen Beetle' de la policía municipal. Le quedaba por cerrar otros más, que abastecerían de comida a las Fiestas Patronales, Fiestas de Navidades, Fiestas de Año Nuevo y Fiestas de Reyes.

—Poniendo más gasolineras o más almacenes. Les estas sacando algo, ¿no? —preguntó Félix. Absolutamente sí.

—Sí, van bien, pero eso de crecer mucho se lo dejo a los grandes que saben más que yo y tienen más chavos que yo —dijo Ciprián en tono humilde.

—Pero chico, ¡si tienes la isla completa para montar más gasolineras o más almacenes! —dijo Félix, dándole una palmada en un hombro, como queriéndole hacer ver todas las oportunidades que tenía y no aprovechaba.

—Sí, pero ya mismo van a llegar los grandes de San Juan o de allá afuera y se van a quedar con todo —dijo Ciprián. Otra razón era porque no encontraba la idea tan retadora. Simplemente replicar el mismo modelo en otros lugares era aburrido para él. Para mí también. Nos gustaba esa parte dura, donde poner la primera piedra era difícil y riesgoso. Queríamos intentar cosas nuevas y aprovechar oportunidades que otros no aprovechaban. No podíamos quedarnos quietos en lo mismo. Claro, no le iba a decir a su amigo sus caprichos, él casi en banca rota y a punto de dejar el país.

—Eso es verdad. ¡Yo soy testigo! Bueno, tú siempre te las has podido ingeniar más que yo y las cosas siempre te han salido bien. No soy quién para criticar —dijo Félix.

—¿Entonces, qué dices? ¿Me las vas a conseguir? Estoy seguro que, solo para darse ese gusto, la gente hará aparecer los chavos de donde no los tengan —dijo Ciprián.

—¿Por qué no? ¡Dame unas semanas en lo que me establezco allá y enseguida te aviso! —dijo Félix con los ánimos más alzados.

A dos meses de Félix haber partido a Nueva York, lo llamaron del puerto para que pasara a buscar los cuatro contenedores que le habían llegado. Dentro de estos encontró las Corvettes de 1960, nuevas de paquete, en blanco, rojo, azul y negro para llenar el nuevo 'showroom' que montó al lado de la gasolinera.

Lo primero que hizo al verlos fue darle una trillita a su familia. Como solo tenía un asiento pasajero, tuvo que hacer cuatro viajes, pero en cada carro puso su pancarta "¿Lo quieres? ¡Te lo vendo!". Así podría cubrir todo el municipio y regar la voz.

La primera trillita se la dio a Gala. Para ella escogió la Corvette blanca. La veía como símbolo de la pureza artificial de su matrimonio.

—Me gusta así en blanco, así no se calienta tanto con el sol —opinó Gala. ¡Qué práctica! Yo encontraba el color blanco sosísimo.

—¿Eso qué importa? Estamos con la capota abierta y solo vamos a dar la vuelta unos minutos —dijo Ciprián.

—Para mí se siente más fresco —dijo Gala. ¡Mujeres!

Le dio un paseo por las barriadas, cerca de la casa, ella saludando como una reina a los vecinos que salían a la calle, atraídos por el rugido rabioso del motor. Todos lo vieron sacando a su mujer feliz y sonriente. Tal vez así se dejarían de chismes y rumores malintencionados.

Al regresar, se preparó para la segunda trilla. Como Pablo era el varón mayor, lo recogió con la roja, que iba a cien millas por hora solo con dejarla estacionada. A él le dio la vuelta por donde estaba el almacén. No solo quería que la vieran sus clientes, sino también aprovechó para hacerle fiero a Simón.

—Está bien linda Chepo. Esta es la que me vas a regalar para mi cumpleaños, ¿verdad? —dijo Simón. Apuntó a Pablo con la trompa de su boca mientras miraba a Ciprián. Su hijo se quedaba parado frente a la Corvette, hipnotizado.

—Espérala. ¿Qué me vas a regalar tú? —contestó Ciprián.

—Mi agradecimiento —dijo Simón y rió. Seguía mirando a Pablo, que iba delicadamente paseando su mano por las curvas suaves y elegantes de la carrocería—. Nene, cuidado, ¡que te enamoras! ¿Te gusta?

—¡Está chula! —contestó Pablo sin quitarle los ojos de encima a la Corvette.

A Irma la recogió en la azul. Ella no parecía tener entusiasmo alguno por montarse en la máquina. No estaba impresionada. Parecía preferir el paseo solo para disfrutar de la brisa y tomar aire fresco. Le dio una vuelta alrededor de la plaza central, bastante concurrida los fines de semana, y se sentaron en un banquito a tomar piraguas de frambuesa.

—Papi, ¿por qué tú dejaste de querer a mami? —preguntó inocentemente Irma. Esto era lo que se merecía por salir solo con sus hijos.

—Dame un momento, nena, que ese señor parece que quiere preguntar acerca de la Corvette —contestó Ciprián, escurriéndose rápidamente fuera del carro. Su hija se habrá molestado, pero al menos no volvió a tocar el tema en todo el camino. Pronto se le pasaría el mal humor.

Por último recogió a Willie y a Pey quienes, como eran aún pequeños, cabían los dos juntos en el mismo asiento. Los recogió en la negra y se los llevó a la barriada de Rita.

CAPÍTULO XI
Vacaciones de Gala

Los dos hijos menores de Ciprián fueron los únicos que supieron dónde vivía Rita. Ciprián acostumbraba traerlos para no levantarle sospechas a Gala. ¿Quién pensaría que un esposo infiel traería a sus hijos a la casa de su corteja? Esta vez, llegó con la Corvette negra.

Los niños se quedaron jugando en el patio mientras Ciprián y Rita se encerraron adentro. Tenían de más para entretenerse: explorando entre las matas en busca de tesoros escondidos; haciendo casitas con pedazos de piedra que estaban tiradas por doquier, ya que el patio estaba, casi en su totalidad, relleno con una mezcla de noventa por ciento pedazos de loza y diez por ciento tierra; compitiendo a atrapar lagartijos por el cuello con ahorcadores hechos de pasto.

—¿Piensas quedarte con ella? —preguntó Rita a Ciprián. Acababan de hacer el amor y salió con esto. ¿Primero Irma y ahora Rita? Lo tomó por sorpresa y no tenía cómo escapar. Sabía que en algún momento le vendría la pregunta, pero no estaba listo para responderle.

—¿Por qué me estas preguntando esto ahora? —contestó Ciprián, harto del tema. Se viró en la cama y le dio la espalda

94

a Rita. No quería que ella le viera los ojos mientras se preparaba para mentirle.

—No sé. Por saber —dijo Rita manteniendo la calma. Juntó su cuerpo al de él y lo acarició del hombro al brazo.

—Tú sabes que no es una decisión fácil de tomar —dijo Ciprián. Su reputación, su negocio, sus hijos, el futuro miserable de su esposa... ¡Había mucho en juego! ¡Pero qué bien se sentía a su lado!

—¡Qué exagerado! —dijo Rita. Lo peinaba y despeinaba suavemente con las puntas de sus dedos. Él se quedó congelado donde estaba.

—Chica, no sé qué hacer. Me estoy volviendo loco —dijo Ciprián en un suspiro. ¿Por qué tenía que arruinarle el día?

—No es tan difícil. ¿Con cuál te sientes feliz? —dijo Rita.

—No me hagas escoger ahora, por favor —suplicó Ciprián. ¡Pues claro que con ella! Al menos, definitivamente estaría mejor que con Gala. ¡Sin esposa ni hijos de por medio, no lo pensaría dos veces!

—¡Bobo! Si yo fuera tú me quedaría con la Corvette, solo por variar. Está linda —dijo Rita, descartando el tono de preocupación de Ciprián. ¡La Corvette! Se le soltó al instante el nudo que tenía en el corazón. Para esto sí estaba listo.

—Tienes un buen punto pero, no sé, creo que me quedo con el Bel Air. Está viejo, pero corre bien —dijo Ciprián. El Bel Air era un carro común y corriente; le convenía más si tenía que salir con Rita. Claro que pudo y quiso quedarse con la Corvette, pero llamaba demasiado la atención.

—¿Cuándo me vas a dar una vuelta? —preguntó Rita.

—Será para la próxima, mi amor. Ya están vendidas. Las tengo que entregar esta tarde —dijo Ciprián. ¿Arriesgarse a que lo vieran con ella en la Corvette? ¡Nunca!

No solo traía a sus hijos a la casa de su corteja, sino que también los hacía comer ahí. Rita insistía que fuera así. Sin embargo, ella se veía nerviosa, insegura alrededor de ellos. Intentaba dejar una buena impresión, ganárselos, pero sin sentirse confiada de que lo estaba logrando. Tampoco tenía hijos. Podía ser solo eso lo que le incomodaba, su inexperiencia. O tal vez su conciencia le hacía percibir algún resentimiento en su contra por ser una rompe-matrimonios. ¿Habrán estado lo suficientemente grandes como para saber lo que en realidad estaba pasando? ¿Pensarían que su padre solo visitaba a una amiga?

Las alcapurrias que cocinó Rita eran lo único que parecía ayudar a romper el silencio en la mesa. Solo se escuchaba el sutil crujido de los dientes rompiendo la capa de yautía y plátano, que cesaba tan pronto el relleno quedaba expuesto.

—¿Están ricas? ¿Quieren que les fría otras? ¿O quieren más arroz con longaniza? —preguntó Rita a los chicos mientras continuaba dándole forma de papa a las alcapurrias que estaba por tirar al sartén.

—Yo quiero. Pero, ¿por qué saben diferente? —dijo Pey.

—¿Cómo diferentes? Están hechas con jueyes. ¿Nunca las habían comido de jueyes? —preguntó Rita.

—No. Mami nos las hace de carne. A ella no le gustan los jueyes —dijo Willie.

Si había algún resentimiento contra Rita, no era evidente. Por un lado, podía ser porque no se imaginaban lo que ocurría; por el otro, tal vez no decían nada por miedo a ganarse una zurra bien dada, por malcriados. De todas formas, las instrucciones que dio Ciprián fueron bastante que claras:

—¡Ahora, cuando lleguemos a casa, se van a comer todito lo que les cocine Gala! —dijo Ciprián al voltearse hacia ellos desde el asiento de conductor—. ¡Y Dios les libre decirle que ya comieron!, ¡Y menos que vieron a Rita! ¿Está claro? —advirtió a dedo alzado.

Las sospechas y los celos bien fundamentados de Gala iban progresivamente escalando los niveles de tensión en el matrimonio. Diariamente, Ciprián notaba cómo todas sus cosas parecían haber sido rebuscadas. Se encontraba con interminables enfrentamientos y cuestionamientos: ¿Qué hiciste? ¿Para qué lo hiciste? ¿Con quién estuviste? ¿Dónde estuviste? ¿Cuánto tiempo estuviste?

Por supuesto, ella tenía todas las razones del mundo para indagar en sus asuntos. Su marido le estaba siendo infiel y le renegaba, frescamente, toda falta. Se burlaba de ella en su propia cara.

—¡Papi! ¡Ven pa' acá! No sé qué le pasa a mami. ¡Parece una loca! ¡No la entiendo! —dijo Irma por teléfono al llamarlo a su oficina un sábado al medio día.

—Pero mami, cálmate. ¿Qué pasa? —dijo Ciprián.

—¡Está brincando por toda la casa! ¡Trato de que se tranquilice pero no me dice nada! ¡Dice solo un chorro de disparates! ¡Ven, para que veas! ¡No sé qué hacer! ¡Necesito ayuda! —dijo Irma mientras gemía.

—¡Cooooooño! ¡Caraaaaaaajo! ¡Puñeeeeeeeeetaaaaaaaa! —gritó Gala a garganta raspada. Podía escuchar los gritos de su esposa claramente por el auricular. Pasaba rápidamente de profanidad en profanidad, en ocasiones combinando las injurias más sucias que la cabeza pudiera elaborar, alargando la última de ellas al menos cinco segundos y aumentando los decibeles con cada segundo que sostenía su cantar. ¡Salían de su boca con tanta fluidez!

—Salgo ahora —dijo Ciprián. Pensó que se trataba de uno de sus estúpidos arrebatos de celos llevado a un nuevo plano, pero no sabía con lo que se iba a encontrar. Se la imaginaba como siempre, con el cuerpo trinco y la cabeza como un tomate, a punto de explotar. Tenía un rito para descargar toda la rabia que llevaba por dentro que ya conocía. Sin embargo, estaba fuera de lugar al ponerse tan incordia y causar todo un escándalo en el barrio. La única forma de callarla era a bofetada limpia.

De camino a la casa, eso esperaba hacer pero, al entrar, no escuchó gritos. En la sala, una de las butacas estaba tirada hacia un lado, descansándose sobre la mesa de centro, que evidentemente había sido prensada hasta desmadrarse por el peso exorbitante de su esposa. El sismo habrá sacudido los cuadros hasta hacerlos saltar de sus clavos. Habrá catapultado a los figurines de porcelana hacia el abismo, quebrantándolos en mil y esparciéndolos por todo el suelo. Había papeles tirados por doquier. Las cortinas caídas y en trozos, desgarradas por una fiera suelta.

—¡Irma! —gritó en susurro Ciprián al escuchar los sollozos que venían de su habitación. Viendo el reguero frente a él, no quiso alertar a Gala. Solo Dios sabía cómo reaccionaría al verlo. Ella abrió la puerta. Tenía puesto el seguro.

—Está en la cocina —dijo Irma. Desde el marco de su puerta, apuntó con el dedo, sacudiéndose las lágrimas que le cubrían los ojos.

El agua corría fluidamente, llenando hasta el tope el fregadero y dejando caer un manantial revuelto en sobras de arroz, habichuelas, vegetales y cueros de carne que abasteció a toda la cocina. El agua iba lentamente abriendo paso hacia la sala, encharcando los zapatos de Ciprián al acercarse.

El fuego en la estufa ardía a todo dar, pero solo una de las hornillas estaba ocupada; continuaba calentando un sartén lleno de aceite bullente que petardeaba en la superficie. De adentro, saltaban trozos grandes de lo que parecían ser tostones de plátano hechos carbón.

Finalmente, encontró a Gala. Estaba sentada en el charco, cortando carne en el piso y tarareando una melodía que él no reconoció. Traía puesta una bata de flores y tenía las patas ampliamente abiertas, pero no llevaba ropa interior. Las sobras del fregadero se le iban acumulando entre los muslos.

—Hola —dijo Gala. Parecía haberse tranquilizado. Le sonreía con sus ojos, como cuando eran novios. Acababa de cortar otro pedazo de carne. Lo colocó a su lado, al tope de una montaña compuesta de cientos otros, igualmente rodeada de escombros—. Chepo, ya mismo vamos a comer. La comida está casi lista.

Ciprián se quedó mudo. Le causó escalofríos verla en ese estado, tan cerca a él y con cuchillo en mano. Le devolvió la sonrisa antes de regresarse lentamente a la sala. No quiso agitarla. Agarró el teléfono e hizo una llamada.

Siendo evidente que Gala había perdido el control sobre sí misma, tuvo que ser internada en el manicomio de la capital, no sin antes encañonar con carne de res a los hombres en blanco que se aparecieron en su casa abruptamente como raptores. Intentó irse a la fuga pero, corriendo descalza sobre el piso encharcado, las condiciones no estaban a su favor. Se dio un resbalón contra el suelo, uno fuerte y contundente.

Ciprián se trajo a la casa a sus padres, a quedarse a dormir por unos días. Quería darles a sus hijos al menos algo de orden, cordura y calma tras el caos que acababan de atestiguar.

Aunque jamás dejaría pasar tan valiosa oportunidad para compartir con sus nietos, Flora pondría sus condiciones antes de aceptar el trato:

—Si me quieres aquí ayudándote con los nenes, entonces quiero que después que salgas del trabajo vengas derechito para acá —dijo Flora. Su madre se aseguraría de que el orden aplicaría no solo para el día a día de los niños, sino que también para el día a día de Ciprián.

—Todo lo que digas mami. ¡Aquí, usted es la que manda! —dijo Ciprián, dándole un abrazo de oso.

—¡Nada de mami! ¡Nada de tragos, ni cortejas, que yo no soy bruta! ¡A mí no me vas a mandar pa' ningún manicomio! ¡Mira, que yo estoy vieja pa' eso! —dijo Flora mientras se sacó de encima a Ciprián y le dio una palmada en el cachete.

—¡A chiqui mangue, papi! —dijo Augusto, apareciéndose por detrás de su esposa, de burla simulando tocar un güiro con su dedo y antebrazo.

—¡Tú tampoco te pongas graciosito, que algo habrá aprendido de su padre este manganzón! —dijo Flora.

Tener a sus padres viviendo en su casa era como un reacondicionamiento de pensamiento y comportamiento. Era como si, al instante en el que se convirtió en adulto y se fue de la casa, no solo sus recuerdos, sino su forma de ser frente a ellos, hubiera quedado grabada en algún rincón con la intención de ser reactivada únicamente al toparse con ellos. Seguía instrucciones, era cortés, no era violento, no bebía…en fin, evitaba todo lo que pudiera ser mal visto. Les tenía un respeto tan profundo que, si por accidente se le salía alguna mala palabra, hasta sentía el miedo a ser regañado y los escalofríos cosquillearle el cuello de la misma manera que lo hubieran hecho durante su niñez.

Por primera vez desde que conoció a Rita, llegó temprano a la casa todos los días. Los niños del barrio, que siempre aprovecharon su ausencia para pasarse las tardes pegados al televisor, quedaron perplejos ante la transformación que mostró Ciprián frente a sus padres. Miles de veces habían sido ahuyentados como perros callejeros, pero esa semana no lo fueron. Tenían a Flora y Augusto para agradecer, a quienes, abuelos al fin, les encantaba estar rodeados de niños. Aunque no lo demostraba abiertamente, Ciprián también se sentía a gusto con tomarse unas pequeñas vacaciones de todo lo que le complicaba la vida, especialmente al Augusto aparecerse por la casa con pastelillos de guayaba para repartir. ¡Qué ricos recuerdos!

Era curioso el efecto que tuvo la niñez de Ciprián en la relación con sus padres de adulto. Me preguntaba, ¿en qué quedaría todo el esfuerzo que ponía en proveer para su familia y ser buen padre para sus hijos?

Desde que regresó del manicomio, a Gala pareció importarle poco las horas de llegada de su marido, que continuó con su costumbre de ausentarse de la casa hasta altas horas de la noche. Algo le hicieron por allá que quedó mansita, sin ganas de hacer revolú con nada que tuviera que ver con amoríos y cortejas. Aun así se desvelaba, esta vez preocupada por la salud de su hija única quien, varias veces por semana, despertaba repentinamente en medio de la noche con ataques severos de fatiga.

No podía imaginar lo aterrador que debía ser salir de un sueño profundo, sentirse atado a lo más hondo de una piscina llena de agua, luchando por meter oxígeno en los pulmones, con el corazón insistiendo en taladrar a través del pecho y buscando escapar del cuerpo. No podía ni fingir comprender cómo sería vivir con ese miedo constante de no saber si el día de mañana despertaría nuevamente bañada en sudor, con una soga atada a su cuello queriendo llevársela prontamente al siguiente mundo.

Gala se sentaba en la cama con ella todas las noches, tratando de calmarla mientras vivía su pesadilla. Le daba agua para tomar, sobos, le pasaba un paño en agua fría por el cuerpo para bajarle la temperatura; no podía hacer más.

Una noche, acabando de calmarle uno de sus ataques, se apareció Ciprián, embriagado en whiskey, tirando puertas sin decir ni una palabra. Llegó hasta su armario y sacó una caja de cigarros amarilla que tenía escondida del tope. Sus hijos nunca antes habían visto esa caja.

—¿Qué pasa? —dijo Gala desde la habitación de Irma.

Dentro de la caja había un puro, dos balas y un revolver de barril corto envuelto con un pañuelo. Sacó el revólver y caminó hasta la habitación de Pablo. La puerta tronó contra la pared, poniendo a saltar de la cama a su hijo, que quedó al instante a cuatro patas como un gato alarmado.

—Te robaste veinte pesos del almacén, ¿ah, cabroncito? —dijo Ciprián. Apuntó con el revólver hacia la cabeza de su hijo y dejó descansar la punta del barril en su frente.

—¡No, pero si yo no cogí nada! ¡Te lo juro por Dios! —contestó Pablo, llorando e intentando alejarse del revólver. Ciprián siguió sus movimientos con el barril aún en la cabeza, aumentando la presión a medida que su hijo se seguía moviendo, hasta que éste quedó atrapado entre la pistola y el espaldar de la cama.

—¿Te crees que soy pendejo? ¡En cuchucientos años con el almacén nunca me han robado! ¡Tiene que venir una pila

de mierda como tú, mi propio hijo, a robarle a su padre!
—gritó Ciprián. Quería asustarlo, enseñarle una lección.

—¡Ya basta, por favor! ¡Mira cómo lo tienes ya! —dijo
Gala. Ni ella ni Irma se atrevieron a pasar del marco de la
puerta de la habitación. Pey y Willie las agarraban de las piernas. Estaban asustados. No entendían lo que sucedía.

—Papi, ¡por favor! ¡Yo no hice nada! ¡Solo estaba jugando en el almacén! —dijo Pablo. Tenía un nudo en la garganta
que casi no le dejaba respirar.

Sin sacarle los ojos de encima, rápidamente le quitó la
pistola de la cabeza y disparó un tiro a la pared que daba hacia el cuarto de Willie y Pey, provocando alaridos de terror.

—¡Dime que fuiste tú quien cogió esos veinte pesos!
—gritó Ciprián, empujando nuevamente el barril caliente
contra su frente.

Su hijo tenía, en una de sus gavetas, cuatro billetes con la
cara de Lincoln escondidos bajo una montaña de calzoncillos. Ciprián hervía de la ira. Esperaba que, de alguna manera, no tuviera que afrontar la confesión de su hijo. Se esforzó
tanto para darles buena vida a todos ellos, solo para ser
compensado con mentiras y traición.

—¡A ti... no... se te enseñó... a robar! —dijo Ciprián,
entre golpes, descargando su furia.

Sin embargo, su comportamiento errático no le vino tanto por el alcohol o la traición de su hijo, sino por la escanda-
losa noticia que le había dado Rita esa misma tarde:

—Estoy embarazada —dijo ella. Esa frase aún resonaba
fuertemente dentro de sus oídos, como tambor. De alguna
manera, se tenía que desquitar.

CAPÍTULO XII

Un cuerpo irresistible
Mi diario: 18 de febrero de 1960

Odio a Gala. Se cree que soy tonta, que me voy a tragar cualquier embuste que salga de su boca. Justo hoy, se atrevió a decirme, muy descaradamente, que Luis se había suicidado anoche. Dijo que me habían encontrado en su habitación, durmiendo con él, con todo mi cuerpo empapado de su sangre. Hasta se le ocurrió inventarse que tuvieron que limpiar toda su mierda de encima de mi pecho.

Es obvio que eso nunca pasó. Le dije que se dejara de inmadureces, que eso no era un tema para bromas pesadas. Ella no paró. La muy graciosita puso una cara de incrédula. Siguió acosándome, cuestionándome de cómo era posible que no me acordara de nada, si estaba allí con él en el momento en que ocurrió. Estaré en un manicomio, pero no estoy loca. Gala se cree que, porque estoy aquí, eso me hace automáticamente una idiota.

Sí, me levanté con resaca. Estaba mareada y no aguantaba el dolor de cabeza, gracias a Gala, por los palos de ron de anoche. Sí, cuando desperté, estaba ahí acurrucada con él.

Los guardias habían entrado a la habitación azotando puertas como siempre, con poca consideración hacia los pacientes. Me sacaron del cuarto al momento. ¡Es que tenían tanta prisa por bañarme que ni me dejaron despedirme!

El baño fue un alivio. Después de tanto haber sudado anoche, sentía la piel pegajosa. Pero, a los muy pobres guardias, les tengo lástima. Están cortos de empleados. Quieren correr la sala completa con tres gatos cansados cuando, en realidad, necesitan diez. Los tienen para arriba y para abajo como hormiguitas obreras, porque todo es emergencia tras emergencia. Tan envueltos en el trabajo estaban, que ni siquiera me regañaron por haber pasado la noche con Luis. Yo estaba segura de que me tirarían en el cuarto oscuro.

A ninguno de los dos los he vuelto a ver, ni a Luis ni a Gala. No me cabe duda de que ella me lo quitó. Por eso fue que trató de engañarme. ¡Y de qué forma! Se escaparon los dos juntos. Ella siempre dijo que lo encontraba apuesto. Puso a todos los guardias a conspirar contra mí. Les pregunto por Luis y me dicen que lo dieron de alta, que no lo voy a ver más. Si les pregunto por Gala, me dicen que también la dieron de alta. ¡Como si ella estuviese en mejor condición que yo! Todo el mundo en quien se supone deba confiar quiere aprovecharse de mí. ¿Cómo pueden darme la cara así? ¿Cómo pueden mirarme a los ojos y burlarse de mí?

Pero, ¡qué noche pasamos! Uno de los guardias que le tenía el ojo echado a Gala nos consiguió una botella de ron y nos la bebimos completa. ¡Bebimos tanto! Fue una buena oportunidad para conocernos mejor.

Ella tiene un esposo e hijos en Arecibo pero, según ella, es un mujeriego. Sale de la casa temprano en la mañana y regresa tardísimo en la noche. Llega borracho y con olor a mujer. La gente del barrio se la pasa insinuando que se va a romper el hogar, que habrá divorcio, que debería ir buscando buenos hombres por el pueblo que puedan reemplazarlo en caso de que se quedara sola. Todos ellos se enteran de las aventuras de su marido antes que ella.

Hasta en la escuela los compañeros de sus hijos se saben todos los chismes. Yo sé lo crueles que pueden llegar a ser esos nenes. Están dispuestos a meterle malas ideas en las cabezas de sus hijos solo por tener algo de qué reírse. Poco les importa lo mucho que los hagan sufrir por dentro. La nena mayor un día llegó a la casa de la escuela llorando. El chisme del día que le traían sus compañeras era que su papá había ido a buscar los papeles de divorcio para poder casarse con la correja que tenía.

Hecho el daño, entonces le tocó a Gala recibir a la pobre nena y manejar la crisis. Le toca mantener la compostura aunque esté comiéndose por dentro. ¿Cómo responder a un hijo que te pregunta si es verdad que su padre tiene los papeles del divorcio en la mano? ¿No merece ella saber lo que le espera antes que sus propios hijos?

Su esposo tiene de su lado a sus hijos menores. Ellos lo encubren, lo apoyan mientras continúa con sus fechorías. Saben todo lo que su padre ha hecho, pero se quedan mudos tan pronto Gala los cuestiona. Ella dice que no la aman, que no la ven como una buena madre y prefieren reemplazarla con otra. Me parece que exagera. No creo que sea posible que una mujer tan buena como ella sea odiada por sus hijos. Sus hijos estarán confundidos. No sabrán lo que hacen.

Yo no puedo entender cómo alguien puede quedarse con un hombre así, un hombre que la desvalora de tal manera, que la hace sentirse tan poca mujer. Para mí que ella aún lo sigue amando ciegamente, aunque aparente lo contrario. Le brillaban los ojos cuando me contó cómo era él cuando se casaron, cómo la acostaba en la cama y la llenaba de besos, cómo le repetía dulcemente "te amo" al oído. Ella no se cansaba jamás de escucharlo. ¡Esas palabras son tan bellas y significan tanto!

Algo tuvo que haberle hecho su esposo para mantenerla en esa ceguera emocional. ¿Le habrá echado un brujo encima? ¿La habrá amado verdaderamente al comienzo de la relación? ¿Habrá querido asegurarse de que ella se mantendría loca por él por el resto de los tiempos? Me pareció un buen ejemplo de un brujo echado por un enamorado con buenas intenciones, pero que terminó pateándolo en el trasero por ser egoísta. Es eso lo que la tiene así como está. Su esposo sigue pensando solo en él y no se digna a revertirle el brujo que la tiene tan tonta.

Gala no cree en eso de los brujos. Para ella, él no tiene los pantalones lo suficientemente apretados como para parársele de frente y decirle a su cara un "dejé de amarte". Según ella, con solo eso estaría conforme. Eso le bastaría para poder moverse adelante. Me parece que ella verdaderamente cree que eso es lo que necesita, pero también creo que, si él llega a decírselo así como ella lo pide, se le caerá el mundo encima. Es que son palabras muy fuertes. Si su esposo es tan cruel como para decirle eso así, de forma tan directa, entonces merece que salga el diablo del infierno y se lo trague vivo.

Lo único que se me ocurrió decirle fue que mirara bien las acciones de su esposo. Ella tiene que ponerse la mano en el corazón y responderse a sí misma: con corteja o sin corteja, ¿lo seguía amando? Si lo sigue amando y no está dispuesta a dejarlo, entonces tiene que aceptarlo tal y como es, con todos sus defectos. Ella se está haciendo daño solo a ella misma con tantos celos. Es ella la que está en el manicomio y no él ni ninguno de sus hijos.

Ella insiste en que no entiendo, que no entenderé por lo que ella está pasando hasta que me case, que como esposa hay un orgullo de por medio que no se puede ignorar. A eso yo le respondo que el orgullo no vale nada si lo que te trae es miseria en vez de felicidad.

Después de un silencio medio incómodo, pareció volver a animarse cuando comencé a contarle sobre Luis, del día en que nos conocimos el pasado mes.

Estábamos los dos juntos viendo la televisión. Yo me sentía como una diosa. Los comerciales me ofrecían todas las cosas que yo necesitaba. Los artistas más famosos: Helena Montalbán y Braulio Castillo, dejaban de ser sus personajes de telenovela y se ponían a hablar de mí. Sabían qué hacía, cómo estaba vestida, cómo me sentía, cuándo me reía y cuándo lloraba. ¡Me daban consejos amorosos y se preocupaban tanto por mí! ¡Me adoraban!

Por eso fue que pude sacar las fuerzas para hablar con Luis. Él lucía una cara de galán, como las de esos mismos que me miraban desde la televisión. Tenía un porte de que lo podía y lo sabía todo. Él era un dios y yo una diosa. Estábamos destinados a estar juntos. Sin embargo, con todas las cosas lindas que le conté a Gala de él, era inevitable que ella me preguntara cómo podía ser que un chico tan genial terminara aquí.

Tuvo muchos problemas en su casa, por eso lo habían internado. Él me había contado lo horrible y exigente que era su madre. Lo trataba como un niño. Tenía que pedir permiso hasta para respirar. Perdía el día intentando escapar de su sombra dictatorial, que no hacía más que observarlo, criticarle sus errores y darle órdenes.

La aguantó hasta que simplemente no pudo más. Tenía que escapar y no sabía para dónde ir, pero sí sabía que cualquier lugar sería mejor que quedarse donde estaba, inclusive si eso significaba irse al cielo antes de tiempo. Ahí fue cuando me enseñó las marcas de cuchillo que tenía a lo largo de sus brazos. Me dejó acariciárselas, sentir las partes suaves y ásperas de su piel. Me hizo sentir tan cómoda junto a él. Tuvimos una conexión instantánea.

Cuando llegué a esa parte, Gala me interrumpió. Fue ahí donde comenzó todo. Ella fue la que me instigó a ir a buscarlo. La inolvidable noche se la debo a ella, mi ángel. Me agarró por los hombros y me agitó para hacerme caer en cuenta de lo bello que él era, ¡como si yo necesitara convencerme de eso! Me gritaba que tenía que ir a donde él y demostrarle cuánto lo quería. Yo dudaba. Me puse tan tímida. ¿Qué pasaba si me rechazaba? ¡Qué vergüenza!

En ese momento fue que el guardia que nos había traído el ron regresó. Le dijo a Gala unas cosas al oído que la hicieron reír mucho. Era un hombre muy amigable. Gala se quedó hablando con él y yo me quedé en la puerta pensando, peleando conmigo misma por decidirme. ¿Voy o no voy? Si no fuera porque Gala me dio una patada tan fuerte en las nalgas que terminé en el pasillo, tal vez no hubiera ido. Lo último que me dijo terminó convenciéndome. Si Luis era el hombre que yo aseguraba que era, no podría resistir la tentación de pasar la noche conmigo, me dijo. No me rechazaría. Me encerré en su cuarto. Dejé la luz apagada para que no despertara antes de poder sorprenderlo. Dejé mi ropa caer en el suelo y me acomodé en la cama, cuidadosamente a su lado. Por suerte, no despertó. Mi intención era pillarlo desprevenido, arrancarle el sueño, que, al abrir los ojos, se encontrara con mi cabeza entre sus piernas y no pudiera decirme que no, como me había asegurado Gala que sería. Con algo de esfuerzo, logré ponerlo de un lado hasta que lo alcancé cómodamente. Pude recostar mi cabeza ahí para comenzar la noche. Al escapársele el más sutil gruñido, supe que no me diría que no.

Luis se mantuvo mudo e inmóvil. Fingía todavía estar en un sueño profundo para recibir toda la atención sin tener que devolver el favor. Yo le seguí el juego. Quería que esa primera noche fuera memorable para él. Quería poner todo mi empeño en satisfacerlo, en tratarlo como un rey. Deslicé mi cuerpo contra el suyo y lo enredé entre mis piernas.

No recuerdo más. Debe pensar que soy una tonta novata por quedarme dormida antes de terminar lo que empecé. Nunca tendré otra oportunidad para hacer las cosas como se deben. Por eso se habrá escapado con Gala. Definitivamente, ella es mejor mujer que yo.

CAPÍTULO XIII

Colisión imprevista

Aunque mareada por un cantazo fuerte que recibió en la frente y con un brazo lleno de moretones, Rita se bajó del carro tan rápido cuanto pudo para darle primeros auxilios a la mujer accidentada. Aún tenía consciencia, balbuceando disparates, pero resultó imposible descifrar lo que quería. A Rita no le quedó más que intentar mantenerla despierta y alerta. El tren delantero de su carro se había compreso en sí mismo como un acordeón, desastre total, quedando ella atorada entre el guía y su asiento, pedazos sueltos de metal perforándole la panza. Sangraba por su boca y respiraba ansiosamente. No se podía mover de lugar. Rita no se atrevió a tocarla.

Cruzando una intersección, la mujer lo había seguido derecho hasta darle al carro de Ciprián. Le dio cerca de la goma delantera del carro, dándole un giro de noventa grados. Salvo algunos rasguños y el cantazo en la cabeza de Rita, todos salieron ilesos del accidente. Ciprián, habituado a tener algún grado de alcohol en la sangre en cualquier momento del día, había tomado el volante como de costumbre. Iba con Rita y Quique a una reunión de la aburridísima familia de Rita.

La mujer al volante no tuvo la misma suerte. Su choque fue de frente y la hizo volar de cabeza contra el cristal delantero, dejando en él una estrellita creciente que siguió apoderándose del resto de la superficie del cristal.

En poco tiempo, se aparecieron los vecinos del barrio. Se aglomeraron alrededor de la colisión, curiosos por saber lo que había ocurrido. Ciprián, por encima del accidente que acababa de tener, tenía otro problema en mente: le tocó la mala suerte de accidentarse a plena luz del día, con su corteja e hijo ilegítimo, justo frente al barrio donde vivía con su esposa. A solo pocas calles de su casa, esos que lo rodeaban eran sus vecinos más cercanos.

A alguien se le habrá ocurrido la fabulosa idea de ir a alertar a Gala, quien rápidamente se apareció en la escena. Era la primera vez que veía a Rita y a Quique, pero los reconoció de inmediato, como si tuviera sus caras pintadas en la cabeza gracias al millón de pinceladas que los rumores y cuentos le dejaron pintar en su imaginación. No le sorprendió chocarse con la realidad de lo que ya sabía. Se acercó confiada, seria, compuesta.

—Tú no eres más que una desgraciada puta —dijo Gala a Rita. Pasado un momento tornó a Quique, que todavía descansaba en los brazos de Ciprián. Parecía buscar en él las facciones de su padre. Habrá notado que tenía sus mismos ojos y su misma frente. Su boca y cachetes estirados, por otro lado, pertenecían a su madre. Se tomó unos momentos para apreciar con disgusto al repugnante amasijo. El pobre niño, a sus cinco años de edad y acabando de pasar por el susto de un accidente de automóvil, no tenía idea de qué sucedía. No sabía quién era esta mujer tan obesa y gritona que los maldecía con su mirada y hacía a su madre llorar.

—Gala... —dijo Ciprián. Iba a decir no sé qué antes de ser interrumpido por su esposa.

—Tú no eres más que un ratón —dijo Gala a Quique.

No dijo más. La multitud silenciosa le abrió paso mientras se dio la vuelta y se regresó a la casa.

Antes que Ciprián pudiera reaccionar a tan desastrosa situación, llegó la policía y la ambulancia. Gracias a dos o tres testigos oculares, los policías pudieron corroborar la historia de Ciprián en su reporte mientras la ambulancia se encargó de la accidentada.

—Chepo pasó una luz amarilla y esta otra parece que no lo vio. A veces las mujeres se creen que pueden comerse las luces sin estar pendiente a los carros. No saben guiar —afirmaron los testigos.

Los dos oficiales, quienes conocían bien a Ciprián desde las elecciones pasadas, en las que corrió para alcalde, obviaron en el reporte su estado de embriaguez.

Días después, Rita regresaría del hospital con noticias acerca de la accidentada.

—Oye Chepo, la chica esa que chocó con nosotros murió anoche. Pobrecita, ¡que Dios la bendiga! —dijo Rita.

Durante el accidente, Rita iba leyendo una revista de moda. Nunca supo que quien realmente se había comido la luz había sido él.

No se me hacía fácil convencerlo de quedarse solo con Gala, a quien no amaba. Tampoco se me hacía fácil convencerlo de dejarla, desprestigiándola tanto a ella como a mis hijos. No se me hacía fácil dejar a Rita, mi alivio temporero. No se me hacía fácil dejar la bebida, que hacía más ameno todo el lío. Lo que sí se me hacía fácil era olvidar los accidentes. ¿Se sentía culpable? Honestamente, ¡claro que sí! Sería inhumano no sentir culpa o remordimiento por algo tan terrible. No obstante, era mi deber mantenerlo fuerte y hacerle ver todo lo que estaba en juego.

Como bien se lo metí en la cabeza luego de analizar lo sucedido, fue solo un accidente. Ambos conductores corrían por la carretera sin estar pendientes uno del otro. Sí, Ciprián conducía algo tomado, lo que explicaría por qué se comió la luz pero, ¿quién me dice a mí que, al momento del choque, el nivel de atención y los reflejos de Ciprián eran menores a los de ella? ¿Haría sentido que solo el tener alcohol en la sangre automáticamente haga que todas las habilidades motoras sean inferiores a las de cualquier persona que no ha tomado? ¿Qué me dice a mí que ella no iba distraída con otra cosa? ¿Qué me dice a mí que ella se sentía cómoda conduciendo?

Hubo una muerte, sí, y salió beneficiado el que más culpa parecía tener, ¿cómo se habría interpretado todo si las posiciones de los carros hubieran estado invertidas? ¿Cuál sería la opinión pública si los muertos hubieran sido Ciprián, su hijo y Rita?

No tengo esa información y nunca la tendré. Lo que hice fue ponerle las prioridades en su cabeza. Lo que pasó ya pasó, no haría sentido que Ciprián se entregara a la policía, dejando en la ruina a sus dos familias. No haría sentido encarcelarme a mí, que no tengo control absoluto sobre sus acciones. ¿Qué rayos podría hacer yo en una cárcel?

Quienes quedarían realmente afectados serían los familiares de la muerta. Ellos perderían a un ser querido y serían afectados por lo sucedido a largo plazo. A ellos era mejor olvidarlos para no levantar sospechas. Además, no quería arriesgarme a que se le ablandara el corazón a Ciprián y decidiera hacer algo tan estúpido como admitirles su culpa. No, la vida hay que seguirla adelante.

Nunca más se volvió a tocar el tema. Tenía que continuar haciendo su vida.

Con el pasar de los años, la logia continuaba creciendo. Lo que había comenzado con un puñado de gatos viejos que no sabían ni qué hacer con sus vidas, se había transformado en un cuerpo vibrante de sangre joven y emprendedora. El prestigio que se decía tuvo la logia en otros tiempos fue restaurado y, hasta se podría argumentar, sobrepasado.

El éxito de la logia se debió, en gran parte, a la energía y vitalidad de Ciprián. Le dio nueva vida. Era un símbolo de inspiración para sus integrantes: comenzar de la pobreza hasta ser reconocido como hombre de negocios, por sus actos de heroísmo y por la lucha política a favor de la creciente oposición. Su ejemplo motivó a sus hermanos a buscar cómo lograr hacer más, a trabajar para ayudar al pueblo.

Muchos hermanos reconocieron que Ciprián había hecho mucho para levantar la logia del suelo, es por eso que muchos lo apoyaron para liderarla. Ciprián ciertamente lo vio con buenos ojos y estaba dispuesto a ocupar la posición. Sentía que había potencial para crecerla aún más y lograr impactar visiblemente la calidad de vida de la ciudad. Si no lo hacía a través de la alcaldía, lo haría a través de la logia.

Naturalmente, no todos vieron la idea con buenos ojos. La entrada de un contrincante tan fuerte a la papeleta masónica aplastaría las aspiraciones de algunos veteranos en altas posiciones. Tuve la impresión de que, a puertas cerradas, se conspiraba contra Ciprián para sacarlo de la carrera.

El anciano que lo reclutó, a quien Ciprián hacía más de veinte años atrás había salvado de una paliza segura con una lata de salsa de tomate, se le acercó a conversar. Estaba más pálido y arrugado que nunca.

—Ciprián, tú nos has ayudado mucho a que lleguemos a donde estamos hoy. Has hecho una gran labor —dijo el anciano. Había que pegar los oídos a su boca para escucharlo.

—Caramba, le agradezco sus palabras. Si no fuera por usted, a lo mejor jamás hubiera tenido la oportunidad... —dijo Ciprián, pero el anciano lo interrumpió.

—Muchos hermanos han comentado que tienes una señora fuera del matrimonio. ¿Es cierto esto? —dijo el anciano.

—Pues… —contestó Ciprián, pero fue nuevamente interrumpido. Evidentemente el hombre estaba sordo.

—¡Tienes que escoger entre una de las dos! —dijo el anciano subiendo la voz. Alguien lo había enviado como mensajero, algún miedoso que no quería darle la cara. Como era de esperar, tenía al jefe y su elenco observando a lo lejos la conversación. Ciprián dejó al anciano y se dirigió hacia ellos.

—Ustedes no pueden obligarme a hacer eso —dijo Ciprián al grupo. Habiendo sido descubiertos, algunos de ellos comenzaron a esparcirse como palomas al verlo acercarse.

—Ciprián, ¿cómo podríamos discutir con otros a cerca de la ética, de la travesía que es aprender a dominar los vicios y las pasiones que oprimen a los seres pensantes? No se nos hace posible mantenerte con nosotros así, sin representar las creencias de la logia. ¡Debes decidir con cuál te vas a quedar! —continuó el anciano al alcanzar a Ciprián.

—¡Si lo que quieren es que me vaya para poder quedarse con todo, pues me voy! —dijo Ciprián a voz alzada frente a todos. Desde ese momento había renunciado a la logia.

Celín, ahora su ex-hermano de la logia, se sentó con él una tarde para discutir el tema de su renuncia como caballeros: Ciprián ahogándose en sus preocupaciones y Celín ahogándose en ron.

—No estoy listo para tomar esa decisión y ellos no tienen por qué estar metiéndose en mis asuntos personales —dijo Ciprián. No estaba ni quería estar listo. ¿Cómo iba a renunciar a una de ellas? Sería más el daño que causaría que el bien que traería. Ambas quizás no estaban ni cerca a ser las mujeres más felices del universo pero tampoco estaban mal dentro del hoyo que seguían cavando con los años.

—Están envidiosos porque tú tienes a dos y ellos solo tienen a una —dijo Celín.

—¿Y qué va a ser de Gala si la dejo? ¿Y de los nenes? ¿O de Rita? —preguntó Ciprián al aire. Gala era la reina de la casa, pero con cuatro hijos, sin trabajo ni educación, pocos chances tendría para sustentarse a sí misma, ni menos para encontrar a otro esposo que lo hiciera. Tampoco quería tener que ver a Rita, la corteja soltera con un hijo en constante peligro de tornarse bastardo si así Ciprián lo deseara, teniendo la misma suerte.

—Putas. ¡No queda más! —dijo Celín golpeando su trago contra la barra.

—¡Yo tampoco quiero tener que verle la cara a cualquier pendejo haciéndose pasar por el padre de mis nenes y hablándoles mal de mí! —dijo Ciprián. Para las malas lenguas, Ciprián se catalogaría como un cabrón pero, la realidad era, que mantenía a dos familias que probablemente no estarían tan bien sin él. A cambio, lo que conseguía era un arreglo donde de alguna manera mantenía sus necesidades físicas y familiares satisfechas, ya que la opción restante era dejar todo y comenzar con otra mujer desde cero pero, ¿para qué?, ¿para tener a otra a quien mantener?

—Oye, espérate. ¿Tu nene dónde está? —preguntó Celín. Se dio la vuelta buscándolo entre las mesas de billar—. ¡Quique! Vente, pa' que me leas el poema.

El en otrora dueño de un buen restaurante al lado de la gasolinera de Ciprián ahora pasaba sus días recitando poemas amorosos en la radio. Así se pagaba los tragos.

Quique le ayudaba a memorizárselos. Se los leía en voz alta dos o tres veces poco antes de tener que pasar por la estación, que le quedaba a unos pasos de distancia. El ron le daba súper poderes de memoria porque, con solo dos o tres repeticiones, estaba listo para aparecerse en la estación. Ciprián y Quique se quedaban en la barra escuchando la transmisión. Recitaba el poema con una voz tan profunda y apasionada que parecía galán de telenovelas.

Desde que vendió el restaurante, estaba pasando por dificultades económicas. Lo vendió simplemente porque quería trabajar menos y se consiguió un trabajo como chofer de guagua escolar. Aunque mientras tuvo su restaurante depositó los pagos al Seguro Social como debía, durante los últimos años antes de venderlo había comenzado a bebérselos y a jugárselos en vez de depositarlos, mala costumbre que nunca dejó atrás.

Cuando regresó de la estación, regresó preocupado. Al parecer, alguien le había recordado un problema que tenía.

—Chepo, necesito ayuda —dijo Celín.

—¿Qué pasó? ¿Por qué tan serio? —preguntó Ciprián.

—No te dije, pero estoy por llegar a la edad de retiro y me faltan quinientos para irme con todos los beneficios. Son quinientos que no tengo —contestó Celín.

—Pero, si yo te los puedo dar. ¡Usted es como hermano mío! —dijo Ciprián. Desde que le ofreció el dinero, supo que no haría el depósito y se los bebería en unas semanas. Aun así, le quiso dar la mano.

—Gracias hermano, ¡que Dios te lo pague! —dijo Celín.

—No te preocupes que, si no fuera por el hambre de los camioneros, ¡a lo mejor no tendría clientes! —dijo Ciprián.

CAPÍTULO XIV

El hombre de pocas palabras

Ciprián pasaba por la casa de Rita dos o tres veces por semana, generalmente los martes, jueves y viernes. Con tantos años que llevaban juntos, lo que al comienzo fue un amorío se fue convirtiendo en un estilo de vida. Rita parecía conforme. Nunca le pidió a Ciprián que abandonara ni a Gala ni a sus hijos, ni mostró rencor ni odio hacia ellos. Nunca le pidió más tiempo con él ni más lujos. Ciprián tampoco le hizo ninguna promesa. Sin embargo, ambos parecieron llegar al entendimiento de que él la mantendría siempre y cuando ella estuviera conforme con quedar marginada por las normas de la sociedad y se comprometiera a respetarlas al pie de la letra.

¿Será que pensaba que así tenía una mejor vida? Podía ser. Tenía más espacio y días apartada de Ciprián, dándole tiempo para reflexionar sobre sus desacuerdos o acerca de la vida y del espíritu. ¿Quién sabe para qué más? Lo importante era que tenía más tiempo para sí misma, esto comparado con pasar días y noches con la misma persona, reviviendo peleas y discusiones sin punto, lentamente aniquilando y destripando el amor y la pasión que floreció el primer día.

¿Disfrutaría de tener tiempo para arreglarse, ponerse bella, salir y ser admirada por Ciprián, comparado con Gala, que siempre estaba en bata y apestaba a ajo? ¿Será que le encantaba escuchar de sus quejas matrimoniales o de sus problemas en los negocios sin tener que ocuparse por resolver ninguno de ellos? ¿Será que disfrutaba cómo Ciprián se deshacía pasionalmente de sus frustraciones sexuales estando con ella? ¿Será por el hecho de que tenía completa libertad de serle infiel a Ciprián si así lo quisiera?

La casa donde vivían era pequeña y construida en madera, considerablemente más humilde que la primera casa que compró Ciprián cuando se casó con Gala. Tenía cubitos de agua esparcidos estratégicamente por toda la casa, recolectando goteras que se filtraban por el techo. De las paredes, corrían autopistas de comején, persistentemente reconstruyendo sus vías luego de ser descortezadas por la espátula violenta de Rita semana tras semana. La polilla se encargaba de comerse el resto de la casa de adentro para afuera; cada vez que Rita movía los muebles de lugar para mapear el piso, escuchaba el suave susurro de la madera convertida en arena corriendo de un lado al otro.

Al llegar a la casa, Ciprián acostumbraba sentarse en la butaca a comer chinas mandarinas. Quique siempre le daba la bienvenida con entusiasmo, loco por sacarle provecho a los momentos limitados junto a su padre a tiempo parcial. Lo llenaba de besos y abrazos. Le contaba de su día, de la escuela, de la maestra.

Traía consigo el periódico y le leía las noticias del día, como lo hizo Ciprián tantas veces con su padre. Dejaba el periódico puesto en el piso y se ponía en cuatro patas, como un perrito, a leer. Ciprián se quitaba los zapatos y descansaba los pies sobre su espalda, como un rey con su peón. Mientras escuchaba leer a Quique, pelaba las chinas mandarinas con sus manos, pasándole un gajo entre cada artículo que leía.

Ciprián, aunque ya había regado su fórmula de bicarbonato de soda y azúcar por toda la casa, se la pasaba mirando hacia el techo. Aún no se había recuperado del infamo día en que, de ese mismo techo debilitado por la humedad y la polilla, comenzaron a caerle trocitos de madera podrida en la cabeza y entre sus piernas, seguidos por docenas de las cucarachas más grandes y gordas color Coca Cola que jamás había visto. Las patitas peludas y puntiagudas le corretearon por todo su cuerpo, entre su cabello y por debajo de su ropa. Trató de barrerlas fuera de sí mismo con sus manos, pero ellas se agarraban de sus dedos, se apresuraban por subirle los brazos hasta pasarle los codos y metérseles por debajo de las mangas de la camisa.

—¡Ayúdame! ¡Sácamelas de encima! —gritó Ciprián. Le tenía terror a las cucarachas, especialmente a las que volaban erráticamente por toda la habitación.

—¡Estoy tratando pero, es que son muchas! —dijo Quique mientras hizo un royo con el periódico y le cayó a cantazos a su padre.

—Un momentito, que con éstas acabamos ya mismo. Toma. Tú le barres la espalda y yo lo barro por el frente —dijo Rita, apareciéndose en la sala armada con dos escobas. Madre e hijo barrieron de pies a cabeza a Ciprián, que aún seguía azotándose a sí mismo cada vez que sentía un cosquilleo por debajo de los pantalones.

Hasta ese momento, desconocían que el ático lo compartían con una colonia gigante de cucarachas voladoras, las cuales por el día se ocultaban tranquilamente entre la oscuridad y por la noche corrían inquietamente, paseando sus asquerosas antenas por cada esquina, por cada rincón, sobre los oídos, entre los ojos, por la boca y por la nariz.

Para esa época, Ciprián comenzó con su próximo experimento empresarial al entrar al puerto y abrir uno de los vagones que acababan de llegar de Nueva York. Normalmente traían los Impala y Trans Am, que para la época vendía en su 'dealer', pero ésta vez encontró en uno de ellos la Cherokee, una avioneta chulísima de un motor con franjas rojas y blancas. La había mandado a pedir para prestársela a su más reciente socio, con quien se encontraría ese día para estrenarla.

—Voy a hacer un viaje por día a la República Dominicana y me regreso con tres dominicanos por viaje. Tu comisión te la doy al final de cada semana —dijo el socio. Se pasó una peineta por un lado de su cabellera. Este hombre sería pionero de la moda de cuellos de punta larga y gafas ahumadas de los setentas.

—Pero, ¿a ti cómo te pagan? —dijo Ciprián mientras el hombre, cuyo nombre desconocía, le daba la vuelta a la avioneta buscando desperfectos o tornillos que pudieran soltarse durante el vuelo.

—A mí me pagan desde acá. Yo conozco gente que quiere traerse a sus amigos o a la familia. Ellos son quienes ponen los chavos. Cuando me dan los chavos, ahí es que empezamos a hablar de volar —dijo el socio.

—¿Tienes socios en Dominicana? —preguntó Ciprián.

—Claro. Conozco a dos o tres. Ellos los buscan y me los traen. Así me puedo ir rápido —dijo el socio.

—¿No se te hace difícil volver a entrar a la isla? ¿No te pueden detectar por radar o algo así? —preguntó Ciprián. Se

123

habían montado en la avioneta. Era su primera vez en una. Quedaba atento a todas las palancas y botones que tocó ese piloto misterioso mientras se preparó para despegar.

—Con eso no hay problema. La avioneta es pequeña. Lo que tengo que hacer es volar bajito cuando me esté acercando a la isla. El radar no me ve —dijo el socio.

—Entonces cuando aterrizas, ¿qué pasa? ¿Los dejas sueltos y se van corriendo? —dijo Ciprián.

—¡No! Así me tumban el kiosco rápido. Siempre aterrizamos en una pista en San Sebastián. Ahí nadie nos ve pero, si a alguno de esos dominiquis los llega a agarrar la policía y les da con decir algo, no vamos a durar mucho en esto— dijo el socio.

—Entonces, ¿cómo haces? ¿Tienes gente que te ayude por acá? —preguntó Ciprián.

—Cuando aterrizo viene un carro y se los lleva, lejos, a encontrarse con las familias —dijo el socio.

—Bueno, suena como que sabes lo que estás haciendo —dijo Ciprián. ¿Qué pasaba si algo salía mal? No necesitaba saberlo. Mientras más sabía, más se implicaba. Además, en ese preciso momento, le preocupaba más lo rápido que se iban alejando de tierra firme—. Me la cuidas bien.

—Oye, un momento, tú sabes volar, ¿no? —preguntó el socio.

—Para nada. Eso te lo dejo yo a ti —dijo Ciprián.

—Chepo, entonces tienes que aprender. Imagínate que la gente sepa que tienes una avioneta que no vuelas. Sería sospechoso, ¿no? —dijo el socio.

—¡Ah, mierda! ¿Me toca aprender entonces? —dijo Ciprián. ¿Y si se para el motor? ¿Y si otro avión choca con él? ¿Y si baja a la pista demasiado rápido? ¿Y si, de repente, se muere el instructor de un ataque al corazón? El miedo le llegó a Ciprián.

—Coge clases. Yo voy a usar la avioneta solo por las noches y te la voy a dejar en el aeropuerto para cuando la necesites. Solo asegúrate de devolvérmela antes de las cinco. ¿Está bien? —dijo el socio.

—Bueno. ¡Voy a tratar de no desbaratarla contra el piso! —dijo Ciprián. El tranque mental le dio escalofríos y le revolcó las tripas como si las hubiera metido dentro de una lavadora. Era una emoción molestosa, pero tenía que hacérsela pasar como respuesta a lo que su cuerpo naturalmente me señalaba a gritos: ¡mala idea!

Sin importar los nervios que se apoderaron de sí durante su primer viaje en avioneta, Ciprián estaba determinado a aprender a volar. La segunda vez que se montó fue completamente diferente. La definición que el cuerpo tenía sobre el concepto del miedo había evolucionado. Su resistencia al vértigo inicial de la experiencia disminuyó y continuaría haciéndolo hasta desvanecer por completo, permitiéndole finalmente echarle un vistazo a la grandeza a su alrededor.

Por un lado, admiraba el azul oscuro, sin límite, del oleaje oceánico fundiéndose con el turquesa de los bajos de la costa, descuartizándose ante la imponencia de sus cadenas de arrecifes, bañando dulcemente las arenas prístinas y refinadas de sus playas.

A su otro lado, le quedaba la verdura de las fincas y los campos, ondulados al azar por quebradas, ríos y cerros. Los montes a lo lejos buscaban engañar, aliándose con el celaje que las rodeaba para privarle egoístamente el avistar al mar no tan distante de sus costados.

—Eso allá abajo, ¿qué es? —preguntó Ciprián a su instructor. Apuntó hacia un disco blanco que se escondía anidado en una cuenca. Estaba rodeado de montes con forma de caja de huevos cubiertos de bosques de lluvia.

—Ese es el Radio-telescopio de Arecibo, el que acabaron de construir hace un par de años. Tiene un diámetro de como 300 metros. Dicen que es el más grande del mundo —dijo el instructor.

—¿Esa porquería tiene 300 metros? ¡Si de aquí parece del tamaño de una peseta! —dijo Ciprián.

—Para que veas lo alto que estamos —dijo el instructor.

—Parece solo un plato, no un telescopio —dijo Ciprián.

—Sí. No es para mirar con un lente. Se supone que ve con ondas de radio. Las ondas chocan con los objetos en el espacio y regresan al plato. Con eso pueden sacarle la forma a los planetas y recibir señales que vengan del espacio —dijo el instructor. Tenía una de sus manos con la palma abierta, simulando el plato, y la otra cerrada con un puño, simulando un planeta. Movía sus manos una hacia la otra, peculiarmente intentando complementar lo que decía—. Lo más útil es que con eso también pueden espiar a los rusos.

—¡Mira qué bien! A los rusos hay que tenerles el ojo encima —dijo Ciprián.

A Rita no le hizo mucha gracia enterarse por chismes de que su amante tenía un avión. Lo esperaba sentada en el sofá, intentando contener la rabia que tenía por dentro.

—¿Tú me quieres decir que, mientras mi casa se cae en cantos, tú andas en tu propio avión? —preguntó Rita airada.

—¿De qué avión hablas? —preguntó Ciprián. Estúpida reacción. ¿A quién se le ocurriría inventarse algo semejante?

—¿Te tengo cara de estúpida? —preguntó Rita. Nunca la había visto tan enfadada. ¿Pero cómo explicaría él la compra de una avioneta?

Cualquiera que no supiera la verdad consideraría tal inversión como un capricho de hombre adinerado, inclusive Ciprián y seguramente Rita. No fue hasta que voló por primera vez que se quitó ese estigma de la cabeza. Ahora lo veía como una manera más de retarse a sí mismo, de tomar control sobre su mente y su cuerpo.

Para mí fue más que eso. Volar una avioneta era algo que muchos jamás ni siquiera considerarían hacer en sus vidas. Era tener una perspectiva completamente diferente del mundo y lo que lo rodeaba. Volver a tocar tierra ahora se sentía mundano, común. Ya no volvería a responder a muchos de los estímulos de la vida de la misma manera porque había sentido algo tanto más abrumador.

—Mi amor, era una sorpresa que te quería dar, pero ahora está arruinada —dijo Ciprián. Tenía que inventarse algo. No podía darle explicaciones filosóficas, mucho menos decirle la verdad. No podía convertirla en cómplice.

—¿Cómo que una sorpresa? —dijo Rita, juntando las cejas. Había mordido el anzuelo.

—Sí chica, una sorpresa. La avioneta es alquilada. Estaba tomando clases para poder llevarte conmigo al cielo, mi amor —dijo Ciprián.

Ese cuento le duró meses largos, durante los cuales logró sacar la licencia de piloto y se la pasó dando vuelos recreacionales alrededor de la isla con sus dos mujeres y sus respectivos hijos. Su socio continuó con el uso 'comercial' nocturno de la avioneta, pero se vio en aprietos una noche

127

cuando la policía arrestó al conductor del vehículo de transporte. Llevaba a tres 'pasajeros' con él.

Ciprián, el último recurso de emergencia, se encontró esa noche estacionado frente a la afamada pista clandestina en San Sebastián. Estaba sentado en el bonete de su carro esperando a transportar a tres dominicanos indocumentados a un estacionamiento solitario en Aguadilla, rogándole a Dios no encontrarse con la policía. Eran las 3:45 de la madrugada y la avioneta aún no se aparecía.

—¿Es normal que llegue tan tarde? —preguntó Ciprián.

—No —respondió el hombre a su lado.

Su socio lo había descrito como 'el encargado de mantener la seguridad'. Iría con él en el carro. Portaba un arma 'por si acaso'.

—Se suponía que llegara hace más de una hora. ¿Qué se supone que hagamos ahora? —preguntó Ciprián.

—Esperar —dijo él. Era un hombre de pocas palabras.

El hombre apuntó con el dedo a una lucecita que se veía a lo lejos. Ciprián reconoció el rugido del motor de la Cherokee acercándose a la pista de aterrizaje. Pero algo andaba mal. La avioneta no se alentaba y no subía la nariz. Seguía acercándose hasta que ya fue muy tarde para enderezarla. La nariz fue lo primero que tocó tierra, las hélices de la avioneta escarbando la pista de pasto, disparando trozos de tierra que hasta llegaron a golpear el carro de Ciprián a doscientos metros de distancia.

Una explosión.

Antes que la avioneta pudiera detenerse, ya estaba cubierta en llamas, revelando entre la oscuridad las siluetas de cuerpos buscando desesperadamente escapar del interior. La puerta se abrió. Un hombre saltó desde adentro y cayó al suelo, pero rápidamente se levantó y se fue corriendo pitado monte adentro. Un segundo hombre saltó, prendido en fuego. Cayó al suelo, intentó levantarse, pero no lo logró. Quedó inmóvil, consumido por las llamas.

Ciprián y el hombre de pocas palabras se apresuraron hacia el desastre. El hombre en llamas era el piloto, su socio. Estaba muerto.

—Vete —dijo el hombre de pocas palabras. Sacó su pistola y se perdió en el monte.

Ciprián se acercó a la avioneta buscando otros sobrevivientes. La pestilencia era nauseante, con gruesas fusiones de carne, cuero y azufre emanando de los dos cuerpos que encontró en el asiento trasero de la avioneta. El primero era de un hombre negro, sin camisa y sin zapatos. Ardía en llamas y tenía un pedazo de cristal atravesándole el cuello y otro atascado entre las costillas. El segundo cuerpo era más pequeño, como el de un niño. Había quedado completamente carbonizado. No le quedaba cabello. Ciprián trató de discernir su nariz, su boca, sus ojos, sus orejas, pero no podía. Todo lo que lo hacía humano parecía haberse moldeado en la forma de su cráneo, dejando irreconocible a la pobre criatura. No pudo contenerse las lágrimas.

De adentro en el monte escuchó disparos.

—Mierda —dijo Ciprián. No podía quedarse ahí esperando a ver qué pasaba o quien venía. ¿Explosiones? ¿Muertos? ¿Disparos? Todo eso que veía, que tenía a su alrededor, no era para él. Él ni siquiera se suponía que estuviese ahí. En ese momento, él se suponía que estuviese en su camita durmiendo tranquilamente, desligado por completo de toda esa demencia—. Al carajo con esto —dijo exhalando, se montó en su carro y pisó el acelerador hasta el fondo.

Al día siguiente, se levantó perplejo. Aún no concebía lo que había visto la noche anterior. Aún tenía pegado en su nariz el desagradable hedor a azufre. Dentro de su carro, encontró un sobre con dinero y una nota. Estaba escrita con letra mala en cursivo. No reconocía la letra. ¿Quién le había escrito? Decía así:

«El pago de la semana más el costo de la Cherokee.»

Directo al grano. Solo una persona pudo haberla escrito: el hombre de pocas palabras.

CAPÍTULO XV

Excusas para vivir

Mi diario: 23 de abril de 1961

M e miro en el espejo y sigue ahí. La imagen oscura que proyecta a ese hombre opaco que me ha acompañado desde que tengo memoria aún no se ha ido. Antes yo era más débil e ingenua, más susceptible a sus sugerencias y acosos. Era asustadiza, temblorosa, se me venía la mente en blanco y no hacía más que ponerme a llorar. Tardé años en poder dominarme a mí misma y enfrentarme al espejo en donde él moraba. Celebré mi triunfo. La sombra dejó de querer imponer su voluntad con sus susurros incesantes a mi oído, como siempre lo hizo cada mañana al encontrarme sola frente a él, instándome a matar.

Mi victoria duró poco. La sombra no tenía intenciones de rendirse fácilmente. Regresó con truenos intolerables en mi contra. Quería hacerme saber que podía mucho más que yo, que, aunque pensara haberme fortalecido, él estaría mejor preparado para el combate. Dejaría caer su furia sobre mí hasta hacerme desistir. Yo era su esclava, estaba a su merced. Me hacía anhelar con ansias esfumarme de este mundo, dejar atrás lo maligno que me agarraba del cuello y me ahorcaba.

Me mantiene viva mi propia debilidad, mi propio miedo. El solo ver la primera gotita de sangre formándose en el contorno de mi muñeca me hizo desistir. ¡Pero qué desilusión! Mi más valiente intento por hacer desaparecer mi existencia fue un fracaso total. El colmo fue que no lo hice porque veía un fin a mi sufrimiento o porque veía un futuro lleno de posibilidades para mí. No lo hice por virtud de mi fe ni de mi ética o moral. No lo hice por una sencilla razón: no me sentí capaz de soportar el dolor que tendría que sufrir antes de desangrarme por completo y finalmente morir.

Tengo suerte de seguir viva. Después de ese día, me fui poco a poco acostumbrando a convivir con él. Dejé de hacerle caso cada vez que me decía cosas feas. Mi reacción se convirtió en un: «Te escucho. Entiendo lo que quieres y sé cómo te sientes, ¡pero vete de aquí!»

Pero hoy me tocó. Lo sentí en mi espalda. Presionó su dedo con fuerza desde el extremo izquierdo de mis hombros. Comenzó a bajar, sin detenerse, sin aliviar la presión punzante, hasta completar una parábola perfecta. Cuando terminó, en el otro extremo de mis hombros, sentí el cosquilleo de su afilada uña rozándome levemente mientras retiraba la presión. Fue una seña. Me quiso decir que no hay más necesidad de mí. Estoy lista para morir.

Sí. Tal vez habrá llegado mi hora, pero no puedo hacerle caso. Mi vida ahora no es la misma de antes. En el pasado estaba sola con mis pensamientos, necesitando de todos sin nadie necesitar de mí. Ahora no. Ahora tengo un hombre que me ama y está dispuesto a aceptarme con todas mis fallas. Vamos a casarnos. Vamos a formar nuestra propia familia. No puedo morir ahora. No estoy lista. Soy una mujer comprometida. Ángel es un hombre tan bueno conmigo, tan paciente. Lo amo con todas mis ganas y él me ama a mí. Cualquier daño que me haga a mí misma es un daño que le haré a él y no estoy dispuesta a hacerle eso.

Él quiere hijos. Quiere muchos hijos. Cinco, para ser precisos. Tres varones y dos niñas, si es posible. Yo no sé qué hacer. Me encantaría complacerlo, pero los hijos lo complican todo. Yo también tengo mis propios sueños. Comenzaría con dos. Así tengo más tiempo para tocar el piano. Sin tiempo para practicar, jamás seré famosa. Las giras que tendré que dar alrededor de la isla y, con suerte, internacionalmente, me van a quitar mucho tiempo.

Es una preocupación bien grande que tengo porque no sé cómo encontrar un punto medio entre mi sueño y el de Ángel. Tener tantos hijos es su sueño y no quiero interponerme. Él es hombre y tengo que respetarlo. Por ahora me quedo callada. Es lo que mamá me recomendó, no decirle nada para no enfadarlo, dejarlo tener el primero y el segundo a ver si con el tiempo cambia de parecer. Él mismo evitaría tener del tercero en adelante.

No, al hombre en el espejo tengo que seguir ignorándolo, cueste lo que me cueste.

Papá me dice que es bueno que me esté pasando todo esto, que me esté sintiendo así. Dice que me ayuda a ser una mejor persona, más fuerte. Coincido con él en que me ayuda a ser mejor persona, pero yo pienso que puedo hacer más que soportar el martirio. Yo quiero poder ayudar a otros que estén pasando por lo mismo que yo. He pasado por los mismos dolores y temores. Puedo aconsejarles para que logren superarse.

Además, no solo sería aconsejarlos a ellos, sino a quienes también están a cargo de ellos. La familia puede hacer una diferencia grande. Mi mejor ejemplo es mamá, que ha dado un cambio tan grande y siento que me está apoyando cada vez más. Ya entiende cómo me estoy sintiendo y está más consciente de las cosas que me dice y cómo me las dice. Dejó de pedirme que siga luchando. Ella sabe que yo llevo mucho tiempo luchando y estoy cansada de luchar. Ahora ella me prepara unos buenos baños con agua bien caliente, que me ayudan a sentirme mejor, y me dice que todo está bien, que me tome un descanso, que baje las revoluciones y me tome el tiempo que necesite.

Todavía siento resentimiento en contra de ella. No le puedo excusar su ineptitud maternal. No es fácil borrar décadas de abandono y maltrato psicológico. Desde el comienzo, debió saber cómo tratarme y, si no sabía, debió haberlo averiguado. No hay 'pero' que valga. Sin embargo, me parece que es mucho pedir hacerle pagar por sus errores del pasado, aunque sepa que esa persona que fue todavía está ahí y puede resurgir en cualquier momento. Creo que lo mejor es fingir que todo está bien y que tenemos una buena relación. La amo y sé que cambiar su forma de ser hacia mí ha sido duro.

Papá, por el otro lado, me entiende mejor. Me llevó hoy a pasear en su carro por el campo. Me dijo que me veía preocupada, que el aire libre y la luz del sol me harían bien, que la casa no era el mejor lugar para yo estar.

Yo le creo. Es que en casa muchas veces no encuentro ni cómo respirar, de dónde sacar aire para evitar la asfixia. Me encuentro sola en mi habitación rodeada de paredes y objetos ajenos para mí. Me siento perdida, en la casa incorrecta, incapaz de callar el silencio chirriante y agudo que me silba al oído.

¡Cuando estoy en el campo respirando aire fresco y me caen esos rayitos de sol en la cara, me siento tan feliz! Todo me huele a dulce, como a juguito de mangó.

Nos sentamos en una piedra grande, con vista hacia los montes. Me habló de mi tío, a quien nunca conocí. Decía que, a los 28 años de edad, todavía se comportaba como un niño. Se la pasaba todo el tiempo sentado en una silla, embobado, riéndose de cualquier tontería o cantando himnos de la iglesia. Al parecer, tenía una voz bien bonita porque mucha gente iba a la iglesia solo para verlo cantar.

Para mí, todo eso que me contó era novedad. Yo siempre supe que tuve un tío que murió antes de yo nacer, pero nada más. Papá y mis abuelos callaban esas cosas porque, para ellos, eran recuerdos muy dolorosos. Fue un periodo difícil para la familia. En mis recuerdos de niña, él siempre ha estado presente, pero solo como integrante misterioso de una familia que lo quería borrar de sus cabezas. Evidencia de su existencia yacía escondida dentro de los álbumes familiares soterrados en el ático, bajo periódicos amarillentos y motetes de antaño. Había decenas de imágenes en blanco y negro de la boda de mis padres, bautismos de mis primos mayores, fiestas familiares. Dentro de su impedimento, ese ser difunto compartía alegremente con parientes y amigos cercanos, ignorando que sucumbiría a la muerte solo pocos años después.

Nadie conocía con certeza la causa de su muerte. Abuela le contó a papá que logró hablar con su hijo a través de una señora que podía hablar con los espíritus, una medio unidad. Se sentó en una mesa circular llena de gente con las mismas ansias vehementes que tenía ella de comunicarse con sus familiares fallecidos. La media unidad era una señora con la cara como una ciruela, arrugada por el tiempo, que comenzaba a tirar ideas y describir visiones de espíritus al azar, hasta que alguien se sintiera tocado personalmente por lo que se decía. Ese día, fue a mi abuela a quien le tocó. La señora tiró un grito y le dio un mamellazo sólido en la frente. Cayó en manos de dos señoras que la estaban esperando para acostarla en el piso, mientras la media unidad y el resto del círculo seguían con sus oraciones y alabanzas.

Abuela no se recuerda de esa parte, del tiempo en que estuvo tirada en el piso. Para ella, fue como estar dormida. Solo recuerda que, al despertar, la media unidad le dijo que el espíritu de su tío en el cielo le había revelado cómo había muerto. Había sido la medicina. La medicina que le habían dado para curarlo de un achaque supuestamente poco serio, fue demasiado fuerte. Su cuerpo no pudo aguantarla. El doctor se había equivocado y su mal juicio había matado a su primer hijo.

A papá le dolió mucho la muerte de su hermano. Sintió que necesitaba distraerse, poner a un lado el duelo y continuar con su vida. No quedaba más por hacer si no había vuelta atrás a lo sucedido. Como es costumbre de muchos, su trabajo le sirvió de santuario. Dedicó horas largas a la finalización de tareas mundanas y proyectos abandonados que antes no podían importarle menos.

En el momento, nadie en su oficina sabía de la muerte de su hermano. Su jefe quedó extático con él por el gran trabajo que estaba haciendo. No paraba con los halagos frente a sus compañeros, con las invitaciones a almuerzos, con asignarle nuevos y más desafiantes proyectos. Papá dice que tanto halago le enorgulleció, le llenó de confianza al tope. Ahí fue cuando todo lo que él hacía y la manera en que lo hacía se convirtió en la manera óptima, la perfecta. Sus colegas, con ideas pobres y proyectos sin concretar, no le llegaban a los tobillos. Ellos estaban siempre distraídos por temas personales y no le daban casco a los problemas como él lo hacía. Secretamente, se burlaba de ellos. Estaba seguro de que, puesto en el lugar de cualquiera de sus colegas para completar cualquiera de sus tareas, lo haría con éxito a la perfección y con mínimo esfuerzo.

Con el tiempo, notó que sus colegas se distanciaron de su escritorio. No venían a charlar con él, ni compartían chistes, ni lo invitaban a almorzar con ellos. Él se convenció de que estaban celosos de sus capacidades, por eso nadie quería estar con él. Sin embargo, no dejaría que eso le quitara los ánimos. Si ellos no querían estar con él, él no quería estar con ellos. Decidió salir a almorzar una hora más tarde para evitarse los momentos incómodos que se presentaban al reloj irse acercando a las doce. Luego de varios días, notó que con ese cambio se ahorraba al menos treinta minutos diarios en todo lo relacionado a filas de espera y servicio tardío, por haber tanta clientela saliendo a la misma hora de varias oficinas. Además, con la oficina vacía, tenía una hora completa libre de distracciones para concentrarse. Al llegar a ésta conclusión, se sonrió a sí mismo. Sus llamados colegas, con sus atentados egoístas para excluirlo de su círculo, no sabían lo que perdían en eficiencia laboral.

Pero pronto la calidad de su trabajo comenzó a decaer. Su propio sentido de superioridad y orgullo no le permitió buscar ayuda cuando la necesitó. Se culpaba a sí mismo si algo iba mal, sin importar que no hubiera sido algo que pudiera controlar dentro de las circunstancias. Se castigó, poniendo más esfuerzo y más horas de trabajo hasta rectificar la situación, siempre manteniendo la compostura frente a sus colegas. No obstante, mientras más se culpaba, más creaba conciencia de sus faltas y más las cosas le salían mal.

No se percató de la gravedad de su situación hasta que perdió el control de su mente. Hacer un simple cálculo aritmético se le hizo imposible. Contestar el teléfono, antes parte de su día a día como el café con leche, le daba pánico. Dejaba el teléfono sonar y sonar. ¿Quién quería hablar con él? ¿Para qué? ¿Qué pasaría si no tuviera la respuesta que buscaban? ¿Qué pasaría si les diera la información incorrecta? Sin embargo, ese era su trabajo. Tenía que contestar. Eso era lo único que lo hacía sacar suficientes fuerzas como para agarrar el teléfono con confianza y pegárselo al oído, sin importar las consecuencias. No decía ni pío. Pánico. Tembleo. Calentura. Mudez.

Tuvo que ser transferido de plaza a otra oficina. Ahí dijo que todo comenzó mejor, que ya no sintió el pánico que tuvo antes frente a sus colegas y clientes. Lo que ocurrió fue que se puso demasiado amigable, demasiado social. Hablaba con todo el mundo, inclusive con gente que no tenía nada que ver con su trabajo pero que iban de paso para otras diligencias. Con ellos buscaba entablar conversación, queriendo mostrar su buen humor. La respuesta a sus acercamientos era siempre una de cortesía, luego se distanciaban incómodamente cuando papá intentaba continuar la conversación. Tal vez no estaban habituados a recibir tanta atención de un desconocido, pensó.

Me dijo que yo ya había nacido para cuando lo habían transferido a ese puesto. Me agarró las manos y pude ver el sufrimiento que tenía en sus ojos, como si todo lo que acabara de contarme lo hubiera hecho para revelarme una verdad más cruel. Me dijo que siempre quiso pedirme disculpas por no querer estar conmigo ni con mamá, por su debilidad, por no ser mejor padre para mí. Verme, jugar conmigo, hacerme gracias; todo eso se perdió. Yo era un estorbo permanente, una carga más a su día.

Su vulnerabilidad tampoco le permitió dignarse a hacerle ni un cariño a mamá. No hablaba con ella. Durante esos años, nunca le compartió acerca de cómo se sentía. Ni siquiera le peleaba. Solo recibía, inánimemente sentado en la butaca, las quejas y sollozos de una mujer con quien compartía el mismo techo pero que había dejado viviendo sola. Insistió que fue mamá sola la que se encargó de mí, que a él yo no le debía nada.

Antes de regresarnos a casa me dijo que, sin importar todo lo malo que hizo como padre y esposo, nunca dejó de amarnos. Ese amor no desistió, lo mantuvo en la lucha, le alejó el demonio que quería llevárselo y lo mantuvo vivo.

CAPÍTULO XVI
La carpeta

U n oficial de la policía pasó por su oficina días después de que la avioneta se convirtiera en ceniza.
Ciprián lo conocía bien, desde que abrió la gasolinera y firmó los contratos con la flota de la policía. Fue también quien llenó el reporte cuando tuvo el bochornoso accidente de carro frente a la casa de su esposa mientras viajaba
con Rita y Quique. Entró y saludó a todos los empleados
con el buen humor de siempre. Lo habrá hecho para mantener las apariencias, porque le cambió la cara tan pronto se
vieron a puertas cerradas.

—Ciprián, tenemos un problema —dijo el policía.

¡Más problemas! ¿Para qué está él aquí? ¿Lo habrá víncu-
lado a la avioneta, al hombre de pocas palabras? Se le para-
ron los pelos. Tenía que calmarse. Nadie iba a reconocer la
avioneta así en cantos.

—En la vida nunca tenemos problemas, solo situaciones.
Dime. ¿Qué pasa? —preguntó Ciprián. Mentiras. Eran problemas. Para algo se inventaron la palabra.

—Te están investigando —dijo el policía. El oficial puso
frente a él un archivo marrón oscuro, rotulado en una esqui-

na 'Ciprián Santiesteban'. Ciprián lo abrió y lo primero que vio adentro fueron fotos viejas de su campaña electoral.

—¿1960? ¿Desde las elecciones? —preguntó Ciprián.

Había un listado de todos los contratos que logró cerrar en toda una década, con nombre y apellido de cada funcionario que lo firmó. Había fotos de él agarrándose de manos con todos ellos. Tenían también listados a todos sus socios de negocio. Entre ellos se destacó Félix, su principal apoyo durante las elecciones y quien repentinamente tuvo que largarse a Nueva York a hacerse de una nueva vida, convirtiéndose en su importador de automóviles. Ojeó reportes firmados por algunos de sus compañeros de su antigua logia, gente en quien él confiaba y consideraba amigos cercanos, donde recontaban al detalle de hora y fecha sus encuentros con él: lo que decía, lo que hacía, con quién andaba. Con ellos se había dado tragos y cervezas, había compartido en reuniones de la familia, feriados y cumpleaños. ¡Todos eran espías! Acerca de la Cherokee, lo que más le preocupaba en ese momento, solo sabían que la había comprado y que la volaba. Afortunadamente nada más, por el momento.

—Sí. Me parece que esa vez que corriste le diste un susto a la gente en la alcaldía y no querían toparse con más sorpresas. —dijo el policía.

—¡Pero , si eso fue hace más de diez años! ¡Yo ni pienso correr otra vez! —dijo Ciprián, cerrando el archivo y tirándolo sobre el escritorio.

—No sé. Lo tendrán por si cambias de opinión. La gente todavía te conoce y las cosas te van bien. Además, el partido se les está debilitando hace tiempo. No van a durar otro cuatrienio más. Deben estar desesperados —dijo el policía.

—¿Sabes qué piensan hacer con esto? ¿Me van a seguir velando hasta que decida postularme otra vez y ahí es que vendrán a amenazarme y hostigarme? —preguntó Ciprián.

—No sé qué van a hacer, pero ninguno de los muchachos sabía de esto. Si no nos enteramos hasta ahora, es porque algo se está cocinando —dijo el policía.

—¿Cocinando qué? ¿Quieren sacarme de la carrera antes que siquiera me decida correr? ¿Qué puedo hacer contra eso? —preguntó Ciprián.

—Es que no eres solo tú quien está envuelto en esto, Chepo, es todo el que caiga contigo —dijo el policía. El oficial se acercó a Ciprián sobre el escritorio y bajó la voz—. La gente en el cuartel, especialmente los que no te conocen tan bien como yo, no te va a seguir apoyando. Yo tampoco puedo. Nos vamos a meter en líos si sale algo de la investigación. ¿Tú entiendes? Yo tengo esposa e hijos, igual que tú, y no puedo caer en este tipo de cosas.

—Pero, ¿cómo la evitamos entonces? ¿Qué hacemos? —preguntó Ciprián después de una larga pausa.

—'Hacemos' es mucha gente. Ahora, ¿qué puedes hacer tú? Esa es la pregunta correcta. Si yo fuera tú, haría lo posible para irme de aquí antes de que sea muy tarde. Lárgate calladito para donde no les molestes más y de seguro te van a dejar quieto —dijo el policía.

Ese archivo lo había derrotado. Sus amigos los tenía contados. Ya no sabía en quién confiar. También tenía claro que, desde ese día en adelante, la policía municipal no seguiría callando sus secretos ni velando por sus intereses. Si se ponía terco y decidía quedarse, sería perseguido, espiado y amenazado día tras día, no solo por quienes por una década le siguieron sus pasos, sino que también por quienes antes lo encubrieron y, de alguna manera, se verían incriminados por lo que se llegara a descubrir.

Además, solo habían pasado unos días del accidente con la Cherokee. Aunque poco probable, ¿qué pasaría si llegaran a conectarlo con la avioneta? Poniendo aparte las consecuencias legales que eso implicaría, ¿estaría su vida en peligro por lo que sabía? ¿Sería el hombre de pocas palabras lo último que vería en su vida?

No tenía planificado complicarse la vida.

—¿Entonces te mudas a Río Piedras? —preguntó Simón. Aún no creía la noticia tan repentina que le dio su primo. Para Ciprián, Río Piedras le daría asilo ante la amenaza que sufría en su pueblo natal.

—Vamos a estar bien allá. Aunque no fue hasta ahora que tuve que decidirlo, tenía pensado mudarme hace mucho tiempo. Lo que no esperaba era tener que hacerlo tan pronto —dijo Ciprián.

—Ahí deberías estar más seguro. Es grande y tiene mucha gente. Nadie te conoce y a nadie le importa lo que hagas —dijo Simón, pero se detuvo unos segundos antes de continuar—. ¿Qué vas a hacer con los negocios?

—No falta mucho que hacer. Le acepté la oferta a un comprador por el terreno completo de la gasolinera. Los carros que me quedan en el 'dealer' los puedo vender antes de fin de mes. Si me sobra alguno, se lo doy a Pablo o a Irma —dijo Ciprián.

—¿Y el almacén? —dijo Simón con cara de preocupado. Lo habían montado juntos pero, después de todo, Ciprián seguía siendo el dueño.

—Eso tenemos que hablarlo en estos días. Estaba pensando traspasártelo al costo. Si lo llevas corriendo tú solo por bastante tiempo, ¡es como si fuera tuyo ya! —dijo Ciprián.

—A eso, tú sabes que no me opongo. ¿Vas a montar algo por allá? —preguntó Simón.

—¡Claro! ¡Todavía me falta mucho para retirarme! Voy a montar un jardín —dijo Ciprián.

—Tú siempre inventando —dijo Simón.

—Hablé con algunas fincas por acá y les voy a comprar las plantas que siembren, las semillas y los tiestos de diferentes tamaños para venderlo todo en San Juan —dijo Ciprián.

—Eso suena bien. Con todas las urbanizaciones que están construyendo por allá… —dijo Simón.

—Exacto. También me junté con un mexicano que se vino a vivir acá y vamos a importar de México un montón de artesanías para el patio y las terrazas: desde envases en cerámica y manualidades hasta fuentes y estatuas de piedra en tamaño natural. Él dice que lo consigue todo fácil y barato por allá. Así nos diferenciaremos bastante de los demás —dijo Ciprián.

—¿Un mexicano? Ja, ja. ¡Tú estás loco! —dijo Simón.

—Ja, ja —dijo Ciprián, sacándose de su bolsillo las llaves del carro y chocándolas varias veces contra sus muslos—. Bueno, te dejo. Me cuidas bien a mami, ¿OK?

—Cuídate de las mujeres malas por allá. ¡Que no te vayan a enamorar! —dijo Simón mientras le dio un abrazo con dos palmadas en la espalda.

—No me jodas, que usted me conoce y sabe que soy un hombre serio —dijo Ciprián, guiñándole el ojo con su sonrisa revelándole un par de dientes de oro.

—Oye, ¿qué vas a hacer con Rita y el nene? ¿Te los va a llevar también? —preguntó Simón.

—Por ahora no. Ya hablé con ella. No quedó muy contenta con la noticia, pero es lo que hay. Le dije que, cuando yo vea que las cosas estén bien por allá, me la traigo a ella y al nene —dijo Ciprián.

La realidad es que, cuando su corteja recibió las noticias, quedó pálida, sin las fuerzas ni la confianza que siempre la mantuvieron en una pieza. Será que en ese momento pensó perder todo lo que había logrado con él, como si se le hubiera caído el mundo encima. Su hombre se mudaría con su familia a una nueva ciudad con una nueva casa y una nueva vida, cambiándole el mundo entero y dejándola sola. ¿Lo haría para poder olvidar todo su pasado y comenzar desde cero? ¿Podría él olvidar todos esos momentos que pasaron juntos y dejar a un lado a ella y a su hijo? Estando ahora solo con Gala, ¿sería posible llegar a reconciliarse?, ¿sería posible tratar de sanar las lesiones de un matrimonio canceroso y carente de pasión?

Ella no tenía por qué preocuparse. Si Ciprián hubiera querido dejarla, lo hubiera hecho mucho tiempo atrás.

En Río Piedras, se compró una casa grande de esquina. Quedaba en una de esas urbanizaciones de lujo que iban rápidamente floreciendo por toda el área metropolitana. La terraza trasera y los jardines amplios de la casa se convirtieron, durante el día, en santuario para Gala. Ella aprovechó el nuevo negocio de Ciprián para enamorarse de las orquídeas y de todo tipo de plantas y flores. Podía pasar horas tranquilamente barriendo las hojas secas, recolectando los frutos maduros que caían del imponente árbol de jobos en el patio trasero, abonando la tierra, regando y podando las plantas, arrancando las hierbas malas y cambiando matas de tiestos pequeños a macetas grandes. Pronto logró darle vida, color y carácter a cada rincón de la nueva casa.

Las estatuas mexicanas también tuvieron un lugar en los alrededores de la propiedad. En el jardín de enfrente puso dos: la primera era una criatura en piedra con cuerpo de hombre y alas abiertas que, tras nadie saber lo que en realidad era, quedó por defecto nombrada 'dios maya'; la segunda era de una musa sin brazos, así que le llamaron 'Venus'.

El dios maya quedó como guardián del hogar, centrado frente a los escalones que daban hacia el segundo piso, donde quedaba la entrada principal de la casa. La musa fue puesta en una esquina, su mirada distraída entre las florecillas rosadas del arbusto alto y frondoso que había a su lado.

En el jardín trasero, puso una tercera estatua: otra 'Venus'. Ella no quedó entre las orquídeas o bajo la protección del señorial árbol de jobos, sino que por el área verde lateral de la casa. Era un área angosta, inclinada, castigada a latigazos por el sol candente. Si ni los lagartijos querían pasar por ahí, menos había lugar para los pasos que buscaban ponderar. Allí quedó la Venus, aburrida, admirada nunca más.

Gala pasaba sus tardes reposando, sentada en el balcón, que se extendía a lo ancho del frente entero de la casa, apoyado por tres columnas que servían de garaje en el primer piso. De ahí veía a los carros pasar y a los vecinos salir y entrar, veía a lo lejos los aviones a punto de aterrizar perdiéndose entre los montes, veía cómo el pasar de los años lentamente ponía al verde, la brea y el concreto en un duelo hasta la muerte por el dominio del todo.

No siempre la acompañó la soledad. Siempre tuvo a alguien en la casa, ya fuesen Willie y Pey, quienes vivieron ahí mientras terminaron la universidad, o a Irma y Pablo, quienes se sentaban con ella las veces que iban de visita. Inclusive cuando se vaciaron las habitaciones de Willie y Pey, tuvo como inquilino a algún familiar lejano interesado en estudiar en la universidad. Lo que no fallaba era que, todo el que entraba o salía de la casa, tenía que pasar al menos unos minutos sentado con ella a conversar en el balcón.

Río Piedras estaba entonces en su época dorada. Era el centro de actividad económica para la clase trabajadora y el puente comercial entre el Viejo San Juan y el resto del país. En la plaza del mercado, que era la más grande de la isla, se conseguía de todo: desde las verduras para un buen sancocho, hasta calzado, ropa y enseres eléctricos. El país estaba creciendo rápidamente y se notaba en la actividad económica de las calles. Cada vez había más gente comprando y más negocios pequeños abriendo sus puertas.

Ciprián comenzó su nueva vida con el jardín, pero era eso mismo, un comienzo. Estaba claro que los ingresos del jardín jamás podrían reemplazar los de un supermercado, una gasolinera con gomera, un 'dealer' de carros y, si fuera a contar como una empresa, una importadora de dominicanos. Tampoco se podía meter en esas cosas otra vez porque había demasiada competencia en San Juan, la misma competencia de grandes que siempre temió que se apoderarían de Arecibo. Ya había suficientes cadenas de supermercados, gasolineras y 'dealers' de automóviles más grandes que lo que él jamás tuvo. Necesitaba algo más exclusivo, menos comercializado. Por eso fue que ahí, en una esquina bien concurrida en el mismo centro de Río Piedras, se empeñó en montar una joyería.

Como era de esperarse, Ciprián vio su idea como una excelente inversión: comprar grandes volúmenes de mercancía que no perecía, que a su vez aumentaba de valor cada año, y que al venderla se podía ganar un margen hasta diez veces mayor que cualquiera de sus antiguos negocios. Lo único que necesitaba para sacar a todos esos joyeros pequeños de la calle era una buena cantidad de capital, para establecerse en grande y con fuerza, y un buen socio, para comprar la mercancía más barato que nadie. El capital lo tenía en el bolsillo, esperando a ser gastado. El socio sería, nada más y nada menos, que su antiguo importador de automóviles, Félix, idealmente localizado en Nueva York, la capital del mundo, y la única persona a quien le confiaría tan grande inversión.

Habiéndose conseguido una buena casa para la familia y montado dos buenos negocios, solo le quedó una cosa por hacer: traerse a Rita.

CAPÍTULO XVII

Teclas mudas
Mi diario: 2 de marzo de 1978

T engo mi primer estudiante en tantos años! Me lo trajo una señora acompañada del padre José María. Es una bendición de Dios. El padre me dijo de broma que, como yo no quería salir de la casa y socializar con la gente de afuera, él me los iba a traer. Si la montaña no va a Mahoma, Mahoma va a la montaña. Yo no tengo intenciones de salir a ningún sitio a pasar malos ratos. Le repito que las puertas de mi casa están siempre abiertas a cualquier hora para quien quiera venir a visitarme.

Incluyo en mi invitación al ingrato de mi hermano, quien casi ni viene a visitarme. Sale siempre con la excusa de que no tiene tiempo, de que trabaja mucho. Se cree que nací ayer. Sé que la razón es simple. No tiene ganas de verme. Al cartero lo veo más que a él. Por lo menos, con mi estudiante nuevo, ahora tengo a alguien a quien esperar, alguien que realmente quiere venir a verme y pasar tiempo conmigo.

Lo primero que tenía que hacer si iba a dar clases de nuevo era mandar a afinar al piano. ¡Después de tantos años, el afinador estuvo tan sorprendido de escuchar mi voz! Hace mucho no le daba una llamada para que viniera a ver el piano. Cuando digo ver, me refiero a ver con las manos. El afinador es ciego. Llegó aquí igual que en los tiempos de antes, con sus gafas negras y su guayabera blanca, como si el tiempo se hubiera congelado desde la última vez que lo vi. Venía agarrado de la mano de su ayudante, encargado de llevarlo de casa en casa, sentarlo frente al piano y darle cualquier herramienta que necesite para afinar.

Mi hermano antes me decía que, las veces que yo no estaba, él se la pasaba chisteando y hablando suciedades. Le preguntaba lo que había hecho con sus novias, con su risa de pervertido, mojándose los labios con la lengua cada vez que contestaba. Exagerado como de costumbre, mi hermano se autoproclamaba experto imitador, haciendo muecas asquerosas y respirando como perro que se comió sus pulmones.

Dudo que él sea ese tipo de persona. Si lo es, conmigo nunca lo fue. Será porque se me hace difícil escuchar o porque soy mujer, pero a mi lado mantenía siempre respeto. Era amable y normalmente callado. Ponía toda su concentración en ajustar las cuerdas, tocando diligentemente tecla por tecla de izquierda a derecha. Repetía cada una hasta satisfacer su oído a la perfección.

Eso sí, ambos mi hermano y yo coincidimos en que, para haber estado ciego toda su vida, le sale la danza 'Mis Amores' como a todo un pianista profesional. Es porque tiene práctica. Siempre toca la misma pieza al terminar con cada piano que afina. Nunca se me ha ocurrido preguntarle si sabía tocar algo más.

A la hora de pagar, su ayudante se limita a confirmar el monto total de los billetes. El ciego saca su papelito del bolsillo de en frente de la guayabera y lee los rotitos con las manos, luego hace otros rotitos más con un tipo de bolígrafo especial para ciegos. Ese es su sistema para poner las cosas en orden. Me imagino que es para mantener cuenta de lo que lleva en el bolsillo o tomar notas.

Antes de irse, me regaló dos bolitas de naftalina para proteger el piano de la polilla y me deseó suerte con mi estudiante. Le dije adiós con las manos desde el balcón mientras el carro se alejaba, pero luego recordé que estaba ciego.

El niño es muy inteligente. Lleva unas cuantas clases pero se nota que tiene ganas de aprender. Todas las asignaciones que le dejo en la libreta me las practica durante la semana, no como la nena de mi hermano, que intentaba hacer las asignaciones durante la misma clase. Le tenía cara de tonta. Por eso dejó de tocar, al igual que su padre cuando era pequeño. Así no se aprende.

Sé que comenzar es difícil. Es complicado desarrollar los hábitos en los dedos y, al comienzo, no se percibe verdaderamente cómo lo que se está aprendiendo llegará a evolucionar a piezas más complicadas como las de Beethoven o Chopin. Ni mencionar las imposibles de Rachmaninoff. Es que la técnica es muy importante. Cualquier estudiante eventualmente va a poder aprender cómo tocar pero, si no tiene la técnica, esa atención a la posición de los dedos que deja correr de un lado al otro y lograr tocar los acordes más retadores con el mínimo esfuerzo, se le va a hacer más difícil tocar esas piezas más complicadas.

Es mi deber como maestra corregir la técnica desde el comienzo, cosa de poder desarrollar buenos hábitos en el estudiante. Inclusive yo, que llevo tantos años practicando la técnica, fallo mucho simplemente por haber dejado de practicar. Sin embargo, no me engaño. Sé que, a medida que pasen los meses, las cosas se me irán complicando. Lo que me preocupa es que, por estar sorda, no logre hacer mi trabajo a un nivel óptimo.

Mis oídos me ayudan en lo que pueden. Aunque las notas no las escucho tan bien, aún siento retumbar las vibraciones de cada tecla, pero admito que no es suficiente. Me toca poner a mis ojos a velarlo para compensar por las deficiencias de mis oídos y notar las metidas de pata del chico. Por el momento, no se me hace complicado porque está empezando con los libros para principiantes de Thomson. Sus manitas se tienen que quedar fijas en la misma octava y cada dedo está atado a una tecla con un número. Solo tengo que tocar los acompañamientos de cada pieza de principiante y echarle un ojo a lo que toca.

Las escalas del Hanon tampoco me dan problemas. ¡Recuerdo cuando ese libro lo tocaba yo en una hora completamente de memoria! Es bueno para darle agilidad y resistencia a los dedos, para que no se cansen tan rápido. Si se equivoca, se me hace aún fácil agarrarlo. Los dedos de cualquiera, cuando se ponen vagos y torpes, se ven muy feos corriendo de arriba a abajo por el teclado. Deben de fluir sin esfuerzo.

Claro, no todo es la técnica, también está el solfeo. Para él, ésta es la parte más aburrida de la clase, por más que yo insista que es el imprescindible lenguaje de la música. Toma tanto esfuerzo dominar como el inglés, el francés o el ruso. Pienso que esa base es muy importante, porque es como único va a aprender a leer cualquier cosa que le pongan en frente y reconocer de oído cualquier nota que le toquen. Cuando yo era pequeña, a mí me ponían de espaldas al piano para que cantara las notas que mi maestro tocaba. Sabiendo que soy malísima leyéndole los labios, ahí es donde me toca poner gran parte de mis energías. Tengo que asegurarme que no se ponga perezoso y se a costumbre a solfear los tiempos con la mano y a leer las notas arrítmicas del Danhäuser.

'Para Elisa' fue la primera pieza decente que logré tocar de niña. Vi a mis diez dedos paseándose por el teclado, cada uno haciendo algo diferente sin yo tener a posibilidad de estar consciente de lo que hacían. Seguía la melodía pero no sabía qué ocurría ante mis ojos. No estaba tocando la pieza; eran mis dedos los que la tocaban. Eran ellos los que hacían el trabajo mientras yo me sentaba a mirar y me perdía en mi propia vida, en mi familia, en mis agobios y mis bendiciones.

Desde ese momento, mis dedos han sido los únicos que han podido darme acceso a mí misma, algo que ningún riego, mejunje, sahumerio, protección, ni manicomio ha podido lograr. Lo único que ellos me han pedido a cambio toda la vida es que los ejercite, que los ponga en forma para que puedan brincar de tecla en tecla y de octava en octava sin esfuerzo. Así no se olvidan de lo que pueden tocar, de lo que son capaces. Así evitan que esas piezas que tienen grabadas se desvanezcan de sus memorias.

Ahora me percato de que, en ese pedido, los he decepcionado monumentalmente. Les prometí una carrera profesional, provocar deleite y ser admirados por muchos. Los defraudé. Les cumplí con decenas de piezas olvidadas después de años de esfuerzo, práctica y dedicación. Les cumplí con ilusionarlos a lo largo de mi vida, enamorarlos de mí una y otra vez con mis promesas de retomar esas piezas olvidadas para luego estropearlas y echarlas nuevamente al abismo.

153

Mis dedos están desgastados, desmotivados y desilusionados. Me culpan por desaprovechar su juventud, por nunca hacerlos llegar a ser tan ágiles y veloces como pudieron ser. Cada promesa rota, cada instancia que no los tomé en serio, ellos me la han hecho pagar negándome acceso a mí misma. Yo no me percaté de lo que sucedía. Les pido otra oportunidad. Les prometo que ahora será diferente. Le ruego a Dios que me escuchen.

CAPÍTULO XVIII
El causal número once

C iprián le compró una casa a Rita en el área metropolitana y la puso a trabajar como vendedora detrás de las vitrinas de la joyería. En su mayoría, aconsejaba a jóvenes enamorados a punto de contraer nupcias, que jurarían honrar la santidad del matrimonio, a escoger sus anillos de compromiso. Resultó genial para el negocio. Con ese toque femenino que ella daba podía conectar mejor con los clientes, leerles sus ojos, escucharlos. Como una especie de alquimia psicosensorial, si es que el término existe, lograba proyectar sus pensamientos en el brillante perfecto para cada pareja.

La meta que se había puesto Ciprián era lograr desarrollar un tipo de concubinato entre su esposa y su corteja. Ambas sabían que estaban y continuarían compartiendo al mismo hombre; negarlo y resistirse a este punto, con hijos y todo, sería inútil. Además, el tabú de tener una corteja, con la vergüenza que la relación brindaba a ella y a su esposa, se había desvanecido al mudarse a una ciudad tan grande. Nadie las conocía. A nadie le importaba. ¿Por qué no entonces aprovechar al máximo la situación? ¿Por qué no hacer que se ayudaran una a la otra para asegurar la prosperidad de la familia entera?

Rita, siempre dispuesta a cooperar, ayudaba en la joyería sabiendo que el dinero que se hacía iba en su mayor parte a Gala y sus hijos, no a ella y su hijo. Sin embargo, lo hacía con gusto porque sabía que si su hombre ganaba, ella ganaba. Lo único que pedía era que Ciprián fuera padre para Quique. Ella tampoco mostraba ningún tipo de acidez hacia Gala. Inclusive hasta le cosió tres trajes, dos para ella y uno para Irma, y se los hizo llegar a través de Ciprián. Ellas quedaron encantadas. ¡Los encontraron tan bonitos y tan bien hechos! Nunca se enteraron de su procedencia. Irma especialmente, lo vio ciegamente solo como un lindo gesto de parte de un padre amoroso.

Así tenía que ser porque, por supuesto, Gala nunca entró voluntariamente al acuerdo de concubinato. A ella, como siempre, había que estar engañándola para que cooperara, en vez de ella simplemente aceptar las cosas tal como eran.

Para que Ciprián y Rita pudieran almorzar bueno y rápido, permitiendo a ambos trabajar más y vender más, había que decirle a la esposa que preparara comida para dos. No se le podía decir que la segunda persona era Rita porque explotaría, así que tuvo que involucrar a Pablo como cómplice. Por suerte, ella ignoraba que su hijo no se quedaba a almorzar todos los días en la joyería ya que él tenía a una noviecita escondida que le daba su almuerzo, y durante varios meses cumplió con su labor de cocinera espléndidamente. Así fue hasta el inevitable día en que las malas lenguas llegaron a su esposa y lo fastidiaron todo.

—¡No voy a estar preparándole comida a tu corteja! —gritó Gala. Ante este tipo de situaciones de obvio intento

156

de decepción, Ciprián había desarrollado un poco de conciencia y decidió no ponerla en su sitio.

Ciprián y el mexicano se encontraban cada varios meses en el puerto de San Juan para recibir la mercancía que llegaba desde México en un contenedor; le echaban un vistazo antes de llevarla al jardín. Normalmente era su socio quien le avisaba cuándo llegaba el contenedor, pero un día no apareció, solo recibió la llamada del puerto con un número de contenedor y una hora de encuentro temprano en la mañana.

Aunque le estuvo extraño el cambio de rutina, se apareció en el puerto como indicado. Al llegar al contenedor no encontró al mexicano, sino que a su vez se topó inesperadamente con una cara conocida pero poco bienvenida. Era el hombre de pocas palabras. Lo estaba esperando tranquilamente con cigarrillo en mano, reclinándose del contenedor.

—¡Pero mira quién es! ¿Tú qué haces aquí? —dijo Ciprián. ¡No podía ser! Pensó haber dejado años atrás todo rastro de su antigua vida. El mexicano jamás había mencionado que trabajaba con alguien más.

—Arrestaron al mexicano en el puerto de México —dijo el hombre de pocas palabras.

—Pero, ¿por qué? ¿Qué pasó? —preguntó Ciprián.

—No va a regresar —dijo el hombre de pocas palabras.

—Siempre con tanto suspenso, caramba. ¿Algún otro negocio que esté haciendo contigo sin saberlo? ¡Mira que no quiero más problemas! —preguntó Ciprián.

—No —dijo el hombre de pocas palabras. Tiró su cigarrillo al piso y lo aplastó con el pié, luego le dio la espalda a Ciprián y se marchó.

Estaba claro que no le sacaría ninguna información al hombre de pocas palabras. Al principio pensó que lo iba a matar, que en realidad no estaba asociado a él sino que eran enemigos. Después de todo, la última vez que lo vio fue de testigo, viendo cómo corría con pistola en mano detrás de un dominicano indocumentado. No fue hasta que indagó un poco que supo que, la mayoría de lo que se había traído de México, no era solo arte local sino que patrimonio nacional. Recientemente, habían comenzado a penalizar traficantes como el mexicano. Entonces, se imaginó que el 'dios maya' que tenía en el jardín de su casa lo había arrancado alguien de los predios de alguna pirámide en el medio de la maleza, o a las musas de algún palacio de la época colonial. Afortunadamente, nadie en Puerto Rico vendría buscando expropiar artefactos mexicanos.

Sin el arte mexicano complementando la oferta de plantas en el jardín, al negocio no le quedó mucho espacio para diferenciarse de los demás, así que Ciprián buscó un comprador y se deshizo de él. Tuvo que inventarse algo más que hacer para compensar por el negocio que acababa de perder. Como la joyería no estaba para nada enfocada en servir a clientes de clase alta, se pudo dar el lujo de diversificar su oferta de productos, inclusive si lo que vendería no se asemejara ni remotamente a un brillante. Separó una esquina de su local y llamó a su primo segundo. Él tenía un negocio pequeño de distribución de productos para el cabello para estilistas. Comenzó como un experimento pero, al ver que la gente le siguió comprando, en poco tiempo convenció a su primo a que le vendiera la licencia que tenía, pero que evidentemente nunca utilizó a potencial. Así se convirtió en el único distribuidor de la isla.

A unos pasos de distancia de la joyería, alquilo un almacén para sus productos. Si los metía a presión, le cabía un contenedor lleno de potes de champú, acondicionadores y tintes. Compró cuatro camiones livianos y consiguió a cuatro vendedores, que se encargaron de tomar órdenes y distribuir los productos para uso y venta por los estilistas, muchos de ellos varones excesivamente coloridos y amanerados que corrían sus propios salones de belleza alrededor de la isla.

Al llegar del trabajo una tarde, se encontró con Irma despidiéndose cariñosamente de un hombre frente a la casa. Lo había visto antes. Era el noviecito. Gala estaba detrás de ellos, mirándolos sonrientemente, diciéndole 'adiós' con la palma de su mano. Ciprián se detuvo y esperó a que el carro del chico comenzara a alejarse de la casa para luego continuar acercándose a la entrada. A Gala y a Irma, poco antes pareciendo estar disfrutando del momento, se les pusieron los rostros pálidos y fúnebres al percatarse de que Ciprián había llegado. Se apresuraron adentro de la casa.

—¡Yo te tengo dicho a ti que no traigas a ese tipo por aquí! —gritó Ciprián.

Después de tanto sacrificio por hacerse un hombre de dinero para darle buena vida a su familia, no iba a dejar que su hija se metiera con un tipo cualquiera, sin futuro. Con tanto oportunista que había en la calle, era seguro que no estaba interesado en su hija, sino que en la herencia.

—Pero, ¡si es mi novio! ¡Tú tienes que quererlo también! —dijo Irma aguantándose las lágrimas. Gimoteaba aún como una niña.

Estaba ciega. Las dos, ella y su madre, estaban ciegas. La muy tonta de su madre le creía a su hija las bobadas esas del amor que él decía sentir por ella, pero era muy ingenua para darse cuenta de que lo que buscaba el pobre diablo era salir del hoyo a cuenta suya. Era inútil tratar de explicárselo. Había que simplificarle las cosas para que entendiera.

—¡Y tú sabes bien que no le puedes estar abriendo la puerta a ningún pendejo que te traiga Irma! —gritó Ciprián, agarrando a Gala del pelo fuertemente. Se lo quería arrancar de la raíz—. ¡Te lo tengo dicho hace tiempo! —añadió.

Gala no gritaba. Se limitaba a sollozar mientras resistía los manotazos punzantes de su esposo. Un empujón contra una esquina del sofá la hizo tropezarse y caer al suelo.

—¡Déjala! ¡No le vuelvas a pegar! —gritó Irma. Aunque no tenía la fuerza para detenerlo, se metió entre él y su madre. Nunca había visto a Irma lanzarse contra él.

—Irma, ¡salte de ahí! —gritó Gala aún tirada en el piso, adolorida, tratando de alejarse de su marido a patadas. Ciprián luchaba por sacarse a su hija del medio, mientras buscaba alcanzar con sus garras las piernas de su esposa para clavárselas en la piel y así halarla hacia él.

—¡Ya nosotros estamos grandes y, si le vuelves a pegar, nos vamos a juntar toditos y te vamos a pegar a ti! —gritó Irma con un solo aliento.

Su presunta valentía le duró poco antes de que su cobardía volviese a apoderarse de su cuerpo. Al mirarle la cara a su padre, pronto llegó a la realización de qué decía a quién. Se fue en huida, con él corriendo detrás de ella.

—¿Qué tú y quienes me van a hacer qué? —preguntó Ciprián. Su hija bajó las escaleras como una desquiciada, tropezándose con los escalones entre sus brincos de camino a la planta baja, resbalándose con los pedacitos de loseta que se habían soltado de sus lugares, desgarrando la pintura del ba-

160

randal para salvarse de una caída mortal. El terror la hizo huir de su padre como si se tratara de un homicida queriendo eliminarla. Logró encerrarse dentro de su carro—. Sal del carro Irma —dijo sin gritarle para hacerle ver que estaba calmado. Su hija había encendido el carro—. ¡Sal! —gritó, dándole golpes fuertes al bonete y a la puerta del carro.

—¡No! —gritó Irma, mortificada y en llantos. Puso el cambio en reversa y se largó de la casa, sacándole chispas al parachoques trasero cuando lo restalló contra la carretera al bajar la loma de la entrada principal.

Habrá pensado que se había logrado escapar de una buena paliza, pero fue él quien la dejó escapar. No le iba a pegar a su hija, pero sí le quería dar un buen escarmiento. Pero yo sabía que esto no podría seguir así. Era la primera vez que su hija, la nena de papá, se enfrentaba contra él. No fue a esconderse. No se quedó muda mirando lo que sucedía. No perdió la respiración con sus ataques de fatiga. Lo que hizo fue mantenerse firme, aunque fuera por solo unos segundos, pero lo hizo. Ese día, al ella pararse entre él y su madre para decirle esas palabras, lo miró con odio en sus ojos. Finalmente fue que Ciprián se dio cuenta de que los golpes físicos a su esposa eran golpes emocionales a sus hijos. Eran golpes tan fuertes que ahora sus hijos, ya grandes, comenzarían a rebelarse en contra de él.

Para esa época, el Código Civil de Puerto Rico tenía diez causales para el divorcio. De esos diez, había siete que obviamente no aplicaban: separación, porque nunca se separó de su familia; locura, porque la única loca fue Gala y se recuperó en solo una semana; los dos relacionados a la prostitución, porque nunca consideraría pedirle eso a nadie en su familia; abandono, porque nunca dejó a su familia; condena a prisión, porque aún no lo había agarrado la policía; impotencia, porque no le quedaba ni la menor duda que estaba más duro que un toro.

Los tres causales restantes quizás no deberían de aplicar, pero quedaban abiertos a la interpretación de un juez: el trato cruel, el adulterio y la embriaguez habitual. No había necesidad de exponerle a un chorro de desconocidos las particularidades y las vergüenzas que se hicieron pasar el uno al otro. No necesitaba tener a gente juzgando las decisiones que él y Gala tomaron en sus vidas, decidiendo si estaban a la par con lo considerado bueno y justo, como si ellos estuviesen cualificados moralmente para tomar tal determinación. No necesitaba que nadie que lo conociera se enterara de tantos detalles menores de su vida, que tomara juicio sobre sus virtudes como negociante, que se influenciaran a hacer o no hacer negocios con él o que, peor aún, regaran la voz.

Como por intervención divina, fue en ese mismo año que se convirtió en ley el divorcio por consentimiento mutuo, el causal número once. Excelente. Así los dos firmarían y nada de lo íntimo tendría que salir a la luz.

Gala no tuvo objeción al divorcio, ya que Ciprián le hizo una buena oferta. Ella se quedaría como dueña y señora de la mansión, con Ciprián pasándole una buena mensualidad que le cubriría sus gastos hasta llegarle el cheque del Seguro Social. En cambio, él se quedaría con los negocios. La manutención de los niños no entró en discusión porque ellos ya estaban grandes. Caso cerrado.

El último día en que Ciprián puso pie en la casa, Gala no reflejó ninguna emoción. No la había observado actuar así hacía tantos años, desde ese día que regresó del manicomio. Al verla, no podía descifrar si se sentía triste o feliz. Parecía indiferente a la realidad por la que pasaba.

Al salir del garaje, le dio un último vistazo a la casa. Gala estaba sentada en el balcón como de costumbre pero, esa tarde, en una casa oscura y vacía, solo la acompañó la soledad. Ciprián bajó el cristal de su automóvil y, con la mano alzada, le tiro un último adiós. Gala se lo respondió cortésmente. Después de tantos años juntos, ambos sabían que sería la última vez que se verían.

Sería su primera noche de soltero con Rita. Con un hijo y tantos años de historia, pensé que sería una noche como cualquier otra. La realidad no fue esa. Fue la primera vez que no sintió ni un pelo de remordimiento por la doble vida que llevó hasta ese día. No había que esconder. No había que mentir. No había que fingir.

El problema era que, a donde se dirigía, tampoco había amor. La diferencia entre Gala y Rita era, simplemente, que a Rita la podía soportar. Ante nunca haber encontrado el amor verdadero, llegó a conformarse con lo que consiguió. Quizás esa era la definición del amor. Conformarse con Rita, que siempre lo amó incondicionalmente, no pareció ser tan mala opción. Ella siempre lo buscó, le dio sus atenciones, lo consoló, hizo todo para mantenerlo a gusto con ella. Fue esa dedicación que hizo que a Ciprián le importara lo suficiente la relación como para al menos fingir querer a Rita. Para ella eso bastó.

Fue en ese momento, de camino a su nuevo hogar, que se preguntó: ¿Qué haría ahora con Rita? ¿Se debería casar con ella después de tantos años que la tuvo de amante, así oficializando la farsa que era su amor por ella? ¿Debería simplemente convivir, así fingiendo que aún vivía la aventura que fue la historia de su llamado amor?

Creo que ambas opciones eran igual de irrelevantes. Por el lado sentimental, los dos estaban lo suficientemente viejos como para que, ni a ellos ni a nadie más, le importara realmente si contraían matrimonio. Pero, ¿cómo continuaría la relación con sus hijos si se casara?

Willie y Pey se llevaban bien con Quique, habiendo jugado juntos desde niños. Para ellos, no sería tan complicado. Ellos conocían bien a Rita; le tenían la misma confianza que le tenía él. Sabían que las malas intenciones no estaban ahí. Sabían que era simplemente una mujer buena, que de joven tomó decisiones con el corazón; decisiones que, aunque no fueron populares frente a la sociedad, fueron las correctas para ella.

Para Irma y Pablo, sería difícil. Ellos estuvieron ahí cuando comenzó todo. No querían ni ver a Rita. La catalogarían de bruja, interesada solo en romper matrimonios. Dirían que su familia conspiró para convencerlo de que casarse con ella era lo mejor para ambos. Dirían que ella, desde que lo conoció tantos años atrás en el hospital, tenía un plan maestro: vivir de parásito toda una vida hasta finalmente lograr apoderarse de todo.

Casado o no, sus hijos tendrían que lidiar con el hecho de que no continuaría viviendo con Gala. De alguna forma, se tendrían que encontrar con él, de verse. Él seguiría siendo su padre y los seguiría amando como tal. Por eso es que ellos tendrían que aprender a aceptarla como su mujer, aceptar que era con ella que quería continuar viviendo, entender que él tenía que seguir adelante con su vida. Tendrían que entender que Gala ya no formaría parte de su futuro.

Entonces, ¿qué harían si no lograban asimilarse a la nueva realidad y continuaban odiándola? ¿Nunca lo visitarían? ¿Tendría él que venir a solas a visitar a sus hijos o a encontrarse con ellos? Rita tendría que vivir eternamente con las puñaladas de saber que había tantas personas odiándola y deseando que no existiera. Sería recordada del hecho cada vez que su esposo le dijera que iría a visitar a sus hijos sin ella estar permitida a acompañarlo. Sería recordada del hecho cada vez que respondiera el teléfono y que algún nieto suyo preguntara por su abuelo, sabiendo que era uno de los hijos de Ciprián tratando de contactarlo, odiándola tanto como para ni dignarse a dirigirle la palabra por el teléfono.

¿Cómo serían ahora los cumpleaños, las Navidades, todos los días de fiesta? Antes era todo más sencillo. La familia con la que estaba casada recibía toda su atención, eso era lo correcto. ¿Le tocaría ahora dividir su tiempo ridículamente entre sus dos familias? ¿Qué pasaría cuando estuviera viejo? ¿Dejarían sus hijos de verlo tan pronto él no pudiese llegar a ellos? ¿Dejarían su orgullo a un lado para verlo, inclusive con Rita en la casa?

Su línea de pensamiento fue interrumpida al llegar a la casa de Rita. El aroma de la cocina le dio la bienvenida. Eran las habichuelas guisándose, que ya se habían apoderado de toda la casa. Le esperaba un banquete de celebración.

Lo que no se imaginó era que Rita ya no estaría ahí esperándolo. De ella solo quedó su carne y sus huesos tirados en el piso, entre una olla y dos tazas de arroz.

CAPÍTULO XIX

Pupilo comprometido
Mi diario: 31 de julio de 1982

Si mamá y papá pudieran verme estarían orgullosísimos de mí! Yo sé que a ellos siempre les dolió la ruptura entre Ángel y yo. Les hubiera encantado verme enamorada una vez más, pero se dieron por vencido mucho antes de morir. Ya estoy vieja. Inclusive yo me había dado por vencida. Al menos papito Dios nunca se dio por vencido, porque él sabe que el amor no tiene edad. Fue él quien me trajo a Ciprián a mi casa y fue él quien puso la flecha en nuestros corazones maltratados por el mundo, en nuestros cuerpos arrugados por la vida.

El único que se pone con zanganerías es mi hermano. Él dice que yo tengo demasiados años para echarme una carga encima, con un hombre tan viejo. Me dice, desde la casa en la Florida donde vive con su esposa e hijos, lo que tengo que hacer yo, acá sola, en mi casa en Puerto Rico. Dice que tengo que pensar en mí y en mi salud, que vaya allá y me mude con él. ¿Estará loco? ¡Yo no voy para ningún lado a quedarme en casa ajena, donde no pueda hacer ni decir lo que me venga en gana! ¡Yo no voy para ningún lado a pasar frío! ¡No!

Pues eso mismo estoy haciendo, pensando en mí, no en nadie más. Él no tiene por qué estar entrometiéndose en mi vida. Me hiere mucho que se ponga a decirme esas cosas, como si él supiera lo que me conviene. Él no conoce a Ciprián ni lo bien que me hace sentir. Con él estoy feliz. He recuperado una parte de mí, de mi corazón, una parte que había olvidado hace mucho tiempo.

Desde que llegó a mi casa buscando una maestra de piano, supe que él sería mi último alumno. ¡Fue un milagro! Escuchó de mí a través de la iglesia, porque estaba buscando algo que hacer para mantener su mente activa. El pobre estaba viudo y acababa de retirarse de su trabajo, de unos negocios que tenía y que les dejó a sus hijos. Pudo haber decidido a hacer cualquier otra cosa, pero Dios lo guió hacia mí. Esa es la prueba de su gran poder. Le seguiré prendiendo velas al Gran Poder de Cristo, como me enseñó mamá, para que me siga trayendo bendiciones. Quiero un matrimonio feliz y próspero.

Por eso le dije al padre José María que no trajera más pupilos para clases de piano. Quiero dedicarle todas mis energías a estar con mi marido, a hacer las cosas bien. No puedo tener otras cosas distrayéndome.

Era evidente que, para el piano, él no tenía talento. A los viejos siempre es más difícil enseñarles algo nuevo porque se ponen cabeciduros, creyéndose que lo saben todo solo porque han vivido más. Ciprián no fue la excepción. Se ponía incordio, insistiendo que no quería que lo corrigieran y molestándose cuando le repetía las cosas más de una vez. Naturalmente, se equivocaba, pero se me quedaba mirando con una sonrisa ñoña, sabiendo que necesitaba ayuda, esperando a que se me fueran las ganas de mandarlo para buen sitio. Lo encontré estresantemente tierno.

Además, ¡cómo apestaba! Tenía un olor a pino, como si se hubiera bañado en Lestoil. Es un buen olor para los pisos y para los enseres, pero para nada más. Me dijo que ese perfume se lo había regalado hace mucho su esposa difunta, que en paz descanse, cuando se veía con ella a escondidas de su ex esposa. Dejó de usarlo al ella morir, pero se lo quiso poner otra vez porque estaba visitándome y quería impresionar. Conmovedor. Definitivamente me impresionó. También me tapó la nariz.

Tengo la sensación de que ese olor a Lestoil podría provenir de una mezcla de botánica. Toda una vida con mamá a mi lado me enseñó una que otra cosa. Mi nariz, que desde que era una niña tragó baños de ese tipo de mezclas para expurgar, definitivamente tampoco ha perdido su memoria. Mamá una vez me contó de una pócima que se preparaba para usarse como perfume. Se le entregaba a un amante como regalo, un detalle, pero cuyo verdadero propósito era la ruptura final de un matrimonio amancillado.

Se me ocurre que eso es lo que le regaló esa señora, pero no me importa. Eso quedó en su pasado. Yo no ganaría nada sabiendo los detalles de sus matrimonios anteriores y él no ganaría nada contándomelos. Me imagino, ¿cómo podría ponerme yo a pelear con un viejo y hacerle rendir cuentas por lo que haya hecho en toda una vida? ¿Si él supiera todas por las que he pasado yo, cómo reaccionaría? Por eso esas cosas no se preguntan. Yo conozco a la persona que es ahora, no la que fue. Yo vivo en el presente, no en el pasado. El pasado ya pasó y no hay Dios que lo traiga de vuelta.

CAPÍTULO XX
86 − 7 ≠ 79

E staba perdido. Conducía su carro de noche, de calle en calle esperando toparse con una carretera conocida, un letrero que le dijera dónde estaba, un árbol familiar, un edificio importante, cualquier cosa que le permitiera recordar el camino para llegar a su casa. Pero él había ya corrido estas calles centenares de veces antes. La ruta estaba tatuada en su memoria. Solo tenía que seguir las imágenes, los recuerdos que yo le enviaba y listo. ¡Así fue toda su vida!

Además, no eran recuerdos cualesquiera. Todos tenían un significado importante. Tenía que seguirlo derecho hasta pasar por el local donde vendían esos pollos BBQ tan deliciosos. Ahí fue que llevó a Quique y a Rita a comer, tarde en la noche del día que se mudó para siempre de Arecibo; preocupadísima y nerviosísima que estaba ella, por cierto. Luego tenía que meterse por la avenida, en dirección a San Juan, pasando la oficina de la abogada que le atendió el caso del divorcio de Gala, el del casi matrimonio con Rita y el del papeleo de su triste muerte tras sufrir un infarto. Al llegar a la próxima luz tenía que doblar a la derecha, en la esquina donde antes prosperaba su negocio de plantas pero que había sido demolido y reemplazado por el centro comercial que se comió a ese y a muchos negocios pequeños más. De ahí, era seguirlo directo hasta llegar a los puertos donde, durante su vida de adulto, recibió del exterior carros, arte, joyas, productos de belleza, una avioneta y hasta la visita del misterioso hombre de pocas palabras.

Sin embargo, en vez de seguir las direcciones tan simples que le daba, él mismo tergiversaba sus recuerdos para llegar a su propia conclusión de cuál debía ser el camino a tomar. No podía comprender qué me ocurría con él. Pasó por un negocio que se parecía solo un chispo a la joyería y, al mirar a su alrededor, se creyó que andaba perdido por las calles de un Río Piedras hecho irreconocible en nombre del desarrollo acelerado del país. Luego, creyendo saber por dónde iba, se metió por una calle oscura que se le pareció a la que daba a la urbanización en donde vivía Gala. Siempre que pasaba por ahí, le daba curiosidad por ver si las luces de la casa estaban prendidas o no, aunque nunca tenía ni las intenciones ni las ganas de verla. Yo no conocía esa calle por donde se metió. Se había equivocado de una manera muy extraña para mí. Siguió dando izquierdas y derechas sin hacerme caso ni percatarse de la magnitud de su error. Mientras más virajes mal dados él se empeñó en dar, más se perdió. Mientras más se perdió, más se adentró en un hoyo de donde ni yo mismo supe cómo sacarlo. Nunca había pasado por ahí. No sabía en dónde estábamos metidos.

Con los minutos convirtiéndose en horas y sin progreso evidente, Ciprián perdió la calma. En su desesperación por llegar a su casa, decidió ir más rápido, su lógica diciéndole que así podría cubrir más terreno en menos tiempo hasta lograr orientarse. Pisaba el acelerador hasta el fondo, recorriendo la cuadra completa. Al acercarse a la intersección, frenaba en seco, chillando gomas. Sacaba la cabeza por detrás del guía como un topo y se ponía a mirar de un lado al otro en busca de pistas que le dijeran dónde estaba. Creyendo estar siguiendo la pista adecuada, se sonreía a sí mismo, solo para encontrarse nuevamente sin idea de a dónde ir. Así pasó de cuadra en cuadra, sin percatarse de los círculos que estaba haciendo entre urbanizaciones y avenidas desconocidas. Entonces, durante uno de sus períodos con el pie hasta el fondo en el pedal, fue que se sintió cegado por los biombos rojos y azules que se reflejaban por el retrovisor, seguidos por la incordia sirena que tanto le estuvo gritando para que se detuviera.

—Mierda —se dijo Ciprián mientras reducía la velocidad y se alineaba hacia un lado. No se le ocurría qué decirle al policía. Al detenerse, se quedó pendiente al retrovisor mientras el policía se bajaba de su patrulla. Tuvo un mal presentimiento, pero no sabía exactamente de qué se trataba—. ¡Carajo! ¡Son los Populares!

Un momento. ¿Qué? ¿Populares? ¿Qué tenía que ver el Partido Popular con un policía parándolo por estar conduciendo como un loco por avenidas y zonas residenciales? De aún más importancia, ¿cómo pudo él sacar ese recuerdo del cerebro sin mi permiso?

De repente revivió una conspiración antiquísima contra él, revelada años atrás en su oficina de Arecibo por su amigo policía, que tanto sabía de él y sus hazañas nebulosas. Vio la patrulla como una amenaza a su libertad; la ley le había seguido sus pasos por años, hasta finalmente dar con él, por pura casualidad, un prófugo perdido en el lugar equivocado y en el momento equivocado. Sin pensarlo más, pisó el acelerador, dejando atrás a la patrulla y esfumándose entre el laberinto de carreteras oscuras.

De momento, la paranoia que se le había metido por dentro se le fue. Me había devuelto el control de sus recuerdos de la misma forma repentina y misteriosa que me lo había quitado. Le entró la sed, así que decidió pararse en una gasolinera para comprarse algo de tomar. Muy bien. Aunque seguíamos perdidos, un descanso del susto que acabábamos de pasar no nos vendría mal. A esa edad, había que cuidarse.

Al salir de la tienda, con una botella agua en mano, se encontró con dos patrullas rodeando su carro y a tres oficiales apuntándolo con sus pistolas.

En el cuartel le permitieron hacer solo una llamada. No podía llamar a Margarita. Ella se ponía tensa cada vez que se mencionaba a la policía. No le gustaba el tema. Además, poco podría servirle de ayuda a él. Ella no sabía conducir y, si milagrosamente supiera, con todos esos años que vivió encerrada en su casa seguramente no tendría ni idea de cómo llegar al cuartel. No. Llamarla solo serviría para ponerla nerviosa y preocupada.

A los hijos de Gala tampoco podía llamarlos. Willie y Pey se habían mudado hace un tiempo a los estados, así que con ellos no podía contar. No quería molestar a Pablo; al día siguiente había que trabajar. No sería justo llamarlo tan tarde en la noche cuando él tenía a cargo los negocios que le dejó al retirarse y una familia con muchachos que cuidar. No se atrevió a llamar a Irma. Ella no le dirigía la palabra desde el divorcio con Gala. Creo que a Irma la ruptura le dolió más que a Gala o a mí. Tendría unos cojones astronómicamente grandes si la llamara solo para que lo viniera a rescatar del cuartel. Tal vez, hasta se alegraría de las noticias.

—¿Aló? ¿Quién es? —dijo Quique, rastrillando sus palabras. Era evidente que el teléfono lo había levantado de un sueño profundo.

—Quique, papi, perdona que te levante —dijo Ciprián en voz baja, tímido por la vergüenza que le dio tener que llamarlo desde un cuartel.

—¿Papi? Son las 12:30 de la mañana. ¿Qué haces despierto? ¿Estás bien? —preguntó Quique.

—Sí, estoy bien. Papi, necesito que me vengas a buscar al cuartel —dijo Ciprián.

—¿Al cuartel? —gritó en sorpresa a su padre, luego se aclaró la garganta. La noticia le había capturado la atención—. Pero, ¿qué pasó? ¿En qué cuartel es que estás?

—Pues nada chico. Fue que me perdí de camino a casa. La policía me paró para ayudarme —dijo Ciprián con los dedos entre la frente y la nariz, sus ojos cerrados, intentando extraer la información que necesitaba de su cabeza—. Nene, no me recuerdo de la dirección de Margarita. Por eso me trajeron acá —añadió. La realidad es que no estaba seguro de lo que había ocurrido. Se negó a revisitar cómo fue que terminó siendo esposado por un policía y aplastado contra el bonete de la patrulla por ponerse a gritar e insultar a los oficiales. Algo andaba mal. Cada vez era más común sentirme como si entre él y yo hubiera un cable mal conectado. Había algo de ruido en nuestra señal de comunicación que me incomodaba—. Oye, con el permiso. ¿Cuál cuartel es éste? —preguntó al oficial, cubriendo con su mano el auricular.

—Estamos en el municipal de Bayamón —contestó el oficial con una visible alzada de cejas.

—Papi, es el cuartel municipal de Bayamón —dijo Ciprián, repitiendo al teléfono como una cotorra lo que le había dicho el oficial. Si su hijo le preguntaba cómo llegar ahí, no sabría decirle.

—¿Bayamón? —gritó Quique sorprendido. Desde que Ciprián se retiró, pocas veces tuvo que alejarse de la casa por más de diez o quince minutos en carro—. Pero, ¿cómo llegaste a parar allá? ¿Cómo llego al cuartel ese?

—Dame un segundo papi, que te voy a poner al oficial para que te explique —dijo Ciprián, haciéndole señas al policía para que viniera a ayudarlo con las direcciones.

Mientras el oficial hablaba por el teléfono con Quique, Ciprián saludó amigablemente a un hombre que lo miraba a lo lejos desde la sala de esperas. Acababa de intercambiar con él algunas palabras mientras buscaba el número de teléfono de Quique en su cartera. No tenía más que halagos hacia una foto de Margarita, que logró capturar con el rabo de su ojo dentro de la cartera abierta de Ciprián. No pudieron continuar su conversación porque fue interrumpido por el oficial, que lo llamó para que hiciera su llamada.

Cuando se sentó nuevamente en la sala de espera, el hombre ya no estaba. Los policías detrás del escritorio, quienes al parecer no veían importancia en respetar la privacidad de sus detenidos, se pusieron a discutir uno de sus casos frente a todo el cuartel.

—Mira. Nos trajimos arrestada por posesión de drogas a la señora y ella llamó al muchacho ese que estaba sentado allí para que la viniera a buscar —dijo el policía, apuntando a la silla que estaba al lado de la de Ciprián. El resto de la audiencia, sentada en la sala de espera, le siguió el dedo hasta que todos se quedaron mirando a Ciprián.

—¿Cuál? ¿El gordo con las gafas de Héctor Lavoe? —dijo el otro policía.

—Ja, ja. No. El que tiene la mancha esa roja en la mano —dijo el policía. Se rascó la mano con asco, como si fuera él quien tuviera el lunar. El policía se refería a ese con quien Ciprián había conversado poco antes.

—Sí, me recuerdo. Vi que se lo acaban de llevar. ¿Por qué lo tienen en cuestionamiento? —dijo el otro policía.

—Pues, mira. Él estaba ahí sentado, de lo más inofensivo pero, cuando buscamos para ver si tenía antecedentes, encontramos que el muy condenado tenía un chorrete de páginas de historial —dijo el policía, luego miró a los lados para añadirle un tono de suspenso al chisme. Quería dejar lo mejor para lo último—. ¡Violencia doméstica y agresión sexual, papi! ¡Ja, ja! —dijo a toda voz, golpeando el escritorio con sus nudillos entre cada palabra y culminando con un aplauso.

¿El señor sentado al lado de Ciprián? Es cierto que las apariencias engañan.

El altercado con la policía le ganó a Ciprián una visita al psiquiatra. Margarita, dentro de la libertad condicional a la que se sentenció desde temprana edad, se permitía la excepción de salir del hogar para visitar al médico. Los doctores no se prestaban a las visitas particulares como lo hacía el padre José María.

—Bueno Ciprián, en la mayoría de las áreas me contestaste correctamente —dijo el doctor mientras iba escribiendo en su archivo todos los secretos que guardaría para Margarita y Quique—, pero se te hizo un poco difícil repetirme las tres palabritas que te había pedido que te memorizaras. Me fallaste una. Entonces, cuando te pedí que fueras restando de 7 en

7, comenzando desde el 100, te me equivocaste cuatro veces —añadió. El doctor se le quedó mirando a Ciprián. Buscaba algún signo de que recordaba esos minutos largos en donde adivinaba sin acertar y se reía de su propia ignorancia y desconexión mental. Ciprián se quedó en silencio pensativo con la mano en la quijada, sonriéndole a todos los que esperaban su reacción.

—¿Qué significa eso? ¿Se va a mejorar? —preguntó Margarita, agarrando de la mano a su esposo.

—Puede ser algo normal que venga con la edad, pero también existe el riesgo de que se pueda desarrollar algún tipo de demencia, como el Alzheimer. Es muy temprano para diagnosticar —contestó el doctor mientras escribía la receta—. Por el momento, Ciprián, te voy a mandar a hacer algunos análisis. Vamos a tener que darte seguimiento cada par de meses para ver si hay alguna mejora o deterioro —dijo entregándole un papel lleno de los garabatos que a todos los doctores les enseñan a hacer en la escuela de medicina.

Ciprián, como era de esperar, no estaba poniendo atención. Estaba distraído, mirando las cataratas de sudor que caían de la frente del doctor. Con todo y el frío siberiano que hacía en su despacho con aire acondicionado, sudaba más que un caballo.

—Todo va a estar bien, cariño —dijo Ciprián. Viendo que Quique, Margarita y el doctor lo miraban, esperando alguna reacción a las noticias que él no había escuchado, nuevamente decidió fingir pésimamente que comprendía. Mantuvo el silencio pero, para confortar a Margarita, le apretó la mano fuertemente y se la besó con cariño.

Sabía que, sin importar lo que dijera el doctor, estaba en buenas manos con su querida esposa. En ese momento, no estaba en condiciones para ver más allá que eso, pero el haberse casado con Margarita le ahorraría muchos malos ratos desde temprano en su vejez, más temprano de lo que nunca imaginó. Para eso se la había pescado, para evitar quedarse solo e incapacitado, tener que depender de sus hijos, viviendo en una casa que no podía llamar suya o, que Dios lo librara de la opción más probable, de terminar siendo segregado a un asilo. Se había conseguido a Margarita para que lo cuidara con amor y dedicación hasta sus últimos días.

Estaba ya viejo cuando Rita murió, muy viejo como para meterse en los dolores de cabeza que implicaba tener una relación nueva. No necesitaba amar. No tenía por qué más buscarse otra esposa. Pero la vida de retirado nos dio mucho a pensar en la soledad. Lo que Margarita no sabía era que, aunque Ciprián genuinamente llegó a amarla como esposa, más que a las otras dos, de no haberla conocido a ella primero, fácilmente le hubiera dejado el tostón a cualquier otra señorona tolerable, dispuesta y con el corazón tan grande como para jamás pensar en dejarlo durante sus momentos de máxima vulnerabilidad. Todo comenzó por conveniencia egoísta y terminó en amor. Romántico, ¿no?

CAPÍTULO XXI
La casa gana
Mi diario: 21 de enero de 1962

Pasé primero por la sección de las tragamonedas. Poco interesante. Lo que había era puros viejos, eslembados por la musiquita que salía de las máquinas, engatusados por las míseras limosnas que se ganaban, atándose los brazos a la palanca para no dar fin al juego. Seguirían jugando el resto de la noche, motivados por pura ilusión, por la esperanza de que el próximo bajón de la palanca los sorprendiera con el gran premio.

Pasé por los juegos de cartas. La gente ahí parecía un poco más refinada, como que sabía lo que estaba haciendo. Jugaban el Póker y el Veintiuno. Esos juegos de cartas, yo no los entiendo para nada. Yo no sé las reglas. No sé cuánto vale cada carta, así que no sé contar. No sé apostar, ni mucho menos las estrategias que usan para ganar. No. Las cartas no son para mí.

Por último, me topé con la ruleta. Ahí un chico bastante guapo acababa de ganar muchas fichas. Me senté a su lado para verlo jugar, a ver si aprendía algo. Volvió a poner casi todo lo que ganó en la mesa en los cuadritos con números.

En un número ponía dos, tres, cuatro, hasta diez fichas de diferentes colores. Iba tan rápido. Sabía lo que hacía. A veces ponía las fichas entre dos cuadritos. Esa parte no la entendí. Lo que sé es que la bolita siempre caía en un número donde tenía fichas apostadas. Cada vez se hacía de más y más fichas. Imparable era el chico.

Se detuvo repentinamente. Tomó todas sus fichas y se cambió de mesa. Habrá sido una de sus estrategias. A lo mejor así tenía más suerte. Desde donde estaba sentada no pude seguir observándolo ni aprendiendo. Sin él, yo ya no tenía más que hacer en la mesa así que, disimuladamente, me puse de pié, fui al baño un minuto y regresé. Me senté en la misma mesa que él.

Aún no me atrevía a dirigirle la palabra. Tenía un velo de misterio alrededor de él que me llenaba de intriga. Quería pedirle que me enseñara a jugar como él, pero soy una chica demasiado tímida. Esperaba que, sentada a su lado, a lo mejor él tomara la iniciativa y me haría el primer acercamiento. Le tiré algunas sonrisas amistosas, pero nunca me devolvió ni la mirada. Se quedaba serio. Estaba concentradísimo en su juego. Sabía lo que quería y no se iba a dejar distraer por una simple chica como yo.

Le dijo algo al oído del muchacho que le daba vueltas a la ruleta, como un secreto del que no quería que nadie más en la mesa se enterara. No hizo más que terminar su charla y la bolita se detuvo. Nuevamente un número ganador. ¿Será que estaban haciendo alguna trampa juntos? No me sorprendería entonces cómo había ganado tanto dinero.

Traté de fijarme más en lo que sucedía, velando con atención ambos al muchacho detrás de la mesa y a ese guapo jugador, a ver si podía descifrar la trampa. Tal vez cambiaba la bolita, o de alguna otra manera hacía que la ruleta coincidiera con la bolita en un número específico, o lograban distraer a todos los jugadores alrededor de la mesa mientras las fichas brincaban por arte de magia de una casilla perdedora a una ganadora.

Lo que sea que estaban haciendo, lo hacían bien. Nunca pude averiguarles el truco. Se aparecieron dos guardias de seguridad frente a mí para sacarme del casino. Decían que estaba molestando a los clientes. ¡Yo ni siquiera hablé con nadie! Algo se estaban tramando ellos dos en la mesa. Yo no soy estúpida. Sabían que estaba buscando el truco que tenían y habrán pensado que los iría a delatar. Esa no era mi intención. Lejos de eso. Me había metido al casino porque quería aprender algo nuevo, tener una aventura. Yo solo quería aprender, no meterme en líos.

El casino ha sido solo una de varias experiencias desalentadoras con el mundo. No puedo salir de casa sin que alguien me saque de donde esté. Tiene que venir un o una sinvergüenza a mirarme y a juzgarme, a hacerme todo tipo de comentarios soeces: cómo camino, la ropa que visto, mi maquillaje; como si esas cosas tuvieran alguna importancia.

Justo el otro día, no hago más que mirarme en el espejo de una tienda de vestir por dos segundos y ya escucho los ataques de la gente:

«¿Señora, qué hace aquí tan mal vestida? Su ropa está desgarrada y manchada por todos lados. No está en su casa. Este es un establecimiento público. ¿No se abochorna?»

«¿Para qué se molesta en arreglarse el cabello todo desgreñado? ¿Pretende así verse bella? ¡Qué vergüenza ajena me causa usted!»

«¿A quién le sonríe? ¿A sí misma? ¿Realmente se cree que todavía le queda jugo del de antes? ¿Qué busca? ¿Quiere comprometerse con otro que no la soporte hasta el punto de convertirlo en maricón?»

Los valores de mi Puerto Rico se han perdido. La gente no tiene decencia y le sobra la crueldad. Irrespetuosos.

Ni siquiera cuando voy a misa puedo tener paz con Dios. A nadie tiene por qué interesarle cuánto dinero echo en la canasta de colecta. Si a juicio de un desconocido echo demasiado o muy poco, es mi problema, no el de los demás. Yo doy a Dios y a los pobres lo que puedo. Tampoco tienen por qué estar cuestionando el hecho de que quiera comulgar, haciéndose ellos los más santos y más puros. Además, ¿qué rayos les importa si estoy gorda o flaca? ¿Tan intrigante es el tema como para profanar la santidad de la misa?

La iglesia se supone que sea para pedir el perdón a Dios, para alabarlo, para aspirar a ser mejor persona y ganarse el cielo. Esos mismos que tanto me critican son los más que rezan, los más que se confiesan, los más que creen merecerse la bondad de Dios pero, tanto dentro como afuera de la iglesia, ignoran sus enseñanzas. Lo que hacen es provocarle daño al prójimo, no por accidente, sino por voluntad propia. Son esos supuestos seguidores ejemplares de la fe quienes más ríen, quienes más miran, quienes más juzgan y chismosean a mis espaladas.

Me siento perseguida, como si el mundo me hubiera puesto una bolsa de plástico en la cabeza y estuviera solo esperando a que chupe todo el aire adentro, hasta asfixiarme. Para recibir solo burlas e insultos de cualquier pendejo en la calle, mejor me quedo en casa. No salgo. Aquí estoy tranquilita y tengo todo lo que necesito. Puedo estar cómoda y relajada; puedo entretenerme escuchando la radio o viendo la televisión; puedo cocinar; puedo cuidar a mamá, que ya se está poniendo viejita. Si hay alguien que verdaderamente me necesite, que honestamente quiera venir a verme, que venga. No. Afuera lo que hay es puro odio. El mundo, si sigue así, se va a acabar pronto. ¡Que Dios se apiade de él!

Al menos tengo a mamá siempre conmigo apoyándome. Se mantiene saludable a pesar de sus años, gracias a Dios. Desde que papá murió, se la ha pasado intercambiando cartas con mi tía en Nueva York, a quien siempre llama por 'la comay'. Con las cartas mantienen el vínculo familiar y se apoyan una a la otra. Ella también perdió a su esposo recientemente, pero no tardó mucho en volverse a casar.

Su nuevo esposo es un cincuentón divorciado de Arecibo. Dice abiertamente que no se casó por amor. Eso lo ve como un sentimiento imposible, algo reservado para jóvenes, quienes todavía se prestan para creer en fantasías. Se casó por conveniencia. Ella, costurera de vestidos y ropa interior en una fábrica, no ganaba lo suficiente para vivir sola decentemente. Se sentía insegura, ya que en cualquier momento la podían botar de ahí. Era la costumbre cuando las cosas se ponían malas. Él hace buen dinero comprando carros allá y exportándolos para un socio que tiene en Puerto Rico. Con los ingresos que aporta pueden vivir bien, con la estabilidad que ambos necesitan para sobrevivir los tiempos fuertes.

Tampoco es que solo se haya casado por su dinero. Dice que lo más importante es que los dos pueden convivir bien y feliz. Él la quiere mucho, la trata bien y con respeto. A cada rato le trae un detalle para enamorarla. Fantasías, dice ella, pero no se queja de los detalles.

Se siente afortunada de que no es un hombre de vicio, como muchos puertorriqueños se tornan al verse con tanto estímulo exótico por todos lados. No toma drogas y casi ni bebe. Se mantiene alejado de quienes se le acercan con malas costumbres. Dice que esa es la gente que te mete en problemas, presionándote a que te envicies o metiéndote en peleas y situaciones que ellos mismos se buscaron. Según él, el mal te llega más rápido si lo que tienes es mal a tu alrededor. Por eso, él se rodea solo de amistades en quienes confía, sin tener que aguantar presión alguna; ellos ya lo conocen bien.

Mamá, al leer las historias de mi tía y su nuevo hombre, las vive y disfruta como si estuviera con ella. Sin embargo, al considerar buscarse un nuevo esposo, dice que con imaginárselo basta, que papá fue y será el único en su vida. Dice que a ella no le falta nada, que no tiene necesidad de echarse otro hombre encima que venga con vicios, o a decirle lo que tiene que hacer y para dónde puede salir. Seguramente, le echaría también encima la responsabilidad de cuidarlo cuando no pudiera más consigo mismo y de limpiarle la mierda hasta que se muriera. Eso de tener que cuidarlo es lo más que le preocupa. Es inevitable, porque las mujeres siempre duran más que los hombres.

En la última carta que mi tía envió, no paraba de mencionar lo impresionada que estaba con las destrezas de brujita de mamá. Mamá le hizo un recuento completo de cómo logró transportarse espiritualmente a su casa en el Bronx. Resaltó el reguero de libros, revistas, papeles, escritorios, abanicos viejos, sillas, ropa vieja, cajas con herramientas, piezas de carros usados, potes de jalea llenos de clavos y tornillos, entre muchas cosas más en la habitación, que llamó 'el cuarto de los espantos'.

Catalogó como 'horripilante' el papel amarillo con florecitas rojas y líneas azules forrando las paredes de la sala, pero se enterneció al ver los dos cachorros que corrían contentos de la sala a la cocina. Sin embargo, les advirtió del olorcito que se estaba propagando por toda la casa. Debajo del sofá tenían papeles de periódico remojándose en orín como parte del entrenamiento de los perros, pero no se percataban que también el orín se estaba curando entre los cojines y almohadones del sofá.

Para ella, el descubrimiento más grande fue el de una foto rarísima suya, nunca antes vista, con papá y mi tío fantasma frente al Castillo San Cristóbal. Lo rarísimo no era ni su compañía, ni el paisaje de fondo, sino que ese día fue el primero y último en que la verían con el cabello alisado y tintado de rubio. A papá no le gustaba el cabello teñido. Decía que él se había casado con ella porque la veía bella a lo natural, que no tenía por qué estar poniéndose porquerías en el pelo para verse mejor.

Lo que más nos duele a ambas de la muerte de papá es que ocurrió antes de tiempo, por él no querer cuidarse. Nunca quiso ir al doctor. Tampoco le quiso mencionar a nadie que no se sentía bien hasta que ya fue muy tarde. Nos llegamos a enterar por sorpresa al tener que ajorarnos hacia el hospital.

Se quejaba de unos dolores fuertes en el abdomen que no lo dejaban caminar. Naturalmente, lo primero que pensamos fue que estaba lleno de gases, nada más grave. Sin embargo, la enfermera descubrió, escondido en su calzoncillo como un tampón de mujer en regla, un bollo de papel de inodoro desbordado en sangre. Aunque papá se negaba a confesarnos por cuánto tiempo llevaba ocultando su enfermedad, la enfermera nos aseguró que el nivel de desangre que tenía se había desarrollado durante meses largos.

Así de pronto como supimos de su condición, perdí a papá. Sin aviso. Sin despedida.

Nunca caí en cuenta del significado que esto tendría en mí para el resto de mi vida. No tuve tiempo. Había perdido al hombre más importante de mi vida pero estaba inmersa en los preparativos para el funeral y la semana del rosario para los difuntos. Mamá había quedado devastada. Ella, siempre pendiente a todo, pasó esos días distraída y muda. No podía ayudar en nada. Mi hermano, hombre al fin, dejó que yo hiciera todo.

En la segunda noche del rosario, pude comprender mejor lo que sucedía. Yo estaba preparando los entremeses, unos sándwiches de mezcla. Tenía lista la jamonilla, el queso, y la mayonesa para meterlos en la licuadora, pero me faltaba la lata de pimientos morrones para completar la mezcla. Mamá estaba en el comedor mirando por la ventana hacia afuera. Intenté pedirle que me ayudara a conseguir la lata, pero seguía igual, muda.

Tuve el presentimiento de que algo ocurría, algo más allá de esa depresión que le había caído encima. Me le acerqué y le toqué la espalda. Tardó varios segundos en reaccionar, pero me miró y me sonrió. Apuntó hacia unas nubes a lo lejos, aún muda. No sabía qué quería que viera, qué tenía que buscar. Pero ella sí sabía, para ella era evidente lo que tenía en frente y le parecía maravilloso. Me agarró por el brazo y me jamaqueó violentamente, como para que no llegara a perderme algo grandioso, pero no logré ver lo que ella vio.

Fue en ese momento, después de casi una semana de silencio, que recobró conciencia de su ser. Retomando la calma, me contó que lo que acababa de ver posado entre las nubes había sido el Gran Poder de Dios. La divina presencia parpadeaba sus ojos y la miraba directamente a los suyos con su infinito amor. Para ella, esa aparición fue prueba de la grandeza de Dios, un signo de que papá estaba en buenas manos, de que recobrara sus fuerzas y no dejara de creer en él. Esa aparición la llenó de fe.

CAPÍTULO XXII
Recuerdos pasajeros

Nena, hoy por la tarde hablé con Simón y me dijo que el Cash & Carry había cerrado —dijo Ciprián, dándole las noticias a Margarita como si aún no pudiera creer lo sucedido. Lo dijo de la misma manera en que reaccionó más de una década atrás, cuando Simón decidió venderle el negocio a una cadena grande de supermercados para disfrutar de su retiro.

—¿Ahora qué está haciendo? —preguntó Margarita. Ella sabía que, luego de cerrar la venta, se retiró para encargarse de los padres de Ciprián. Ésta era su manera de torturarse a sí misma. A veces recibía la respuesta correcta, a veces no. Hacerlo quizás le daba la esperanza de que su esposo aún estuviera ahí, de que no lo estaba perdiendo.

—Es un alivio saber que cerró, ¿sabes? —dijo Ciprián. Continuó hablando de lo que tenía en la cabeza como si estuviera hablando solo, ignorando la pregunta de Margarita—. Cuando me mudé de Arecibo y le dejé el Cash & Carry, me había quedado con la copia de las llaves del almacén. Tú sabes, sin querer. Después de ese día, cada vez que regresaba de visita a Arecibo se me quedaban por acá en el área metro

—dijo, pero luego pausó y miró a Margarita, buscando signos de que comprendía la importancia de la situación. Ella no parecía saber de lo que hablaba—. Esa era una gran preocupación que tenía yo —añadió, entrelazando los dedos de ambas manos y agitándolos sutilmente hacia al frente y hacia atrás, agradeciéndole a Dios por haberle relevado una enorme carga de encima—. ¡Solo había un set de copias! Si a Simón se le perdían las llaves, iba a estar en problemas.

—Sí. ¡Dios Santo! Gracias a Dios no pasó nada —dijo Margarita. Fingía. Se acostumbró a actuar para mantener a Ciprián calmado. Sabía que, discutiendo con él y corrigiéndolo cada vez que decía algo sin sentido aparente, no hacía más que confundirlo a él y estresarla a ella.

—Yo con la preocupación de la llave en la cabeza y, adivina, ¿quién tú crees que me llamó hoy? —preguntó Ciprián.

—Me dijiste que te llamó Simón, ¿no? —dijo Margarita con sus cejas confundidas.

—¡Exacto! Me contó que el Cash & Carry había cerrado —dijo Ciprián. Esta vez se lo contó en voz baja, como tratándose de un chisme—. ¡'Chacha! —dijo dando una palmada fuerte—. ¡Cuando él me dijo eso fue como quitarme un peso de encima! Yo me quedé con la llave del almacén cuando me mudé de Arecibo —dijo, una vez más buscando en los ojos de Margarita signos de preocupación por la noticia.

—¡Ay Virgen! ¿Y si a Simón se le perdía la copia? ¿No tenía más que una, no? —preguntó Margarita preocupadísima. ¿Qué más daba? Seguirle la corriente a su esposo seguía siendo la mejor opción.

—Ja, ja, ja. ¡Eso mismo estaba pensando yo! De repente, me llama Simón por el teléfono, como si yo lo hubiera llamado con mi mente —dijo y se tomó una pausa de unos segundos, luego continuó tratando el tema muy seriamente—. Mira. Yo le dije que si necesitaba la llave, se la podía dar. Yo no la necesito. El negocio no es mío ya —dijo, limpiándose las manos del asunto—. Pero, mira nena, ¡el alivio que me dio cuando me dijo que el negocio cerró!

—¡Mi madre! ¡Mira la hora que es! —dijo Margarita al mirar su reloj. Esa era su forma de desviar la conversación cuando Ciprián comenzaba a tocar su disco rayado. Cambiarle el tema lo sacaba de su tren de pensamiento, pero al menos salvaba a Margarita de una conversación interminable—. ¿Puedes acompañar a Paty al colmado? Debe estar por llegar. Necesitamos pan, leche y huevos.

—Sí. Bueno. Déjame ver si tengo chavos —dijo Ciprián. Alcanzó la cartera en su bolsillo trasero y la abrió. Estaba repleta de tarjetas de peritos, a quienes añadía a su colección cada vez que pasaba por alguna ferretería, pensando que les serían útiles para remediar cualquier cosa en la casa, junto con una pila de recibos de compras, que acumulaba de meses atrás—. Estoy pela'o. Me quedan tres pesos.

—No, mi amor, si no necesitas dinero. Recuerda que yo le pago a Paty a fin de mes —dijo Margarita.

Paty llevaba más de veinte años trayendo los pedidos de compra de la familia, desde que Margarita se convirtió en una retraída. ¿Por qué se convirtió en una retraída? No lo supe. Cuando Ciprián la conoció, le pareció algo normal. Ella siempre ponía excusas para no salir. Prefería invitarlo a comer y pasar el tiempo con ella en la casa. Cuando él trajo el tema a la conversación, ella simplemente dijo que no le interesaba salir, que se sentía a gusto ahí. Lo dijo con suficiente incomodidad en la atmósfera como para que él no volviera a sacar el tema. Daba igual. Él podía salir cuando quisiera.

Mi teoría era que tenía que ver algo con el altar ese extraño montado en la parte de atrás de la casa. Era una casita hecha en madera con una estatua de busto de Cristo en tamaño real. Llevaba su corona de espinas espetada en la cabeza, con la sangre corriéndole por la frente y una cara de eterno sufrimiento mirando hacia el cielo. Margarita le tenía puesto un rosario negro, grande y grueso alrededor del cuello. La cruz del rosario tenía incrustada a su propia figurilla de Cristo crucificado. Éste descansaba colgando de la ranura de un envase de cristal lleno de agua frente a la estatua.

Alrededor de la estatua había velas grandes; rojas, blancas, amarillas, verdes, de todos colores, con imágenes de los santos o ángeles por los cuales quemaba cada llama. Esparcidos por el altar, también estaban estatuillas de no más de seis pulgadas. Una era de la Santa María, otra de Santa Bárbara, otra de San Francisco de Asís y otra de un señor común y corriente engabanado de negro con un sombrero puesto. Junto a las estatuillas había una sortija en oro de dieciocho quilates con la cara de un jefe indio, su cabeza cubierta en plumas. Según Margarita, fue el anillo de bodas de su papá.

Fue su madre la que le hizo prometer que mantendría el altar. Según ella, era una clarividente. Yo, lo que no entiendo, no puedo ni aceptarlo ni negarlo, especialmente cuando alguien de tanta confianza como Margarita lo cuenta, habiendo atestiguado los poderes de su propia madre. No obstante, a Ciprián, cuya familia no creía en esas cosas, le daba escalofríos cada vez que se metía en ese cuarto, especialmente durante la noche. Evitó meterse en esa habitación inclusive cuando empeoró su condición y dejó de ser él mismo. Merodeando por la casa llegaría a ese cuarto y las malas vibras le harían seguirlo para el lado contrario. Sabrá Dios si eso del espiritismo y la santería fue lo que mantuvo a su pobre esposa clavada en los confines de su hogar.

Volviendo a Paty, ella era una cuarentona soltera cuando Ciprián se mudó a la casa de Margarita. Recordaba verla siempre vistiendo esos mahones pegadísimos con sus tenis negros de caminar y camisetas que, considerando las abundantes libras que tenía de más, tenían que meterse a presión bajo su cinturón. Tenía el pelo corto, ningún pelo más largo de media pulgada. Solía cubrirlo con una gorra de beisbol. El dinero y la lista de compras quedaban apretados entre otras cosas dentro de su mariconera. Era una mujer muy responsable, pero a su vez reservada, por lo que Ciprián poco más supo de ella, solo lo suficiente como para juzgar.

—¿Paty es la lesbiana? —dijo Ciprián con su sonrisa de pícaro. En cualquier momento de la vida, los recuerdos más fuertes son generalmente los más sucios. Normalmente, ese pensamiento se lo hubiera quedado callado pero, con su condición, no tenía restricciones. Decía lo que pensaba.

—No seas grosero. Ella es solo machúa. No significa que por eso le gusten las mujeres. Toma. Acaba de comer, para que se vayan, que ella va a llegar ya mismo —dijo Margarita, dándole el último bocado de comida, luego se levantó de su silla y comenzó a recoger la mesa.

—Pero, nena, ¿para dónde es que vamos ahora? —preguntó Ciprián. Le estaba malo el que, a última hora y sin involucrarlo de antemano, se hicieran planes para salir.

—Vas con ella al colmado. Recuérdate: pan, leche y huevos —dijo Margarita.

—Pues, no sé. Entonces déjame ver cuánto dinero tengo —dijo Ciprián de mala gana. Alcanzó nuevamente la cartera en su bolsillo trasero y la abrió. Rebuscó entre la papelería que tenía adentro, contando sus dólares—. Me quedan tres pesos. ¿Cuántos tú crees que necesito?

—Mi amor, Paty lo va a pagar —dijo Margarita desde la cocina mientras fregaba los platos, con tono que tambaleaba sobre la línea de la paciencia.

—OK, OK, mi amor —dijo Ciprián. De momento, se encontró sentado en la mesa vacía. Su esposa, ocupada en la cocina, hacía ruidos con los trastes—. Oye nena, ¿cuánto falta para el almuerzo?

Así comenzó y se siguió desarrollando su confusión permanente, un estado de duda interminable donde cada minuto le hizo cuestionarse cómo encajaba él con su alrededor. Se perdía en sus pensamientos, desesperadamente intentando buscarle sentido a todo. Era una tarea imposible de completar. Él mismo perdía conciencia de lo que estaba buscando. Él mismo daba círculos con sus propios pensamientos, sin percatarse de que las horas pasaban y él no llegaba a nada. Él mismo trataba de normalizar su vida pero no tenía forma de saber que, lo que lo ataba a mí, seguía en deterioro. Yo no podía hacer más que mirar y esperar a que me llegara el turno esporádico para volver a administrarle sus recuerdos. Así podía regalarle al menos unos segundos de paz.

A medida que los años pasaron, comenzó a ser perseguido durante las noches por las aterrantes imágenes de los cuerpos carbonizados que una vez intentaron escaparse de su Cherokee en llamas. Pero esto no era una simple pesadilla. Al igual que las ideas o lo que se imagina cuando se está despierto, las pesadillas se crean combinando recuerdos de cosas reales o de cosas ya imaginadas. Están compuestas de piezas conocidas, piezas con las que ya se hizo paz. De alguna manera u otra, una persona común y corriente está preparada para visualizar lo más crudo que la cabeza pueda imaginarse. Sin embargo, con Ciprián resbalándose de entre mis manos, el proceso dejó de ser el mismo.

Aquí él no estaba reviviendo a esos fantasmas de su pasado, esos que había dejado atrás. Su problema fue que ya no eran suyos esos recuerdos tan vívidos y terribles de su juventud. No los reconocía como tal. Ciprián, en su condición, estaba ahí durmiendo en su cama con la mente tan limpia como la de un niño. No tenía forma de prepararse para lo inesperado, para imaginar lo inimaginable. No tenía forma de prever el trastorno que le causaría tener una película tan morbosa descargada sin aviso a su cerebro.

Un infante completamente carbonizado: ojos, orejas, boca y nariz indiscernibles; su cabello consumido por la candela. El azufre. El pútrido olor a azufre. Repentinamente, la criatura comenzó a llorar. ¡Estaba vivo! Ciprián ahuyentó las llamas para tomarlo en sus brazos, los cantos de piel remanentes del bebé resbalándose fuera de su pequeño cuerpo y deslizándose por sus brazos hasta caer al piso de la avioneta. El lloriqueo de ese ser humano irreconocible se intensificó. Ciprián trató de calmarlo como lo hizo con sus propios hijos al nacer: meciéndolo, cantándole, pero no cesaba de llorar. Esos cariños no le sanarían sus quemaduras.

De momento, posó su mirada en el hombre prieto que ardía en llamas. El estado de terror en sus ojos era aún apreciable después de muerto. Un pedazo de cristal sangriento le atravesaba el cuello. Podía ver su imagen reflejada en ese cristal, la de un Ciprián más joven y despreocupado, mucho más calmado de lo que él lo estaba, poco perturbado ante el caos a su alrededor.

—¡Ciprián! —gritó ese prieto que había dado por muerto.

El terror lo llevó a lanzarse de su cama y despertar bruscamente contra el suelo. Las paredes de la casa de Margarita, la cama, las ventanas, nada le era familiar. No sabía dónde estaba ni cómo había llegado a ahí. ¿Cómo se sanaría del trastorno de una pesadilla si, al despertar, no podía ubicarse a sí mismo entre la paz de su propio hogar, como lo haría una persona común y corriente?

Se encontraba solo entre las tinieblas, sudoroso, con el corazón en la mano a punto de estallar. La puerta de su habitación, su único escape, estaba cerrada y no podía abrirla. Temía estar aprisionado dentro de la casa de algún psicópata que le hubiera drogado y que, en cualquier momento, regresaría para hacer lo que quisiera con él. Forcejeaba la cerradura y golpeaba la puerta con todo su brío, solo para llenarse de angustia ante el fracaso, frustradamente recostando su cabeza contra ella y quedando de rodillas en el suelo.

—¿Ciprián? ¿Quieres ir al baño mi amor? —preguntó Margarita. Ella no tenía más opción que mantenerlo encerrado en su habitación durante las noches. Era por su propia protección. Ella sabía que la noche lo confundía y le hacía deambular por la casa, aunque seguramente no se podía imaginar por lo que realmente estaba pasando.

—Sí —dijo Ciprián. Había olvidado el porqué de su pánico. Había olvidado la pesadilla que acababa de tener y al psicópata que lo tenía encerrado. Lo olvidó muchas veces antes y lo olvidaría muchas veces después, con o sin Margarita llegando a su rescate. Al final de todo, ese temor, esa angustia y confusión se reducían simplemente a tener ganas de mear.

—Vamos. ¡Pero no me orines toda la tapa del inodoro, por el amor de Dios! —dijo Margarita.

CAPÍTULO XXIII
Salida a tiempo
Mi diario: 29 de septiembre de 1961

A mamá la he visto haciendo riegos y mejunjes desde que tengo memoria; desde pequeña, cuando se me trancaba la mano durante los dictados de la escuela y no podía terminarlos. Fue ella quien me la curó. Sabe lo que tiene que saber para proteger y ahuyentar a los espíritus que quieren hacer daño. Sin embargo, para mi sorpresa como adulta, es igualmente adepta a la magia negra.

La cabeza de un pobre pollo rodó, decapitada a sus manos. Ángel nunca se imaginaría que su nombre sería escrito a lápiz en un papelito marrón y metido dentro de un pollo desangrado como parte de un ritual espiritista. Tampoco imaginaría a la que hubiera sido su suegra querida, prendiendo en llamas la funda de papel con la que envolvió al pollo y dejándola tirada en el cruce con cuatro calles, el mismo cruce que tantos años atrás usamos para protegerme del señor engabanado sentado en el sofá de la sala.

Mi consuelo es saber que, por lo menos, Ángel me fue sincero. Dio la cara como hombre que es al decirme que no podía casarse conmigo. Se tenía que ir. No podía seguir fin-

195

giendo estar feliz a mi lado. No quería arruinarme la vida. No quería que estuviéramos viviendo tristes, miserables y arrepentidos de haber pasado una vida juntos. No se sentía como que podía traer criaturas a este mundo para crecer dentro de la ilusión de un matrimonio feliz. No se sentía como que podría jamás mirarme a los ojos con el amor que merecía.

Mamá no estaba convencida. Para ella, era pura mierda. Al terminar su conjuro me aseguró que, el mariquita ese, apodo que le puso ahora, no me podría hacer más daño. Estaba segura que la historia que me contó Ángel se la había inventado para poder escaparse con otra. Yo no creo que estuviera mintiendo. No está en su personalidad. Él nunca me ha mentido y no tiene por qué hacerlo ahora. Si él me dice que finalmente se ha encontrado a sí mismo y que prefiere a los hombres en lugar de las mujeres, yo le creo.

Mi hermano, por otro lado, para nada pareció estar sorprendido. Él siempre consideró a Ángel como un hombre de porte afeminado, desde el timbre agudo y aflautado que caracterizaba el final de cada frase que salía de su boca, hasta los manierismos exagerados de muñeca partida que las complementaban. Recuerdo que, cuando comencé a salir con él, me mencionó esas peculiaridades. Yo les hice caso omiso. Estaba enamorada. Con el tiempo habrá visto que las cosas se estaban poniendo serias entre nosotros y no habrá querido volver a mencionar el tema. La verdad es que yo nunca supe diferenciar su lado masculino de su lado afeminado. Para mí era todo un galán, un hombre elegante, hecho y derecho.

Evidentemente, veo con ojos ciegos ese tipo de cosas.

En Nueva York dice que estará más cómodo consigo mismo. Como están las cosas en este país, terminaría muerto, tirado en una quebrada si la gente equivocada se llegara a enterar de su condición. Tendría que vivir la vida de un prófugo, aceptado solo por gente con su enfermedad. Con suerte, haciéndose el macho mantendría su trabajo porque, de lo contrario, ni la iglesia se apiadaría de él.

Tampoco es que en los Estados Unidos lo vayan a recibir con las manos abiertas. Mi tía que vive allá dice que los gringos tratan a los puertorriqueños, a pesar de que tenemos la ciudadanía desde recién nacidos, como tratan a los pobres negros. Así será con Ángel, le gusten los hombres o no. ¡Lo que tiene a su favor es que es una ciudad tan grande! Me dice que hay más o menos ocho millones de personas viviendo allá. Con tanta gente, podrá vivir tranquilo siendo quien es y encontrarse un enamorado con quien pueda convivir sin líos. Nadie tiene que estar cuestionándolo ni criticándolo por lo que haga o deje de hacer. Nadie tiene por qué estar chismeando a cerca de los detalles de su vida personal. A nadie tiene por qué importarle.

No sé si ese brujo que le puso mamá me habrá ayudado a ser más fuerte o si, simplemente, fue que me dolió menos el que Ángel me dejara por otro hombre en vez de por otra mujer, pero me sorprendo conmigo misma. Con lo mucho que he estado sufriendo, igual de temblorosa y llorona que me sentí las veces que estuve en el hospital, me entró un miedo tan real de volver a caer. Pero pude aguantar. Me mantuve firme. No dejé que mis pensamientos se apoderaran de mí otra vez.

Papá me dice que debo poner todo en un ámbito positivo, que piense en todas las oportunidades que este cambio puede traer en mi vida, que piense en cómo rehacerme. Me dice que el ser humano es el único animal con lenguaje, que ese lenguaje es el que nos permite organizar las cosas en la cabeza y tener pensamientos más grandes y más complejos. Según él, el tener esos pensamientos más grandes y más complejos va creando hábitos en el día a día. Son hábitos que, al parecer, están anclados a la forma en la que pienso. Son simplemente eso, hábitos, y no necesariamente se desarrollan para hacerme bien.

¿Estará insinuando que estoy engordando? Creo que se refiere a las porciones más indulgentes que me he estado sirviendo durante la cena y a todos los caramelos que últimamente me he estado metiendo a la barriga como postre. Es cierto que al mirarme al espejo me veo más redondita pero, es que no hay nada mejor que la cocina de mamá. ¿Habrá seleccionado cuidadosamente esas palabras metafóricas solo por no querer herir mis sentimientos?

Dice que, si quiero cambiar algo en mí, debo estar consciente de lo que pienso y encontrarle el lado positivo a mis pensamientos negativos. Mis hábitos cambiarán automáticamente y actuarán de acuerdo a esos pensamientos positivos. Mientras más practique esto mejor porque, si bien los pensamientos influyen a los hábitos, los hábitos también influyen a los pensamientos. A medida que vaya mejorando mis hábitos, estos me traerán experiencias más positivas. El tener más experiencias positivas hará que se me facilite pensar de manera positiva. Es un círculo que se retroalimenta.

Brillante. Esa era su manera cuasi-intelectual de decirme que debo tomar conciencia de lo que como. Debo decidir si mi cuerpo me llena de antojos por verdadera necesidad o si es por puro capricho. Siguiendo ese hábito de escuchar a mi propio cuerpo, éste irá pidiéndome cada vez menos de esos puros caprichos hasta devolverme a mi peso de siempre y mantenerlo ahí donde debe estar. Yo no hice más que sonreírle. Eso a mí no me importa pero, si él se tomó el tema con la delicadeza que lo hizo, es porque se preocupa por mí. Yo sé que papá siempre está velando por mi bienestar.

Me dijo que confiara en él, que lo que dice es un hecho, no son inventos. Pensar así fue lo que lo sacó del abismo y le ha traído muchas bendiciones. Él me asegura que así pudo llegar a trascender hasta convertirse en un dios, que jamás lograría alcanzar iluminarme sin reflexionar seriamente sobre sus palabras y actuar.

¿Un dios?

Antes de que pudiera reaccionar a tan increíble noticia, sacó de su bolsillo un Almanaque pintoresco de Bristol. Se lo habían regalado al hacer compras en un colmado unos años atrás. La primera página al azar que vio ese primer día estaba titulada "Socorro". Ese es el mismo apellido de nuestra familia. El almanaque tenía ilustrada a una familia sonriente de seis integrantes: tres varones y tres hembras. Había un padre, una madre, un hijo, una hija y dos desconocidos. No era posible que hubiera tanta coincidencia. Tenía que ser una señal, un pronóstico de lo que le esperaba a nuestra familia. Cuando papá vio la ilustración, supo que esos dos desconocidos serían los futuros integrantes de nuestra familia.

El año pasado se casó mi hermano, añadiendo una hija más al elenco. Faltaba uno más. Hasta unos días atrás parecía que sería Ángel quien tomaría el rol. Él no es el elegido, pero eso no significa que el almanaque se equivoca. Al menos sé que no debo preocuparme, que el hombre indicado vendrá pronto, justo como lo profetizó el gran Bristol.

Desde ese día que hablé con papá, he estado reflexionando. Pienso que sus palabras tienen sentido a otro nivel, uno mucho menos superficial al que papá le dio. Él solo quiere verme más flaca y atractiva para que pueda atraerme a otro esposo antes de ponerme vieja y quedarme jamona. Yo quiero ver más allá de los límites de mi cuerpo. Quiero pensar que tal vez haya alguna forma de cambiar las cosas que quiero cambiar en mí misma, de cambiar mi alma.

Es duro ignorar cómo la vida que construía para mí y mi familia se ha hecho cantos. Tenía un plan. Iba a casarme, a tener hijos, a ser pianista profesional y, ¿ahora qué? ¿Por dónde comienzo a pensar positivamente? ¿Dónde está la manigueta que le da vueltas a la máquina de buenos hábitos?

Todo se desvaneció frente a mis propios ojos como si nunca hubiera ocurrido. El único remanente que me quedó, la prueba de que alguna vez estuve comprometida, fue el estúpido cuadro matrimonial que mandamos a hacer con el dibujante profesional. Yo me veía tan bella con el cabello recogido y él, tan galán, recién recortado. Lo tuve todo en las palmas de mis manos y lo perdí. Ahora no me queda voluntad para comenzar desde cero.

Mamá hace lo que puede por consolarme mientras paso las noches arrodillada frente al inodoro, con la cabeza hinchada recostada en la bacineta, secándome a gritos la garganta, bañándome la cara en mi propio llanto. Ella me da mucha agua, me limpia la cara y me refresca el cuello, me da sobos por la espalda y en mis brazos trincados. Cuando me abraza, siento que me abraza con mucho amor. Me arropa con sus brazos y no me deja escapar cuando me atacan las rabietas; esas rabietas donde maldigo a Dios, a su Hijo, al Espíritu Santo y a la Virgen María; esas donde le exijo un por qué;

esas donde le suplico que cure a mi comprometido y me lo devuelva igual como cuando me robó el primer beso. Le ofrezco mi vida, mi devoción, mi sacrificio; todo por volver a estar entre sus brazos, por volver a lo que ya dejó de ser.

¡Basta ya!

¿Qué puede haber de positivo en todo eso? ¿Qué hay de positivo en que me sienta acabada? ¿O en que me pese el pecho y me quede sin aire? ¿O en sentir pellizcos por todo mi cuerpo, picotazos furiosos de un buitre dándose un banquete con mi espalda, mis pulmones y mi corazón?

Cabecidura me dicen. No logro convencerme de mis propios trucos absurdos. Yo soy yo. Intentar comportarme como alguien que no soy sería equivalente a mentirme a mí misma. Prefiero estar sola y ser echada a un lado a estar fingiendo que el conjunto de lo terrible y doloroso que me ocurre no es realmente tan terrible como lo pinto. Hay que ser realista. Es lo que es, con punto y sin peros.

¡Por supuesto que me encantaría pensar en lo positivo! Me encantaría sacarme de encima ese demonio que me persigue, el agobio. Me encantaría volver a estar ciega, inadvertida de la verdad de mi situación. Me encantaría volver a soñar con esa vida que me quedaba por delante, perderme en esos pensamientos mucho más que luchar contra ellos. ¡Tanto mejor es soñar con lo que voy a hacer que, sin éxito, intentar exiliar lo vil de mi ser!

Descargo en esta hoja de papel lo que en mi corazón queda a pesar de que las lágrimas me empañan la vista. La tinta se corre entre mis letras. Ellas lloran también.

CAPÍTULO XXIV
Estrés

La vista y el cerebro traicionaban a Ciprián. No era el tipo de traición común y corriente que tenía que ver con imágenes borrosas o con los achaques comunes de la vejez. Era más que eso.

—¿Sabes quién soy? ¿Cómo me llamo? —le había preguntado a Ciprián una voz extrañamente familiar.

El tamaño de sus ojos, la redondez de sus cachetes, la largueza de sus extremidades, en fin, cualquier atributo de su hija única se iba morfando sutilmente segundo a segundo. Lámina a lámina, se proyectaba frente a sus ojos una película, mostrándole una amplia gama de posibles mutaciones y realidades que hacían de su hija una desconocida más.

Hasta Ciprián estaba dejando de administrar sus propios recuerdos. La norma, desde que nació, fue ver la realidad para luego interpretarla con los recuerdos y reaccionar. Ese trabajo me lo había progresivamente quitado Ciprián estos últimos años, muchos meses antes de que el doctor que sudaba como caballo lo diagnosticara con Alzheimer. Aunque hacía un trabajo fatal, al menos seguía esa norma de realidad-recuerdos-acción. Sin embargo, ahora ni parecía estar seguro que él mismo continuara al volante. Su cerebro y sus ojos conspiraban contra nosotros. Querían virar la norma. Querían comenzar con un recuerdo y ver cómo lo encajaban a la realidad. No les importaba cuánto distorsionaran la realidad. No les importaba que lo que Ciprián veía también lo veía yo, que estaría yo perdido junto a él luchando por ubicarme, orientarme, hacer sentido de mis alrededores.

No podía rendirme. Tenía que estar listo tan pronto me necesitara, tan pronto las cosas volvieran a ser como antes; volver a ser parte de su vida, como cuando lo podía todo. ¿Para qué más estaría aquí?

A la gravedad de su estado se le añadía que poco faltaba para que perdiera su voz por completo. Necesitaba largas pausas para pensar, inhalar y aprovechar la exhalación para escupir las palabras a través de su garganta ronca y gastada.

¿Quién eres? Sencilla pregunta.

—Tú eres… la nena de Celín —contestó Ciprián tímidamente. Claro, adivinaba y fallaba.

—No papi —dijo Irma decepcionada—. ¡Soy tu hija! ¡Irma! —dijo despacio, en voz alta y con mucha entonación, tratándolo como a un sordo en vez de como a un demente.

—¿Tú eres… mi nena Irma? —respondió Ciprián incrédulo—. ¡Mira que linda estás! —añadió mientras intentaba ajustarse la correa que le mantenía sus pantalones cortos altos a nivel del ombligo.

—¿Quién es este manganzón? ¿Lo conoces? —dijo Irma, poniéndole la mano en la espalda a su hermano para confortarlo. Debió ser duro exponerse a no ser reconocido por su propio padre—. Dame acá. Te voy a ayudar —dijo, soltándole la correa y acomodándole la camisilla dentro del pantalón, luego la camiseta blanca que llevaba puesta.

—Apriétala bien. Si no, se me van a caer los pantalones —dijo Ciprián sonriendo.

—Míralo bien. ¿A quién se te parece? —preguntó Irma.

—Mi nene… Pablito —dijo Ciprián, adivinando nuevamente. Ésta vez acertó. Pura suerte.

—¡Muy bien papi! ¡Muy bien! ¡Este es Pablo! ¡Tu hijo! —dijo Irma, luego bajó la voz y se dirigió a su hermano—. Dale un abrazo, nene —le dijo. De sus cinco hijos, él siempre fue el menos afectivo.

—¿Margarita dónde está, papi? ¿Por dónde se metió? —dijo Pey. Al igual que el resto de sus hermanos, sabía que poner a prueba la memoria de su padre era tiempo invertido en vano. Él estaba casi perdido. Sin embargo, quería pasar tiempo con su padre, a quien solo veía dos veces al año durante sus visitas desde los Estados Unidos. No le importaba que no hubiera muchos otros temas de conversación.

—A Margarita… se la llevaron anoche —dijo Ciprián.

Con respecto a la noticia que acababa de dar, ni idea. Él, así de jodido que estaba, tenía que rebuscar entre sus recuerdos a ver qué salía. A mí me tenía conectado por un hilo nada más. Cualquier impacto que podía tener yo en una fracción de segundo de lucidez era minúsculo. Por más esfuerzo que pusiera, en dos segundos se le olvidaría lo que fuera que le enseñara. ¿Para qué romperme la cabeza? Me tocaba relajarme y disfrutar del show.

—Ah, ¿sí? ¿Quién se la llevó? —dijo Pey. Ellos tampoco tenían ni idea a qué se refería. Margarita estaba detrás, en la cocina, hablando con Willie mientras preparaba la jarra de limonada para la visita. Se esforzaba en serle buena anfitriona a sus hijos postizos. A ella nadie se la había llevado.

—Vino en un avión grande... Un señor.... bajó de las nubes y se la llevó —dijo Ciprián. Al terminar, mantuvo los ojos fijamente en los de Pey, mostrando los dientes, con su sonrisa trancada en su sitio.

Pey le devolvió la sonrisa; sonrisa forzada de su hijo menor quien, al escuchar las incoherencias que salían de la boca de su padre enfermo y senil, luchaba por mantenerse como si nada. No quería inquietarlo ni confundirlo. Yo veía cuánta lástima le tenía y cuán inútil se sentía frente a él. Ciprián lo que veía simplemente era la sonrisa de un desconocido interesado en darle su atención y eso le alegraba.

—Pero, ¡si mira quién es! ¡Margarita regresó de su viaje en avión! —dijo Pey, interpretando bien su papel. Exageraba sus gestos, poniendo mucho ánimo. Apuntaba hacia Margarita, fingiendo la sorpresa de encontrar a alguien perdido.

Ciprián se ponía culeco al verla, siendo guiado hacia ella por la mano de Pey. Chapaleteaba contra el piso, a pasitos de juguete de cuerda, las chanclas marrones de supermercado que llevaba sobre sus finas medias de mocasín. Claramente, no estaba seguro de quién era esa señora. Tampoco recordaba nada que tuviera que ver con ningún hombre raptándola desde su avión. De lo que no tenía duda, era que esa mujer era importante para él. Tenía que serlo si todo el mundo a su alrededor así lo decía.

—Toma nene —dijo Margarita al entregarle un vaso con limonada a Pey.

—Gracias Margarita —dijo Pey, pero se le quedó mirando, intentando descifrar las muecas que ella le hacía. Parecía querer preguntarle si Pablo o Irma querían algo de tomar. Ellos se habían sentado en el sofá tan pronto ella se apareció, evitando cruzar miradas con ella, pero abiertamente permitiéndole ver cómo el desprecio hacia ella los comía por dentro—. No. No te preocupes. Gracias Margarita —le contestó.

Los hijos mayores se comportaban un poco diferentes a los menores. Ambos adultos, con familia e hijos grandes, en vez de aprovechar la muerte de Rita para deshacerse de rencores y desprecios, culparon a Margarita de manipuladora y aprovechada. Alegaban que, aunque cuando se casaron la condición de Ciprián no había sido diagnosticada, ésta tenía que haberle estado afectando su juicio. Decían que ella tomó esa oportunidad para engatusarlo y casarse con él con miras a apropiarse de su dinero.

En todo momento, sus visitas tenían que estar mediadas por Willie o Pey. La razón era porque los dos hijos rencorosos de Ciprián se rehusaban a tener cualquier contacto con ella. No querían ni tener que verla ni tener que dirigirle la palabra. Llegaban hasta el extremo de no aceptarle ni siquiera la limonada que ella siempre les preparaba de buena fe, sabiendo que no se la aceptarían, pero con la esperanza de que cambiarían de opinión. Margarita tan comprensiva era que, siendo la dueña y señora de su propia casa, estaba dispuesta a humillarse y relegarse a los límites de la cocina. Esa fue la solución más elegante para que sus hijos pudieran compartir con ella las mismas cuatro paredes sin arrancarle la cabeza.

Ciprián, que con su condición tan avanzada ni siquiera reconocía a sus propios hijos aun teniéndolos frente a él, hacía mucho tiempo se había despojado de la carga emocional que implicaba manejar esa situación de odio a cualquier esposa que no fuera Gala. Sin embargo, no siempre fue así. Un Ciprián saludable jamás dejaría que Margarita fuera despreciada de tal forma. Desde que se casó con Margarita, fue él quien pasó por las casas de Pablo e Irma para visitarlos porque sabía que, de lo contrario, nunca los vería. Inclusive después de que la policía lo encontrara perdido por Bayamón y que viera al doctor por primera vez, él tuvo que hacer los arreglos para que al menos sus hijos lo vinieran a buscar y se lo llevaran un rato a sus casas.

Sin embargo, el momento en que finalmente sus hijos se dignaron a entrar a la casa de Margarita para visitarlo no se dio porque sus corazones se hubieran ablandado con el tiempo. No se dio porque vieron lo bien intencionada y buena mujer que resultó ser. Se dio simplemente porque se dieron cuenta que su padre ya estaba muy débil para estar dando viajes en carro por mero capricho de sus hijos.

Añadir a Quique a la ecuación implicaba otro set de reglas de visita. Si Pablo e Irma no querían ver a Margarita, definitivamente no querían ni oler a Quique. Como a él le quedaba el trabajo cerca y se aparecía por la casa para almorzar casi a diario, Margarita tenía que alertarle que habría visita y que no debería aparecerse por la casa, cosa de mantener la harmonía y evitarse malos ratos.

A su manera, él se ocupaba de levantarle los ánimos a su madre postiza. Llegaba alegre a la casa, con energía, con la esperanza de transmitirle algo de sus fuerzas.

—Nos parecerá dura ésta situación, pero hay que vivirlo con algo de humor. Hay que reírse —dijo Quique, enterrando una cuchara en el flan de queso para darle de postre a su padre—. No puede uno apenarse por quienes no lo merecen.

—Sí —contestó Margarita poco convencida.

—¡Margarita, si ellos no vienen a visitarte para hablar contigo, no te preguntan si estás bien, no vienen a darte una mano con las cosas de la casa! Es más, ¡pueden pasar meses largos y ni siquiera visitan a su propio padre! A Willie y a Pey los entiendo porque viven allá afuera, pero esos otros dos no tienen excusa —dijo Quique.

—Nene, yo quisiera ser tan fuerte como tú. Yo trato, en verdad que trato, pero no puedo —dijo Margarita.

—Mira, si nos dejamos, ellos van a acabar con nosotros antes de que el Alzheimer acabe con papi. ¿Verdad Chepo? ¡Ahm! ¡Qué riiico! —dijo Quique acercando la cucharada de flan, el cual cayó sin problemas dentro de la boca dispuesta de Ciprián. La comida le sabía a cartón, pero aún no le había perdido el gusto a lo dulce—. ¡Muuuy bien! ¡Otra más!

Si bien el soporte moral que le daba Quique a Margarita era muy importante para ella, él no sabía realmente la carga que ella tenía encima, lo consumida que Ciprián la tenía. La constante que tenían quienes la rodeaban, tanto quienes la odiaban como quienes no la odiaban, era que luego de unas horas de charlas y juegos con Ciprián, todos se iban a la comodidad de sus casas y la dejaban sola con él.

No era solo soportar el desprecio que le tenían los hijos ingratos de Ciprián, sino que Margarita era la que se quedaba con el trabajo sucio de mantenerlo vivo: de cocinarle sabiendo que en ocasiones no le querría comer la comida y tendría que preparar otra cosa; de estar pendiente a sus medicinas sabiendo que, si no lo velaba bien, él se encargaba de escupirlas y esconderlas porque no veía la necesidad de tomarlas si no se sentía enfermo; de mantenerlo limpio y limpiarle sus gracias. A Margarita, no a sus hijos, fue a quien le tocó encontrar el charquito amarillo que su esposo, para alegrarle la mañana, le dejó en una esquina de la sala junto a la lámpara. Fue a ella a quien le tocó limpiar los caminos de mierda que su esposo no se pudo contener al perderse entre su habitación y el baño. Después usó pañales pero, ¿a quién le tocaba limpiarle el culo y cambiarle esos pañales sucios como madre a su bebé? Era su esposa la encargada.

A Margarita le tocaba meterse con él en la ducha sabiendo que a Ciprián le daba miedo el agua y que ese miedo podía ser un peligro para ella. Él era hombre y todavía tenía fuerzas. Ciprián miraba al chorrito, miraba a Margarita, seguía alternando y dilatando sus pupilas, respirando cada vez más fuerte hasta finalmente intentar escaparse, mojado y desnudo. Ahí es que le tocaba a ella sacar fuerzas de sus viejos molleros, adoloridos por la artritis, para mantenerlo sentado en su lugar y poder ducharlo.

Ella aguantaba esa carga sola, con toda la paciencia del mundo. No recibía nada a cambio. El amor que la conquistó durante esos días en que él era él, no un muerto vivo, fue su llamado. Era un ángel. Sin embargo, ¿cómo sobrevivir sin recibir de él aunque fuera una palabra bonita? ¿Cómo sobrevivir sin una caricia? Puedo llegar a comprender que el amor que sintió por él cuando se casaron haya sido tan fuerte como para perdurar la soledad que debía de sentir, si no tenía más a la esencia de Ciprián como compañía. Pero, ¿es un amor platónico un amor completo? ¿Qué pasaba con lo físico? ¿Con los cariños, los abrazos, los besos, todo eso que los hacía sentir vivos al compartir su vulnerabilidad? Tal vez ella no ponía en duda la plenitud del amor sentimental que sentía por Ciprián, pero jamás podría negar la carencia latente del amor físico. ¡Al amor no se le puede llamar verdaderamente amor si le faltan piezas!

Tenía que ser esa la razón principal por la cual Ciprián, en repetidas ocasiones, mientras dormía, encontró su sueño interrumpido por las viejas caderas de Margarita meciéndose sobre él. Las barras laterales de la cama, originalmente instaladas como respuesta a repetidas caídas que sufrió por tener pesadillas, chillaban crujidos metálicos al ser bruscamente jaloneadas de lado a lado. Margarita, sentada en cuclillas encima de su esposo, se agarraba fuertemente de ellas, buscando mantener el equilibrio. Era muy considerada, ella. No quería que su esposo enfermo se fuera a lastimar.

—No me dices nada —dijo Margarita, susurrándole al oído—. ¿Te gusta?

Ciprián no tenía las fuerzas de antes para expresarle su cariño a esa señora que tan a gusto parecía estar encima de él. La miraba a los ojos buscando saber quién era ella, pero se quedaba callado, inmóvil, inexpresivo.

—Ciprián. ¡Dime algo, mi amor! —le gritó Margarita y luego le besó los labios, la frente, los ojos, los oídos, lo que fuera por sacarle alguna reacción a su marido.

—Rita, te… tengo una sorpresa —contestó finalmente Ciprián. Las barras laterales de la cama se silenciaron. Margarita quedó inmóvil—. Ya hablé… con el abogado… para firmar los… los papeles del divorcio.

Margarita recostó su cabeza en el pecho de Ciprián y, en poco tiempo, le dejó sentir sus lágrimas caer. En medio del llanto, luchaba por retomar el aire tras cada gemido que se le escapaba. Ciprián, preocupado por esa mujer tan triste junto a él, le hizo cariños en el cabello. Ella, al sentirlo tocarla, no aguantó el dolor y el sufrimiento que tanto le hacía palpitar su corazón. Soltó su agonía como lo haría cualquiera con el corazón partido, a gritos.

CAPÍTULO XXV
Sin zapatos, sin libertad
Mi diario: 17 de diciembre de 1953

A la hora de comer, el guardia tocaba en la puerta dos veces y abría una ventanilla en la parte de abajo, pegada al suelo. Era mi único chance de apreciar un rayo de luz. Si me ponía en posición de cocodrilo: con quijada, codos, rodillas y tobillos abrazando el suelo a la vez, podía ver el par de zapatos blancos que me venía a traer comida. Normalmente, tenía tres guardias distintos velándome: un hombre con pies grandes y gordos, los cuales arrastraba vagamente contra el suelo y cuyos retumbos se dejaban sentir a una milla de distancia; un novato con zapatos acabados de comprar, torpemente intentando llave tras llave hasta encontrar la que abría la ventanilla; una dama que, con sus pies pequeños y su fino caminar, se me hacía laborioso escuchar venir, y se aparecía frente a mi celda totalmente desapercibida, sin darme tiempo de ponerme en la posición de cocodrilo para saludarle los pies.

La ventanita era mi único portal al mundo externo; accesible solo por cinco segundos, tres veces por día. Para los guardias, servía solo para deslizar por ahí la bandeja de acero inoxidable, propiamente diseñada para durar una vida entera a manos de prisioneros en cadena perpetua. Así me servían mis desayunos, almuerzos y comidas, haciendo un escándalo al chocar contra el marco de la ventanilla, como el que las ollas hacen en el fregadero al caer de manos enjabonadas. Los aruñazos chirriantes que daba al entrar y salir corriendo por el piso de mi cueva, me daban una sensación áspera y desagradable en los dientes y las encías.

De vuelta a la oscuridad plena, buscaba la cuchara, aleatoriamente tirada en cualquiera de los depósitos por algún desconsiderado, algún tonto que no se imaginaba que hubiera gente tratando de encontrar los utensilios a ojo ciego. Evidentemente, esa persona no era la que servía, porque mis días de libertad en el hospital me enseñaron que, quienes sirven, siguen sin falta una disciplina y orden riguroso.

Me gustaba comerme mi comida en orden, tarea complicada cuando no podía apreciar lo que tenía en frente. Por fortuna, esa disciplina militar me hacía la vida fácil. Lo primero que tenía que hacer era localizar la bandeja y pasar la palma de mi mano por debajo de ella. Así podía sentir el relieve del metal preformado, sentir cada uno de los seis depósitos con diferentes tamaños y orientarla siempre en la misma dirección, con el depósito del medio más grande frente a mí.

La esquina superior derecha de la bandeja estaba reservada para el postre, que podía ser trocitos de piña, pera, melocotón, puré de manzana o coctel de frutas variadas. El postre siempre me lo comía primero porque era lo más dulce, especialmente el néctar que empapaba las frutas. Me ponía de buen humor. La única excepción era los malditos días en que decidían servir dulce de lechosa. No entiendo cómo, después de ser cocinada con tanta azúcar, notitas de vainilla y canela, tan ricos que son todos esos ingredientes individualmente, pueda producirse tal aborto a la naturaleza. La gente desperdicia horas de sus vidas bien intencionadas en la confección de ese plato, sirviendo de deleite para unos con gustos que sinceramente pongo en duda, pero para mí sirviendo como el vomitivo más eficaz inventado.

Luego del postre le seguían los vegetales, ubicados en la esquina superior izquierda. Con los vegetales, raramente pueden salir mal las cosas. Los cocineros se mantenían estables con sus mezclas de maíz, habichuelas verdes, pitipuás y pedazos de zanahorias hervidas.

Mientras me acababa los vegetales, iba enterrando la nariz en los depósitos inferiores para ver lo que me esperaba como plato principal. A la izquierda, las habichuelas: blancas, rosadas o coloradas, cada guiso especialmente inconfundible uno del otro. Las mezclaba con el arroz blanco en el depósito del medio y con la carne, pollo o chuletas bien adobadas en la esquina derecha. Si no servían arroz, entonces servían fideos con albóndigas o puré de papa.

Eso sí, cuando me daban el puré de papa no me lo comía porque rápido me daban ganas de ir al baño. Tenía que dejar mi comida a un lado y correr para el inodoro antes de que me hiciera encima. Terminaba con un malestar tan fuerte, que se me quitaba el apetito. Las veces que podía continuar comiendo, el cuarto era tan pequeño y mi propia peste tan densa que hasta el pan me sabía feo de solo rozar mis labios con él. Si podía evitar comer, mejor. Además, en esas condiciones tan sucias me daba asco chuparme los dedos tras comerme esas chuletas ahumadas tan deliciosas.

El agua era lo último. La ponían en el depósito de arriba, en el medio. Me venía de lo más bien, no solo para bajarme todo lo que me tragaba, sino que además para mojarme la garganta. Me la pasaba todo el día gritando. De lo contrario, seguramente se olvidarían de mí. Mi mamá siempre me dijo: «El que no llora no mama.»

¿Qué hice? ¿Hice algo mal? ¿Por qué estoy aquí? No me cansaba de preguntar, pero nunca recibía respuestas. Siempre me ignoraban. Mi única interacción con el mundo externo era a través de esa ventanita que me traía la bandeja de comida. Esa era la única manera de confortarme ante la duda de no conocer las intenciones de mis captores, ni su disponibilidad a atender mis necesidades.

Es que tampoco sabía ni por qué estaba yo ahí. Me parecía una injusticia que simplemente me encerraran en ese cuarto, sin yo haberle hecho daño a nadie. Después de todo, fue él quien vino a buscarme a mí. Debieron habérselo llevado a él en vez de a mí, metido en ese hoyo y dejado olvidado. Yo solo estaba sentada en el pasillo de lo más tranquila hasta que escuché su vocecita malévola pidiéndome que me acercara a él y lo ayudara.

Me llamó susurrando desde la entrada de su habitación, sacando la cabeza hacia el pasillo y mirando de lado a lado para asegurarse que nadie se acercara. Estaba sola. Solo yo escuché su voz. Lo había visto antes en la sala de juegos. Era un nene flaquito bien lindo, como un hermanito menor. Tenía unos pantalones de algodón azul cielo, suavecitos, y acostumbraba a andar siempre sin camisa para todos lados.

Me seguía llamando con la palma de su mano, que estaba casi toda cubierta por un gigantesco lunar rojo. Me llamaba, frotando los dedos como a una perra. Le pregunté qué quería, pero a baja voz. Me había picado la curiosidad y no quería meterlo en problemas, no sin antes saber de qué se trataba todo el secreto. Me señaló que me apresurara sin que me vieran. Me dijo que tenía que enseñarme algo muy importante, un secreto que tenía escondido.

Al acercarme a la puerta, me agarró con sus manitas y me guió hasta adentro. Cerró rápidamente la puerta y dio algunos brincos infantiles hasta llegar al gavetero. Sacó de la gaveta de abajo algo envuelto en un desorden de papeles de periódico con cintas. Desgarró emocionadamente el papel de periódico y la cinta, como lo haría cualquier niño con sus regalos de Navidad.

Pronto desveló el secreto: una bola de nieve con estrellitas resplandecientes cayendo sobre una media luna sonriente. El niño la puso en mis manos y agarró una manecilla que había por debajo. Al darle vueltas, tocó una melodía familiar: «*a dormir, a soñar...*». Me dijo que esa música le ayudaba a dormir, que podría servirme a mí durante mis noches de insomnio. Yo no sabía de qué hablaba. Nunca sufrí de insomnio aquí, pero me pareció lindo que se preocupara por mí. Según él, soy rara, porque mucha gente aquí tiene problemas agarrando el sueño.

Viendo que no tendría necesidad de su cura anti-insomnio, me quitó la bola de nieve y la colocó cuidadosamente sobre la coqueta. Tomó mis manos y las pasó por su frente, dejando mis dedos caer suavemente sobre sus ojos, su nariz y su boca hasta descansar sus cachetes entre ellas. Luego de unos segundos, me agarró por las muñecas y continuó deslizando mis manos por su pecho. Sentí el palpitar acelerado de su corazón y el sube y baja de cada costilla.

No entendía qué pretendía hacer. Pronto sentí a mis manos ser tironeadas hasta esconderse debajo de sus pantaloncitos azul cielo. Quedé muda. No se me ocurrió ni decirle que no, ni gritar, ni irme corriendo. Intenté detenerlo. Hice fuerza. Me resistí. Jamaquié las manos violentamente, a puño cerrado, pero él no me las soltaba. Él no cedía. Mantenía su agarre firme para evitar mis sacudidas. Fue aflojando dedo tras dedo hasta que no pude más. Perdí la fuerza, del dolor que sentía, y me encontré con él, aprovechando su ventana de oportunidad, acomodándose entre mis manos.

Comenzó a suplicar, a pedirme que dejara de hacer fuerzas, que lo dejara moverse libremente por todo mi cuerpo. Era persistente, el niño. Realmente quería algo de mí y no se rendiría fácilmente. En ese momento no entendía lo que hacía. Yo me observaba a mí misma desde otro plano, donde la moral no existía, donde nada estaba escrito en piedra. Durante ese forcejeo, lo único que sentí dentro de mí fue halago. Encontré fascinante tanto interés por mí, tanto deseo crudo. Sus insistencias lo que hicieron fue echarle leña a ese fuego que me iba consumiendo. Me sentía querida y quise devolverle el favor.

¡Me sorprendió tanto lo grande que era! También sabía cómo agarrarme, cómo besarme, cómo moverse, cómo desnudarme antes de que ni yo misma me diera cuenta. Sabía hacer tantas cosas que yo no había aprendido a hacer. Me hizo sentir como una tonta por todo lo que me había estado perdiendo en la vida. No podía concebir que un niño pudiera tratarme mejor que lo hiciera cualquier hombre antes.

No me percaté de la luz cuando se encendió. Estaba absorta, con todo mi peso encima de él, los dos en el piso inmersos en un trance hipnótico. Caí en cuenta de mi entorno solo al ser halada de cada brazo por dos gorilas peludos vestidos de blanco. Peleé por mantenerme en mi lugar. Arropé mis piernas alrededor del niño, tan liviano, que fue alzado al aire conmigo de un brusco tirón. Los gorilas se mantuvieron firmes y me agitaron fuertemente, tratando de desenredar al niño de entre mis piernas, hasta que finalmente me desacoplaron. Me sacaron de la habitación a gritos y a patadas. Vine a parar allá, en el cuarto oscuro.

Canté, pité, me volví experta en imitar los sonidos de animales: el grujido de un león, los trompetazos de un elefante, la verborrea de una cotorra, el canto del coquí. Me urgía silenciar la voz dentro de mi cabeza que me gritaba que no era buena, que era una inútil, que no podía ni siquiera hacer algo tan sencillo como escaparme de mi casa e independizarme de mi familia, que siempre viviría de otros como el parásito que era, que era un desperdicio de ser humano. Lloraba. Las lágrimas bajaban de mis ojos porque yo sabía que nada de eso hacía sentido, pero no podía hacer nada al respecto. Enterraba mis dedos dentro de mis oídos y continuaba tarareando melodías, grujiendo, cantando, lo que fuera necesario para callar la voz. Lo que fuera pero más y más alto.

De momento, escuchaba llegar a los zapatos blancos. Pronto me percaté que su llegada era la única constante que me traía paz en vez de tortura. Día tras día los esperé. Eran amaneceres que traían luz y vida. La claridad me permitía escaparme de esas cuatro paredes del hospital y transportarme a una versión paralela del mundo, un mundo donde tenía libertad absoluta para hacer lo que quería, donde la gente era buena y todo el mundo me amaba.

En ese mundo fue que hice amistad con la orquesta sinfónica, a quienes encontré ensayando durante uno de mis paseos por el parque. Fue un placer estar con ellos a primera fila durante los primeros días. Despertaba al salir el sol con la interpretación magistral de 'Las Bodas de Fígaro' de Mozart, perfecta como inyección de energía mañanera. Sentir retumbar las vibraciones en todo mi cuerpo me llenaba con ganas de hacerlo todo. La sangre corría por mis venas. Me llenaba de emoción y expectativa.

Tras tantos días de alegría, las noches dejaron de torturarme; se transformaron en noches de gala. La orquesta se tomaba un descanso, pero el pianista llegaba a dar concierto a piano de gran cola, con su interpretación exquisita de 'La Campanella' y de 'La Rapsodia Húngara No. 2' de Liszt. Yo me escapaba de la sala para acostarme afuera en la grama, donde podía aún disfrutar del concierto pero, a la vez, contemplar la belleza del cielo estrellado. Buscaba constelaciones, contaba todas las estrellas que veía una a una y esperaba tener la suerte de avistar alguna estrella fugaz para regalarle un deseo a cumplir antes de quedarme dormida.

Lo único que pedía, noche tras noche, era no tener que irme de ahí, poder bañarme de música para siempre. Me encantaba la orquesta. No quería esperar tanto hasta poder volver a escucharlos tocar otra vez. Ellos me complacían, se quedaban cada día más y más tiempo interpretando a mis favoritos: Rachmaninoff, Tchaikovski, Chopin, Mozart, Liszt, Schumann, Brahms, ¡me dejaban dirigirlos con mi batón imaginario!

No sabía lo que pedía. La orquesta terminó siendo espada de doble filo. Llegó un momento en donde llegaron, pero no se fueron. Lo que comenzó como una bendición y un sueño, se convirtió en una pesadilla. Por más que tocaran mis piezas favoritas, tener a una orquesta sinfónica rodeándome veinticuatro horas al día se convirtió en una tortura.

Sentí un dolor insoportable en el estómago que iba y venía mientras la orquesta me exprimía las tripas. No importaba en qué posición me pusiera: acostada, levantada, en cuclillas, de lados, de cabeza; el dolor punzante no se iba de mi vientre. El elenco de la orquesta, antes compuesta de un montón de viejitos cariñosos y sonrientes, ahora me miraba con desprecio, despiadadamente tocando las notas, al unísono queriendo romperme los tímpanos. No podía dormir, pero tampoco podía estar más despierta. Mi cuerpo estaba totalmente fatigado. No pude soportar más los mareos, el dolor incesante. Perdí la conciencia.

Desperté, no sé cuánto tiempo después. Sentí las picadas de gotas gordas de lluvia, un diluvio cayendo sin sentido desde adentro del cuarto oscuro. Sonreí porque la orquesta sinfónica se había largado, la voz en mi cabeza se había callado, inclusive la lluvia caía pero sin alborotar. Con la alegría de haberme encontrado conmigo misma, me quité la ropa y me puse a bailar bajo la lluvia.

Empapada de agua y desnuda vi cuando, de repente, se abrió la puerta que me mantenía encerrada en ese maldito cuarto oscuro. No hice más que mirar hacia afuera y ahí los encontré, eran los pequeños zapatos blancos de la guardia con fino caminar. Nunca dudé que los zapatos vendrían por mí a liberarme, a sacarme de un mundo confeccionado por mi imaginación, a devolverme la vida.

La guardia era pelirroja y más gordita de lo que me la imaginaba. No se ven muchas pelirrojas ya. Llena de alegría, le di un abrazo y le dejé saber que estaba lista para salir.

CAPÍTULO XXVI

Como en los tiempos de antaño

Margarita miraba a los ojos de Ciprián y lo buscaba con las esperanzas de que estuviese escondido por ahí, en algún lugar dentro de su cabeza. A veces los miraba tan profundamente, adentrándose tanto en ellos, que me hacía creer que lograba verme. Solo lo hacía para atormentarse a sí misma. Sabía que él jamás podría volver a conversar con ella, que no podría devolverle el amor que ella le entregaba. Se habrá sentido molesta con quien sea que creó este mundo por haber desterrado a su esposo de su mente, hasta que su cuerpo decidiera rendir su vida a él, siendo a ese hombre a quien ella más ha amado. Lo peor para ella habrá sido tenerlo de frente a él, tan cerca como para poder tocarlo, cucándola, en completa ignorancia de la existencia de su amada esposa y prohibido a ella. ¿Por qué castigarla de manera tan cruel? ¿Qué le habrá hecho ella al mundo para recibir tal penitencia? ¿No bastaba con castigarlo solo a él?

O será que se habrá preguntado, ¿qué será lo que siente estando atrapado ahí dentro? ¿En qué pensará? Tal vez tenía todavía la esperanza de que al menos pudiera escucharla aunque le fuera imposible reaccionar a sus palabras. A lo mejor no podía creer que una persona viva se perdiera completamente dentro de su cuerpo. ¿Podría, tan ingenuamente, haber pensado que alguna vez Ciprián despertaría de ese hechizo que lo despojó de su ser? ¿Podría haber pensado que regresaría a una vida feliz con ella, dejándolo todo atrás como si nunca hubiera ocurrido? Tal vez. Su frustración le pudo haber dado tantas cosas en qué pensar.

En ambos casos, la realidad fue que Ciprián la dejó sola; sola con un ser incapaz de abrazarla ni besarla como antes; sola con un ser incapaz de consolarla en las malas, de celebrar con ella las buenas, de regalarle una caricia, de suspirarle al oído un "te amo"; sola con un ser por quien se ha sacrificado y ha derramado tantas lagrimas sin la esperanza de recibir ni el más mínimo cariño a cambio. ¿Cómo es posible vivir y ser feliz amando pero sin ser ni sentirse amada?

Ciprián no se preocupaba ni se ocupaba de nada de eso. Él estaba muy atareado caminando sin rumbo de habitación en habitación, a pasito de bebé. Se entretenía descubriendo mundos nuevos dentro de las fotos viejas que encontraba esparcidas por toda la casa. En ellas había familia y amigos que desconocía que en realidad conocía, en ocasiones quedándose mirándolas por minutos largos con mucho interés. Algunos días Margarita se sentaba con él a mirarlas y le explicaba quiénes eran cada uno de esos desconocidos en las fotos pero, aunque Ciprián era capaz de mostrar la más mínima sorpresa y gusto al escuchar de su familia, lo olvidaría de un minuto al otro. Era un entretenimiento momentáneo, más que otra cosa.

También se entretenía con los figurines de cerámica y porcelana que Margarita fue coleccionando a través de su vida. Como a un niño, los colores y diseños le llamaban la atención por lo que, al ver alguno que le interesaba, lo recogía y se lo llevaba con él para todos lados. Al encontrarle un lugar apropiado simplemente lo dejaba ahí, sobre gaveteros y escritorios en diferentes habitaciones; la notable excepción siendo la habitación que albergaba el altar con las velas y santos. Ahí no se metía. Luego a Margarita le tocaba dedicar parte de su día a encontrarlos y restaurarlos a sus lugares, en el proceso regañando insensatamente a su esposo enfermo.

Si veía algún papel tirado fuera de lugar, Ciprián simplemente lo recogía, lo doblaba a la mitad y lo regresaba a su lugar. Margarita no tenía mucho papeleo personal regado por la casa. En su mayoría, lo que encontraba era correo recibido de parte de decenas de organizaciones religiosas y fundaciones privadas sin fines de lucro que, como a muchos otros envejecientes dispuestos y con dinero, le pedían donaciones para cientos de supuestas actividades benéficas para los pobres del tercer mundo. Ella nunca les podía negar el auspicio y contestaba diligentemente cada una de esas cartas, adjuntando en ellas sus donaciones mensuales.

Un día, en medio de su ruta exploratoria, Ciprián se detuvo por unos segundos frente al espejo de la sala. El espejo le mostró una imagen surreal. No era la de un Ciprián desgastado por la edad y la enfermedad, sino que la de un Ciprián en sus mejores años. Se veía joven, fuerte y capaz. Tenía toda una vida por delante. Sin embargo, en ese momento se encontraba dentro de una casa extraña que evidentemente no era la suya. Sabía que se había metido ahí por alguna razón.

Algo buscaba. Lo alertó un ruido. Vino de afuera, del balcón. Escuchaba algunas palabras entre risas.

—Cuídate mi corazón. Nos vemos mañana —dijo Gala. ¡Era Gala!

Ciprián estaba confundido. ¿Qué hacía su esposa metida en una casa que él no conocía? ¿A quién le pertenecía esa casa? ¿Con quién hablaba Gala? Estando en la sala, se apresuró cautelosamente a la ventana que daba hacia el balcón para espiarla.

Ahí estaba ella. Era una Gala bella, una Gala feliz; antes de los hijos, antes de la infidelidad. Le besaba el cachete y le daba abrazos afectuosos a un hombre desconocido frente a ella, un propio rompe-matrimonios. El descubrimiento lo llenó de rabia. Ella se estaba burlando de él. Era un descaro que no podía permitir.

Tan pronto ese hombre sacó sus manos de encima de ella, él salió al balcón a confrontarla. No lo haría con palabras. Sacaría el monto de su ira desde las profundidades de su vientre hasta descargarla toda sobre ella. No le importaba las consecuencias, lo que dirían los vecinos, lo que diría la policía. Le llamarían un crimen pasional. Lo entenderían como lo que un corazón roto era capaz de hacer por una mujer que él creía conocer y amar, pero que resultó ser una puta más de la calle. La sociedad lo protegería.

Ella, desprevenida por estar pendiente a su amante mientras éste se alejaba tranquilamente de la zona del crimen, no vio venir a su esposo. Ciprián agarró a Gala por el pelo y le enterró las uñas en su cabeza.

—¡Na, na, na, na, na, na, na! —gritó Ciprián con el tartamudeo incomprensible que se había apoderado de su habla desde meses atrás.

No le dejó tiempo para explicarse, para defenderse. No daría espacio para explicaciones innecesarias. La había cogido con las manos en la masa. Lo que hizo no estaba abierto a interpretación. Comenzó a golpearla contra las rejas del balcón, sin cesar, hasta que vio sangre salir de su cabeza. Quería asegurarse de que le dejaría una marca permanente para que recordara su traición.

—¡Ciprián! ¿Qué pasa? ¡No entiendo! —dijo Gala, llorando y gritando desde el piso.

—¡Na, na, na, na, na, na, na! —dijo Ciprián, hirviendo de la rabia. Se regresó adentro de la casa con las intenciones de buscar el revólver que tendría guardado en el armario de su casa tantas décadas atrás, pero que obviamente no estaría ahí. No existía. No se encontraba ni en la casa adecuada ni en el año adecuado.

Al entrar en la sala vio uno de los figurines de Margarita encima de la mesa. Era el de una campesina con un pañuelo en la cabeza y dos gansos a su lado. Lo tomó en sus manos, inspeccionándolo con curiosidad. De pronto, escuchó un lloriqueo a lo lejos. Alguien estaba en problemas. Una mujer. Al salir al balcón, se encontró con Margarita tirada en el piso, sollozando con una herida sangrante en la frente. Aterrado por lo que tenía ante sus ojos, se apresuró con sus pasitos de juguete de cuerda hasta ella para ayudarla.

—¡Na, na, na, na, na, na, na! —llamó Ciprián desesperadamente a Quique, quien ya estaba abriendo el candado del portón para entrar, sus manos temblorosas.

—¡Quique! ¡Aléjalo! ¡Aléjalo de mí, por favor! ¡No sé qué le pasa! —gritó Margarita.

Nunca antes la había visto así, tan aterrorizada por su propio esposo.

¡Qué dolor me dio tener que presenciar esa injusticia! ¿Por qué tuvo Margarita que pagar por el pasado de Ciprián? ¿Por qué tuvo que ser ella, que le había sido tan buena mujer? ¿Por qué tenía yo que estar con las manos atadas en ese preciso momento? Hubiera podido evitar esa tragedia tan dolorosa. Hubiera podido hacer algo para detenerlo, para quitarle esa ilusión de su cabeza. Era tonto creerse en el pasado, creerse que Gala podría ser tan atrevida como para estar a la vista pública con un amante. Hubiera podido hacerle ver la realidad. Era simplemente un adiós, una despedida entre Margarita y su propio hijo.

A la mañana siguiente, Quique pasó por la casa. Aún no era la hora del almuerzo; vino más temprano de lo habitual.

—¿Margarita? ¿Estás ahí? —preguntó Quique tras dar unos toques a la puerta de la cocina. Trataba de girar la perilla, pero la puerta estaba cerrada con seguro. Tocó un poco más fuerte, pensando que a lo mejor el televisor de la cocina no la dejaba escuchar, pero nadie respondía. Fue a buscarla de habitación en habitación, pero no la encontró. Tenía que estar ahí adentro—. ¡Margarita! —repitió. Los toques se convirtieron en puños—. ¡Margarita! ¿Estás bien? —dijo con los nervios comenzando a hacerse sentir. Sabía que algo andaba mal. Comenzó a tirar su cuerpo contra la puerta, pero no lograba romper el seguro—. Papi, quédate aquí.

En pocos minutos su hijo regresó con una pata de cabra. La clavó en la ranura de la puerta y, con tres buenos jalones, la desgarró hasta que quedó abierta. A pesar de lograr abrirla tuvo que seguir forzándola, pateándola hasta lograr zafar la toalla mojada que quedó atorada entre la puerta y el piso.

—¡Ea, rayos! ¿Margarita? ¡Margarita! —gritó Quique desde la cocina. Ciprián lo escuchaba desde el pasillo. Unos segundos después, su hijo salió embalado hacia la sala.

Mientras Quique estaba en el teléfono, Ciprián se asomó dentro de la cocina, como lo haría cualquier otro día durante su merodeo diario. En el piso había un cubo lleno de agua sucia con un mapo en el exprimidor. El tope de la cocina estaba lleno de vegetales y frutas, empaques de queso y margarina, huevos, carnes descongelándose, hieleras llenas de hielo derretido, envases de jugo, leche, agua y otros productos empacados. El refrigerador, impecablemente limpio por dentro, estaba vacío. La estufa tenía las cuatro hornillas ocupadas con ollas. Había hecho carne guisada con la olla a presión, arroz blanco en el caldero, habichuelitas guisadas en una cacerola y amarillos fritos en el sartén. Las hornillas seguían encendidas al máximo pero no salía ni una chispa de ellas. Debieron haber estado ardiendo toda la noche hasta que finalmente se consumieron los dos tanques de gas.

Finalmente, encontró a Margarita sentada en una de las sillas de la mesita de desayuno, viendo el televisor en blanco y negro con un plato de comida frío terminado a mitad, recostando su cabeza vendada tranquilamente contra la pared. Me imagino que, al sellar la puerta y las ventanas con toallas mojadas y prender las hornillas al máximo, no se le ocurrió que tomaría tiempo en lo que el fuego consumía todo el oxígeno. Viéndose aburrida en la espera, habrá decidido distraerse cocinando y limpiando la noche entera.

Ciprián se quedó unos segundos mirando a esa señora durmiendo cómodamente en la cocina, luego se dio la vuelta y continuó su exploración de la casa como de costumbre. No la vería nunca más, ni en su vida ni en sus recuerdos.

CAPÍTULO XVII
El diario de Margarita

En alguna reunión secreta, sus hijos llegaron uná-
nimemente y convenientemente a la conclusión de
que internar a Ciprián en un asilo era lo mejor
para él. Solo tenían que conseguir el lugar correcto y este fue.
Con todas las comodidades que ofrecía, se les hizo fácil con-
vencerse de que ahí no le faltaría nada a su padre, de que
estaría más cómodo y más a gusto que al cuidado de cualquiera de ellos. Seguramente sus conciencias estaban tranqui-
las. Al tomar la decisión, habrán pensado solo en el bienestar
de su padre y no en el tostón que se tendría que comer el que
le tocara cuidarlo. Miles de dólares mensuales pagaron por el
pequeño paraíso. Todo lo mejor para papá.

Dejándose llevar solo por apariencias, el asilo estaba de
lujo. Era uno de esos complejos perdidos en el monte, rodeados de aire fresco, naturaleza y pajaritos cantando. La
atmósfera era la ideal para darle a los envejecientes a punto
de partir un preámbulo de lo que se encontrarían al subir al
cielo, o a donde fuera que les tocara después. Había acceso
controlado con seguridad las veinticuatro horas, enfermeras
graduadas dando el mejor cuidado e instalaciones inmacula-

das. Los inquilinos podían darse un paseíto por los caminos de piedra, que daban hacia jardines bien podados con flores y orquídeas, entre chorritos relajantes que caían de pequeñas fuentes hechas en madera y piedra china para su disfrute.

Para los creyentes, había una estatua de la Virgen María metida dentro de su casita en cemento, protegida con cristal y rodeada de flores. Para los viejitos con pepa, había centros de entretenimiento con televisores y juegos. Para quienes todavía tenían lenguas funcionales, había comida rica hecha en casa. La administración energéticamente le anunció a sus hijos cuánta suerte habían tenido de que justo esa semana se había abierto una vacante o, en otras palabras, que otro viejo había estirado las patas y que no había más nadie esperando en lista para internarse. ¡Qué privilegio!

Para mi sorpresa, la experiencia de ser internado en un asilo fue distinta a la monotonía depresiva que esperaba tener. Para Ciprián, cada minuto merodeando alrededor de la sala común estaba lleno de emociones en cambio constante. Por un minuto podía verse en el medio de una fiesta, explorando el territorio de desconocidos para encontrar un grupo divertido en dónde meterse o alguien interesante a quien conocer. Otro minuto podía encontrarse con que, gracias a la nueva norma que puso su cuerpo de encajar los recuerdos a la realidad y distorsionarla a su gusto, los desconocidos a su alrededor resultaban ser amigos y familiares reunidos en una fiesta familiar. Otro minuto podía encontrarse sentado solo, tranquilamente viendo la gente pasar. En el peor de los casos, podía encontrarse con miedo, perdido y confundido en un lugar desconocido. Sin embargo, eran ánimos que cambiaban al azar; el próximo minuto fácilmente podría olvidarlo todo y comenzar de nuevo. Ciprián podía sentir la misma felicidad y sufrimiento que cualquier persona saludable y, al igual que ellos, todo dependería del entorno en que se encontrase. La diferencia era que una vez pasaba el momento, lo olvidaba, mientras que, para una persona mentalmente saludable, olvidar era mucho más difícil.

Esa diferencia, aunque parecía trivial, era de mucha importancia para poder cargar con su condición sin estar en constante depresión por no saber quién era ni dónde estaba. Otros envejecientes, que se decían más saludables, tenían sus propios demonios con quienes lidiar. Ciprián no tenía que estar consumiéndose por la amargura que tenía por dentro el señor en la silla de ruedas. Él, para lo único que abría la boca era para maldecir a las enfermeras, tirando la bandeja de comida al piso como un malcriado. Tampoco tenía que estar con las tonterías de esa señora que se maquillaba y se vestía con su mejor ropa día tras día, solo para pasársela el día entero sentada frente al televisor. Era la primera que se levantaba a ver quién venía. Seguramente sentía cosquillas entre las piernas cada vez que escuchaba abrir el candado del hogar porque sabía que venía visita.

Al contrario de ellos y de muchos otros en el asilo, Ciprián no tenía que cargar con una vida entera detrás de él que le llenara de odio, preocupaciones o anhelos depresivos. De esa vida que tuvo, le quedaba muy poco accesible dentro de su cabeza. Si poco tenía de qué preocuparse, seguramente poco tenía de qué sufrir.

Sufrían verdaderamente quienes aún tenían su memoria intacta, no Ciprián, porque la raíz del sufrimiento no crece por ese momento chocante que se vive tanto como por el recuerdo que lo revive. El recuerdo sufrido va creciendo, entrelazándose con otros recuerdos igualmente penosos, reforzándose hasta consumir a su dueño si éste no logra la paz con ellos. Por otro lado, lo que se olvida no se sufre.

Una vez al mes, las señoras de la iglesia venían a visitar el hogar. Aunque eran un grupo de cincuentonas y sesentonas, eran bien recibidas por los inquilinos. Ellas traían aires de juventud a una población desesperada por revivir sus mejores años. Las señoras se sentaban con ellos a escuchar historias de sus vidas y de sus familias, de sus achaques y dolores. Les traían comida, dulces y cancioneros de la iglesia para ponerlos a cantar y a bailar.

Una de las voluntarias se percató de que una de las viejitas estaba batallando consigo misma para poder sentarse y se acercó a ella para ayudarla.

—No. No me la ayuden. Ella puede sola. Lo que pasa es que se ha puesto muy vaga con la edad. Si ahora ve que le dan mucha atención y hacen todo por ella, se me va a poner aún más vaguita —dijo un viejito parado a su lado.

—Entonces, ¿usted es quien se encarga de cuidarla? —dijo la voluntaria de la iglesia.

—¡Eh! Claro. Cincuenta y nueve años llevamos juntos. Cuatro años de novios y cincuenta y cinco de casados. Ese día en que nos casamos, yo juré estar ahí para ella hasta que uno de los dos se muriera. Ninguno de los dos se ha muerto pero, aunque yo ya estoy listo para irme, ella me necesita; así que aquí todavía estoy —dijo el viejito.

—¡Wow! ¡Cincuenta y nueve años! ¡Y usted está como coco! —dijo la voluntaria de la iglesia mientras le entregaba una rebanada de bizcocho en un plato de cartón—. Dígame, ¿cuánto tiempo llevan quedándose aquí?

—Va casi un año y medio ya. Yo me siento bien, considerando mi edad, tú sabes, pero mi mujer se pone cada vez más malita y hay que cuidarla bien —dijo el viejito y pausó unos segundos, como recordando la misma discusión que tuvo miles de veces antes y reafirmando su decisión—. Yo se lo dije a mis hijos. Yo no quiero que seamos carga innecesaria para nadie.

—Ay, pero puede compartir con sus hijos y sus nietos, estar ahí para ellos, ¿no? Estoy segura de que a ellos les encantaría tenerlos en casa —dijo la voluntaria de la iglesia.

—Nena, si yo tuve a mi papá viviendo conmigo por cinco años antes de que muriera —dijo el viejito mirándola como una soñadora ingenua—. Lo vi mientras se lo comía el mismo maldito Alzheimer que ahora me está matando a mi esposa. Yo no quiero eso para mis hijos. Los buenos ratos que pasaría con ellos jamás compensarían por los malos. De eso estoy segurísimo.

—¡Ay! ¡Qué Dios lo bendiga! Voy a ponerlo a usted en mis oraciones —dijo la voluntaria de la iglesia tapándose la boca, juntando las palmas de sus manos mientras se le aguaban los ojos.

Ciprián, quien disfrutaba inocentemente de un sabroso helado, pero no el del cono de vainilla, cortó el momento de tensión entregándole a la señora de la iglesia el cono vacío y deformado por sus lengüetazos ensalivados. Tras hacerlo, se limpió las manos con la camisa y lo siguió caminando. El resplandor del televisor le llamó la atención, así que llegó hasta la sala donde se encontraba y se sentó frente a él.

—Tengo tres hijas ya grandes, casadas y con hijos —dijo la señora sentada al lado de Ciprián. Ella se la pasaba hablando de sus hijos, ya fuera con Ciprián o con el viento.

Antes de Ciprián llegar, se encontraba sola. Seguramente habrá espantado a las voluntarias de la iglesia, porque no se callaba—. Mi esposo quería al menos un varón. Tú sabes, para que no se perdiera el apellido. Papá Dios decidió darnos solo hembras, cada una de ellas una bendición —dijo y pausó por un momento. Ciprián siguió mirando los muñequitos en la televisión. De repente sintió un toque, como para alertarlo a que la conversación continuaba—. Mijo, son buenísimas. Unas profesionales. La mayor trabaja en la Autoridad como ingeniera. Se graduó del Colegio de Mayagüez. La del medio es corredora de bienes raíces. La menor es catedrática en la Yupi. Se graduó con cuatro puntos del colegio de niñas. Siempre dijo que quería ser médico y hasta la aceptaron en la escuela de medicina, pero yo sabía que iba a cambiar de opinión. Yo no la veía como médico —dijo ella con la seguridad de una clarividente—. Seis nietos me han dado: cuatro niñas y dos varones. ¿Qué tú crees? ¡Más niñas! ¡Y los que faltan! ¡Hay una que estoy esperando a ver cuándo me va a dar bisnietos! —dijo, subiendo la voz—. ¡Mira, si tiene veintinueve años y todavía no se ha casado! No sé por qué. Noviecitos no le han faltado —dijo con su dedo de vieja sabia—. A mis hijas y a mis nietos les tengo dicho desde chiquitos que no hay por qué apresurarse a casarse. Lo primero son los estudios, para hacer la carrera y tener ingresos. Mientras tanto, nada de estar enamorándose, especialmente con lo perdida que está la juventud ahora. Hay mucha nena mala pendiente al dinero y aprovechan rápido para amarrarte con un nene —dijo apenada, frotando los dedos al mencionar el dinero—. Los varones, ni se diga; se ponen a preñar y luego desaparecen —dijo, descartándolos con la palma de la mano, luego volvió a darle un empujoncito a Ciprián y levantó nuevamente su dedo de vieja sabia—. Antes de casarse, hay que estudiar bien a la pareja y asegurarse de que sea la persona con quien se estaría dispuesto a pasar el resto de la vida juntos. Mi nieta tiene una carrera, ingeniera como su madre. Ya cumplió con ser responsable y no preñarse antes de tiempo. ¡Ahora tiene que cumplirme con los bisnietos! —dijo y se echó a reír a carcajadas—. Yo estoy lista para irme al cielo, pero no sin antes ver a mis bisnietos. ¡No me puedo ir!

Mientras la señora continuó con su cantaleta, Ciprián, quien naturalmente nunca fue parte de la conversación desde un principio, se levantó de su silla y se alejó, continuando su merodeo por el hogar.

Debió ser fuerte para esa pobre chica tener a su abuela recordándole que solo podía morir si ella procreaba. Tal vez era por eso que no la visitaba. En ese momento me pregunté: Si, para esa señora, ver a los bisnietos era lo único que justificaba el seguir viviendo, ¿qué sería lo que mantenía vivo a todos estos otros viejitos? ¿Qué peor motivante que vivir en un hogar para ancianos, donde todos estaban perfectamente conscientes de que sería el último lugar en que vivirían antes de morir, donde cada par de meses desaparecía uno de ellos de la faz de la tierra para siempre?

Algunos de ellos seguramente no estaban disfrutando para nada de la más mísera felicidad que sus corazones les permitía sentir. La viejita bien vestida cantaba y bailaba alegremente junto a las señoras de la iglesia; pero eso fue ese día. Ella se ponía bella a diario esperando a un conocido o un familiar solo para ser decepcionada. Tal vez lo único que necesitaba era una última visita de alguien especial, sentirse querida una vez más antes de irse. Cerca de ella también estaba el agriado de la silla de ruedas, con un cancionero en la mano y una cara de perro, mientras una de las señoras de la iglesia le agarraba la mano y cantaba junto con el resto de viejitos felices. Incluso él debía tener algo que lo mantuviera vivo, aunque lo que lo mantuviera vivo fuera el miedo a saber dónde iba terminar.

Ciprián hizo una parada frente al balcón con vista hacia el monte y se distrajo con el paisaje. No muy lejos de él, estaba el sofá de la esquina ocupado por la parejita de cincuenta y nueve años de casados. ¿Qué los mantenía vivo a ellos?

—Mi amor. Dame un segundo, que tengo que ir al baño —dijo el viejito.

El señor, que se estaba levantando de su silla, fue sorprendido por un fuerte agarrón por parte de su esposa, que lo miraba con el rabo del ojo pero estaba muy débil para moverse. El señor rápidamente se puso frente a ella, se arrodilló y comenzó a darle besos, a acariciarle las manos y el pelo. Ella no podía mostrarle su emoción, salvo al pequeño tembleque de sus labios.

—Nena estoy aquí. No me voy —dijo sonriente el viejito, convencido de que no debía esperar respuesta alguna pero que ella seguía ahí dentro escuchándolo. Él conversaba con ella no por su propia necesidad, sino por la de ella.

—Te amo… —dijo su esposa casi sin aliento.

Esa parejita murió unos meses después. La señora, aunque sufría de la misma condición de Ciprián y parecía estar más lúcida que él, no pudo con ella. Su cuerpo simplemente se rindió. El señor, tan saludable que se veía para su edad, también se fue, dos o tres días después que ella. Decían por los pasillos del asilo que había muerto del sufrimiento. A esa pareja los mantenía vivos el amor que se tenían, vivían verdaderamente el uno para el otro.

Recuerdo cuando Ciprián le decía esas mismas tres palabras tan bellas a Margarita. Recuerdo cómo a ella se le llenaban los ojos de ilusión y de alegría al escucharlas. Para ella debió haber sido tan fuerte perder a Ciprián, encontrar que dentro de él había un hombre que no conocía y que era capaz de hacerle tanto daño. Se debió haber rendido ante la desilusión. Habrá perdido su razón para vivir.

Pero no existe razón alguna que justifique el suicidio. Su alma pudo y debió haber hecho más por ella. Tuvo una vida entera para ayudarla a afrontar cualquier circunstancia que la puso en mal camino, a ser fuerte y perdurar, a encontrar la felicidad. No lo hizo. Su alma también se rindió, pero mucho antes que Margarita lo hiciera consigo misma. La dejó vivir una vida de santa, protegida por su hogar y su familia sin exponerla a las cosas importantes en la vida, esas cosas de las que se aprende, de las que la enriquecen a ella misma.

Tal vez Margarita tenía a un alma joven dentro de ella, un alma inexperta en sus poderes de influencia, ignorante a lo que era capaz de hacer con una vida. Tal vez se creyó que su labor era simplemente observar en vez de crecer. No la culpo. Yo también estuve ahí. Me tocó aprender a la dura.

—¡Ciprián! ¿Otra vez quitándose la ropa frente a todo el mundo? ¿Qué se cree usted, exhibicionista? —dijo una enfermera apresurándose con él a su cuarto entre el voluntariado de la iglesia.

Como la ropa le daba picazón por todo el cuerpo, Ciprián había cogido la mala costumbre de quitársela y dejarla tirada pieza por pieza alrededor del área común.

A medida que aumentaron los casos de exhibicionismo de Ciprián, no le sorprendió a Quique visitar a su padre en el hogar y encontrarlo de rodillas en la cama, sin camisa, con unos tristes pañales cubriéndole su intimidad, jaloneando persistentemente las ataduras que lo mantenían esposado como un animal a las barras laterales de su cama. Lucía siempre una mirada fría en sus ojos, su rostro carente de señas del dolor y la desesperación que sufría por dentro, forzado por su propio cuerpo en acelerada decadencia a mantener el silencio ante tal humillación.

Aun ante la bestial escena, Quique tenía el valor de mirar a Ciprián no con la lástima ni la vergüenza ajena que merecía, sino que con la admiración y respeto con la que desde su infancia miró un hijo a su padre. Quique no había dejado de creer que Ciprián seguía dentro de este cuerpo. Algo le hacía insistir en venir mientras los demás se habían olvidado de él. Él no se había rendido.

Para mi sorpresa, una tarde Quique se sentó frente a mí, abrió un cuaderno rojo y comenzó a leer:

—Pasan las semanas y el señor muerto todavía sigue en la casa… —leyó Quique, perdiéndose entre las páginas del diario de Margarita.

Mientras tanto, Ciprián, prisionero de su cama, no dejaba de luchar contra sus ataduras. Yo, prisionero de su cuerpo, no dejaba de escuchar.

CAPÍTULO XVIII
¿Por qué?

Mi existencia ahora se ha reducido a ser testigo, desde una esquina oscura, de cómo este cuerpo sigue acumulando tantas horas de vida muerta. Lleva años tirado en esta cama batallando contra sus sistemas internos, que uno tras otro van cerrando sus operaciones. No le quedan fuerzas para moverse, ni para tomar aire. Lo mantienen vivo los tubos que le dan de respirar, de comer y de beber, pero que lo que hacen no es más que prolongar una existencia vacía; me mantienen atrapado aquí.

El cerebro y la vista se perdieron en su propio juego de imponer los recuerdos a la realidad. La película, que años atrás había comenzado morfando a quien se encontrara frente a él, ahora se proyecta tan rápido frente a sus ojos, que lo único que queda es una luz blanca y pura, una mezcla de los colores que componen las fracciones de sus recuerdos. Con el pasar del tiempo, el resto de sus sentidos se han ido a la deriva hasta desaparecer. Sin poder sentir el toque cariñoso de un ser querido o percibir un dulce aroma, o escuchar la risa de un amigo, ¿para qué él cuerpo se empeña en mantenerse vivo?

Irónicamente, ante los años que he pasado encerrado dentro de mi propio cuarto oscuro, no dejo de pensar en cuando Quique me leyó el diario de Margarita. Hasta el día de hoy, recordar la historia de su vida me deja perturbado, no por la vida llena de penas que llevó, sino por cuánto debió haber sufrido esa alma que tenía por dentro.

Llegué a la conclusión de que no era un alma tan joven como lo pensaba. La había subestimado. Era un alma vieja, mucho más vieja que yo. Tenía que serlo porque, aun con Margarita batallando en su contra por mantenerse dentro los confines de la realidad, había logrado hacer cosas con su cuerpo que yo jamás imaginé posibles. Haber descubierto esos poderes hizo que los demonios del pasado de Ciprián invadieran mis pensamientos. ¿Cuánto sufrimiento pude haber evitado? ¿Familia? ¿Amigos? ¿Conocidos? ¿Desconocidos? Me ha tocado aceptar mi culpa y hacer paz con todos esos demonios. En eso he crecido, sabiendo cuánto seré capaz de hacer al comenzar con mi próxima vida.

Sin embargo, algo aún me incomoda al pensar en esa vieja alma. ¿Qué podría haberle hecho destruir la vida de Margarita? ¿Por qué castigarla con tanto dolor? ¿Por qué obligarle a quitarse la vida? Solo a una respuesta puedo llegar: la desesperación. Era un alma vieja pero perdida, llevada a la desesperación tras haber acumulado bajo su cinturón un centenar de vidas fracasadas, un centenar de vidas de supuesto crecimiento pero que jamás le permitieron trascender. Dentro de su perdición, se habrá puesto a inventar, a experimentar con el cuerpo, a acelerar la vida y la muerte. Habrá pensado que así podría cubrir más caminos, recibir las respuestas que tanto buscaba, encontrarse de frente con la salida, con los anhelados zapatos blancos.

Entonces yo considero al mundo en el que a los cuerpos les toca vivir. Es un mundo grande, dividido en sociedades que, desde el origen de la humanidad, han definido lo que es bueno y lo que es malo de acuerdo a las circunstancias particulares, precarias o plenas, en las que se encuentren. Luego entra el alma, ciudadana del mundo, quien al encontrarse con cada nueva vida se ve forzada a dejar atrás sus anticuadas metas para redefinirlas, convencida por los cambios importantes que se han dado y por las circunstancias especiales de cada nueva realidad, ayudada a asimilarse por otras en su entorno para el supuesto bien común.

Así habrá comenzado su travesía el alma de Margarita, vida tras vida aprendiendo cosas nuevas, reaprendiendo cosas que ya sabía, adaptándose a la supuesta realidad, hasta que no pudo más. ¿Cuántas otras almas habrán conscientemente impedido su progreso, cegadas también por ese círculo vicioso que controla sus existencias?

Yo pude haber sido una de esas almas nefastas, en ésta vida o en anteriores. He querido llevar a Ciprián por una vida de éxito sin definir el éxito ni su porqué, por una vida de felicidad sin definir la felicidad ni su porqué. Me he dejado llevar por la corriente de la vida simplemente porque así era más fácil, más seguro. Construí mi propio mundo a mi manera, pero a la imagen de los demás, sin olvidar de resaltar lo bueno que hice mientras hice lo malo a escondidas. Aniquilé sueños y anhelos de verdadera importancia porque no los tuve. No los soñé. No los anhelé.

Hasta hoy nunca había llegado a la realización de que jamás he cuestionado el porqué de mi camino, ni el porqué del resultado que pretendía obtener, ni cuán satisfecho he estado conmigo mismo ante la respuesta a ambas preguntas.

Como lo habrá hecho el alma de Margarita, he ido de vida en vida creyéndome haber pasado por caminos míseros y fantásticos, pero todos ellos medidos por la intensidad y las circunstancias del momento en vez de por un porqué. Sin llegar a esta realización, ¿no sería la conclusión lógica que, luego de cientos de vidas fracasadas, yo también estaré destinado a caer en el abismo de la desesperación? ¿Será posible que un alma, víctima de la desesperación causada por sus circunstancias, pueda perder su quicio?

www.ingramcontent.com/pod-product-compliance
Lightning Source LLC
Chambersburg PA
CBHW022158260626
47155CB00019B/3083